塞布尔 著

江苏凤凰文艺出版社
JIANGSU PHOENIX LITERATURE AND ART PUBLISHING, LTD

图书在版编目（CIP）数据

再见恒向线 / 塞布尔著. -- 南京 : 江苏凤凰文艺出版社，2017.10

ISBN 978-7-5594-0754-2

Ⅰ. ①再… Ⅱ. ①塞… Ⅲ. ①长篇小说－中国－当代
Ⅳ. ①I247.5

中国版本图书馆CIP数据核字(2017)第153837号

书　　名　再见恒向线

著　　者　塞布尔
责任编辑　姚　丽
特约编辑　邓　理
策划编辑　彭朝霞
营销编辑　王冠军
封面设计　罗静颖
封面插画　蘑菇君
内文设计　罗晓芸
出版发行　江苏凤凰文艺出版社
出版社地址　南京市中央路165号，邮编：210009
出版社网址　http://www.jswenyi.com
印　　刷　湖南天闻新华印务有限公司
开　　本　710毫米×1000毫米　1/16
印　　张　19
字　　数　320千字
版　　次　2017年10月第1版　2017年10月第1次印刷
标准书号　ISBN 978-7-5594-0754-2
定　　价　34.80元

我想你。

我想，我爱你。

目 录

Contents

第1章 起航

这里是中国最大的进出口码头。

吊车林立、机器轰鸣，大货车往来穿梭，巨大的远洋轮船并排卧泊海中。

起航的日子有讲究，像这样天高云淡的天气，简直再好不过。

“长舟号”是艘多功能万吨巨轮，排水量惊人。站在岸边抬头看，如同一座高耸的堡垒，遮天蔽日。吃水线已平，还有零星的货物在转运，这艘船眼看就要扬帆出港。

一辆黑色的雷克萨斯GX停在道路尽头，后备厢掀背缓缓升起，赵秉承俯身将行李箱提出来。

许衡勉强用力推开副驾驶座的门，缓慢地伸直腿脚活动关节。远洋船的码头修在郊区，路况不好，途中颠簸了近40分钟，让人痛苦不堪。

“等一等，我先跟船上联系一下。”赵秉承偏着脑袋拨通电话，随手点燃一根香烟。

码头很繁忙，不像客运港口那样备有专门供人上下的小道。大船都停在锚地，距离岸边还有一段距离，需要坐小船过驳。

电话打通后，船方通知他们再等等，跟引航员一起过去，这便是要直接起航了。

港口派来的引航员是个老头儿，白白胖胖，点头哈腰，跟一般的老资格相比，显得小家子气十足。

“像大洋集团这样的大公司，船停在哪家港口，哪家就赚翻了。”和对方打过招呼，赵秉承回头低声向许衡介绍道，“派来的人必须老实、听话、会做事，否则得罪人都不知道怎么得罪的。”

小船在风浪中起起伏伏，眼见着离“长舟号”不远，开起来却半天没见拉近距离。许衡终于忍不住，趴在船舷上一口吐了出来。

赵秉承也有些面色发白，看到她晕船，还是笑了：“怎么样，小许？现在后悔还来得及。”

许衡用手背抹抹嘴，瞪了他一眼，继续吐得翻江倒海。

绳梯在风中摇摇晃晃，看得人心惊肉跳。一团肥肉的引航员显示出与外表不同的矫健身手，很快便爬上了高高的甲板。

招呼水手把行李箱吊上去，赵秉承站在小船上将手拍打干净，少了几分玩笑，多了几分认真地问道：“说真的，这才刚开始，出海漂四个月足够你脱几层皮。小许，算了吧。”

“算了？然后呢？继续办些离婚纠纷、抚养权争议的案子？”虽然四肢乏力，许衡还是牢牢抓紧了绳梯。这次，她连头都没有回。

赵秉承沉默片刻，看到对方已经开始爬绳梯，明白再说什么都没用了。

华海律师事务所专营海事海商案件，近年来发展势头迅猛。然而，和其他需要与人打交道的行业一样，出身背景有时比素质能力更为重要。

许衡入行五年，始终没能拿到执业证，继续拖下去会沦为专职律师助理，再也翻不了身。

这次跟船考察，是她想方设法争取来的机会，赵秉承于情于理都不该阻拦。

男人抬头喊道：“我不陪你上去了，自己路上小心！”

许衡一边向上爬，一边大声回应：“你走吧，我没事。”

事实上，她此刻就像在悬崖边走钢丝，柔软的绳梯根本无法提供有效支撑。对于习惯在岸上生活的人来说，不仅要克服恐高心理，还要适应船身的摇晃，体力和精神都面临着全新的考验。

可这不正是她想要的吗？许衡想，如果留在办公室里，坐在格子间，永远不知道万吨巨轮有这么高，更不知道上下船都能这么惊险，甚至对海浪的节奏都概念模糊。一个对海、对船毫无概念的律师，又怎么能够得到客户的信任？

即便是赵秉承，当年也是在船上漂了一整年，才当上海事法院的法官，继而读博、留校，成为律师事务所的副主任。

与海交往的事业，是伟大的事业；和海打交道的人，是勇敢的人。

许衡在心中给自己默默打气，她终于手足并用地爬上甲板。趴在冰冷的船舷上，许衡觉得自己连四肢都在打战。尽管如此，心中的兴奋与雀跃依然无法压抑。在卷宗里看过的负载数据、吃水高度如今成为她脚下真实客观的存在，仅凭这一点，出海就是值得的。

只可惜，这样“波澜壮阔”的心情还没有持续几秒钟，便被一声质问给打破了：“谁让女人上船的？！”

甲板上的水手来来去去，正在进行最后的捆扎、检查。簇拥在绳梯边的几人身着白色制服、带着大盖帽，视线被帽檐遮挡，显得既干练又精悍。许衡上来前，他们似乎正在接待引航员。

“许小姐……”白白胖胖的引航员掏出手帕擦擦汗，打破尴尬的沉默，“赵主任不上来了？”

孤零零的行李箱倒在脚边，往下十几米的海面上，隐约传来过驳小艇的马达发动的声音。许衡猜赵秉承正要坐船离开。

即便对方没有走，她也不可能把脑袋探出去求人帮忙解围。

毕竟，接下来要在船上待四个月的是自己。

许衡顾不得四肢着地的狼狈，抬起头来看向那群高级船员。除了引航员，他们有三个人，一高一瘦一敦实，站成扇形围在跟前。

肩扛两杠一锚的敦实男子站在最右边，略带试探地向她伸出了手：“你是华海所的跟船律师？”

拍拍身上的尘土，许衡终于挺直腰杆站起来，与之握手道：“是的，我叫许衡。”

这位二副转过头，看向另外两人，介绍说："之前公司交代过，这次出海要带上合作律师事务所的律师，跟船考察。"

"可他们没说是女的啊！"一开始出声的瘦子再次质疑，他站在最左边，情绪显得有些激动。

敦实的二副搓了搓手，终于将视线转向中间："船长，怎么办？"

"打电话确认一下。"他逆光站着，声音沉如鼓浪。

"长舟号"的船长身材高大，脊背挺直，仅仅是站在那里，就让人感觉莫名心安。

引航员还在原地站着，显然是不太习惯这种尴尬氛围，趁着二副拨电话的时机，他连忙打起了圆场："许小姐，现在律师也要跟船吗？"

"不一定，但是跟船能够熟悉航运，对个人的日后发展很有帮助。"她礼貌地笑笑，回应对方的善意。

"你一个女孩子家，会很辛苦的。"

"没关系。"

最左边的瘦子冷笑一声，表情略显嘲讽："下次靠泊在东京湾，你最好有日本签证。"

"我走全程的。"许衡不卑不亢。

瘦子肩扛三杠一锚，大副，是可以替船长指挥全船的第一副船长。不过，他看起来比船长本人还要年长些许。

确切地说，是船长太年轻了。

当两年高级船员才能升二副，二副一年升大副，大副两年考船长。像"长舟号"这样的万吨远洋轮，还必须是甲类一等船长。也就是说，普通人从本科毕业开始上船工作，最快也得十年才能坐到这个位置。

而他看起来只有30岁出头。

背着光，他轮廓清晰的脸上看不清表情。许衡试图揣摩这位船上最高指挥官的态度，却发现对方已经直接拿过电话，同岸上公司沟通起来。

"人已经上船了，但是是个女的……"那把低沉的嗓音在不远处响起，许衡听得有些心猿意马。

敦实二副和瘦子大副还在争论着，很快盖过了船长打电话的声音。

“许小姐，别介意，海上是这样的。”同作为“长舟号”上的外来人，引航员对她的遭遇颇为同情，“‘世上三般苦，行船打铁磨豆腐。’跑船的自古以来都是男人，有些迷信观点，会认为女性上船不吉利。”

“‘女人上船，船要翻’，是吧？我知道的。”许衡笑得云淡风轻。

引航员之前也是老水手，风里来浪里去几十年，退休后还要找个跟船有关的兼职，只因习惯了漂泊。听到女孩口中说出熟悉的老话，他笑起来：“封建迷信，不值一提。”

船员们的争论还在持续，一老一小却自得其乐地交流起来。许衡发现引航员经验丰富，年轻时跑了五大洲四大洋，提及此次航行的几个港口，他似乎都有所经历。

许衡想再多问几句，却被眼前的阴影转移了注意力。

船长打完电话，跟大副二副一起回到他们身边。两人的视线初一交会，便有些互相较劲的意味。

宽帽檐的遮挡下，是双黢黑的眼睛，似有噬魂夺魄的魔力。他的五官轮廓清晰，透着男人特有的雄性气质，如大海般深沉寂静。

许衡没有开口，等着对方先说话。

他的嘴唇薄如刀锋，发出的声音却十分清晰：“公司沟通有点问题，许律师，对不起……”

“我能在船上待下去吗？”她仰着头，目光桀骜不驯。

“‘长舟号’欢迎你。”男人伸出手，手指修长而干净，“我是这艘船的船长，王航。”

敦实的二副叫宋巍，是个航校毕业生，在“长舟号”上已经工作了三年。

之前赵秉承就是与他联系，只因没有特别说明随船律师是女性，所以才闹出了这么大一个乌龙。

又或许，赵秉承早知道船上的态度，所以才故意把水搅浑。

许衡表示不介意，她对航海习俗有所了解，也明白宋巍不是真正管事的人，为难他没有意义。

这个小伙子就跟看上去一样老实，拎着满满当当的行李箱健步如飞，一边走一边介绍船上的各项设施和功能。

大副张建新皱着眉头，透过舰桥窗户，望向两人离去的背影，不确定地说：“真让个娘们儿跟船？”

王航推开驾驶室的门，礼貌地侧身让引航员先行，头也不回道：“总办直接下达的指示，现在反悔也来不及了。”

走在甲板上的许衡没有感受到这份质疑，再次恢复期待和兴奋的心情，跟随宋巍的脚步一路行至专门为搭船旅客准备的客房。

位于甲板上第七层的舱室没有想象中那般封闭潮湿，生活条件反倒远远超出了预期：双人床、透亮的窗户、独立卫生间、冰箱、沙发，虽然说不上豪华，但是应付日常的生活绰绰有余。

宋巍看到她目瞪口呆的表情，也显然有些得意：“‘长舟号’是一艘超大型集散船，船员超过20名，每人都有自己独立的房间和卫生间。接待宾客的房间条件会更好一些，跟船长一个级别。”

想起那身白色制服，以及帽檐下漆黑发亮的眼睛，许衡咬了咬嘴唇，没再说话。

“吃饭是集体式的，餐厅在楼下。船上很少来客人，因此也没特别准备。如果有什么需要，你就直接告诉服务员，他会留意的。”

宋巍放下行李箱，冲她笑笑：“最开始这几天的伙食比较好，越往后越差，你要有思想准备。”

许衡拍了拍随身的背包，装出不以为意的样子：“我带了零食，没问题。”

明白对方不是那种娇滴滴的大小姐，宋巍似乎松了口气，随即敬礼告别：“我要去准备起航了，祝你旅途愉快。”

“长舟号”虽然登记在大洋集团名下，但实际的船东是挪威的公司，软硬件设施比一般货轮好得多。许衡摸清楚房间内的基本方位后，开始将个人物品逐渐归位。这次出海途径的港口主要集中在东南亚航区，和海图上的恒向线恰好重合。

恒向线，是海图上连接两点之间的直线，在地球表面显示为一条趋向于两极的曲线。虽然它不是最短距离，但能让船舶按恒定的航向航行，就像我们的人生，可能会蜿蜒、曲折、走错路，最终却还是会朝着梦想的方向前进。

有时候，即便自己都不知道梦想是什么，也无所谓，因为心知道。

大概过了十几分钟，轮船汽笛发出一声长鸣，引擎也开始正式工作，窗外的景色慢慢发生变化。许衡放下手里的事，像个孩子似的趴在舷窗上：晌午阳光正好，蓝天白云共海水一色，之前看来巨大无比的港口吊机逐渐变小，就像仿真玩具似的伫立在码头。

想到接下来很长一段时间都很难再看到陆地，她干脆将行李箱合上，推门走出了房间。

下到主甲板层，出舱便是左舷，虽然有些不稳当，她还是扶着栏杆挪动到船头。这一段距离大概耗费了十几分钟，最终登上梯子把头探出去的时候，口中喘息不停，眼前却只有浑然的蓝色天空和大海。

脚卡进梯架的狭缝间，许衡将半个身子探出船舷外，满目的蔚蓝壮阔，无边无际。即便在视线的余光中，也尽是满满当当的天蓝海蓝。

看惯了城市里水泥森林的乌烟瘴气，在这份天与海的辽阔中，人的眼睛、思想、灵魂似乎都被洗涤一番，升华到了新的境界。

“长舟号”正在全速前进，球鼻艏无声地划开水面，如同鱼鳍般顺滑。白浪在船舷翻腾，海鸥在头顶鸣叫，带着些许咸腥味道的海风扑面而来，这种近乎飞翔的感觉，让人忍不住张开双臂。

她闭上眼任由流动的空气环绕四周，压抑已久的情绪终得释放，恍然觉得自己不是在水面，而是在空中。

身处这样壮阔的场景里，很难再去计较任何细枝末节的琐事，整颗心都随风飘扬、舞动、激荡。

“注意安全。”身后突然传来似曾相识的低沉嗓音。

许衡只觉得背上的寒毛都竖起来了。

回头，果然看到四杠一锚的金色肩章，以及高大挺拔的船长本人。

她舔舔嘴唇，有些窘迫地解释道：“小宋说我可以……”

“先下来。”王航打断了她的话，向上伸出手来。

男人的一双眼睛被遮挡在帽檐的阴影之下，看不分明。可那双大掌却纹理深刻、指节清晰，覆着薄薄的茧。

许衡于是也伸出手，再次握住对方。

干燥而温暖，她想，甚至有些粗糙，里外都充满力量。

待人一回到甲板上，王航便收回了自己的手，居高临下且不带任何情绪地说道：

“之前我的大副对您不够尊重，请别往心里去。”

“没事的。”许衡连忙摆头，显得受宠若惊，“我能理解。”

“船上都是些粗人，不怎么会说话。”他拉开半个身位的距离，开始往回引路。

尽管天气很好，船行过程中依然有明显的摇晃，王航却丝毫没有受到影响。只见他长腿交替迈出，每一步都稳稳地踩住甲板，就像被吸附在上面一样。

许衡跟得跌跌撞撞，有几次都差点磕着碰着，终于忍不住开口：“王船长，麻……麻烦您慢点，我走不快。”

他回头，语气平静如初：“船上就是这样，凡事都跟岸上不同。即便是走路这么简单的事情，换了人也难以适应。公司说你要跟全程，我认为并没有太大必要。东京湾之后，‘长舟号’正好要去韩国。你可以考虑从那里回国。”

女孩用力攥住栏杆，骨节雪白而突出：“凭什么？”

王航挑挑眉，示意她把话说清楚。

“凭什么认为女人不能待在船上？《2006年海事劳工公约》就鼓励女性参加航海，恕我直言，您和您大副的‘建议’没有任何区别！”

“你知道我们只是建议。”

他似乎并没有感到意外，倒是让许衡觉得自己有些反应过度，也不好意思再多说什么，只能斩钉截铁地表明态度：“我不会下船。”

“随意。”

王航转过头，继续在前面开路：“这次航程要跑的地方很多，有的只是路过，有的要花一两天时间卸货。到港期间会很繁忙，也会很乱，要注意财物安全。其他时候你可以在船上随便转转，不要影响到船员的正常工作就好。”

“你真的不逼我下船？”抓紧一段难得的平稳间隙，许衡小跑着跟上去，不敢相信对方的态度会突然转变。

男人的脚步终于停住，视线却飘向海平线，神情颇为自信：“用不着我逼你。”

许衡于是明白自己是被鄙视了。

两人在舰桥舷梯下告别，她闷闷不乐地回到房间。才换好一身便于行动的衣服，便听见广播通知开饭了。

船上餐厅位于主甲板以上第二层，两个餐厅分立厨房两侧，一侧专供船长、轮机长、副官还有乘客使用，另一侧则属于一般的水手。餐厅之间有连通，桌上的菜式看起来也没有任何差别，却人为地隔开区域，显然是专门布置的。

刚一推门，许衡便吸引到所有人的注意。

原本热热闹闹的交谈声、欢笑声，全都变成了瞠目结舌的惊讶与令人难堪的沉默。

整个餐厅只有大副一张熟脸，而他似乎也是不大乐意搭理人的样子。

咬咬牙，许衡硬着头皮冲服务员打了声招呼："您好，我是随船律师小许。"

娃娃脸的小伙子眨眨眼睛，半晌没能回过神来："……律师？"

"律师上船来干吗？"船员餐厅里有人扯着嗓门问道。

"对啊，船上又没有官司。"

"你小子就是最大的官司！"

"去你的……"

随着叫骂声响起，室内再次恢复之前的喧嚣。许衡在服务员的带领下，来到座位上，感激地接过餐点和饮料，开始低头吃饭。

她依然能够察觉到投射在自己身上的目光，好奇的、挑衅的、赤裸裸的、火辣辣的，各种各样，不一而足。

不难想象，对于航海这一纯粹属于男人的事业来说，突然冒出的异性有多稀奇。最初的新鲜劲儿过后，则会产生各种不便：生活习惯、人际关系、工作节奏……这也是王航等人变着法儿劝她下船的原因。

说得更直白一点，有她在，船员们连荤段子都不好讲。

可是，那又怎样呢？许衡用力嚼烂食物，心中默默下定决心：我自会让你们明白，女人也能在海上好好生存下去。

交班后，王航来到餐厅，发现很多人还没有吃完，服务员殷勤得近乎过分。

宋巍跟在他身后，显然也被这里的气氛吓了一跳，连话都说不利索："船……船长，他们今天……"

没有理会满屋子几欲炸裂的八卦热情，王航低着头，脸不变色心不跳地命令道："吃饭。"

宋巍咽了咽口水，果断将注意力集中到食物上。

轮机长是轮机部的头儿，俗称老轨，在船上的地位仅次于船长和大副。"长舟号"

的老轨八十年代起就跑国际航线，是个经验丰富的老海员，很有号召力。只见他拎着酒瓶，打着饱嗝从水手餐厅那边晃过来，一屁股坐到了王航身旁的座位上。

餐厅里其他人的声音顿时就变小了，似乎都留意着老轨和船长之间的互动。

偏生两位当事人像是入了定，一个只顾吃饭，一个只顾喝酒，活活地急煞了一干旁观者。

坐在他们对面的宋巍也不好受。船上是个小社会，尽管等级分明上下有别，驾驶台的任何命令想要得到执行，仍然少不了全体水手的配合。老轨如今明显就是代表众人来兴师问罪的，船长却死犟着不开口。两个上司杠起来，简直就是在逼他这个小小的二副去撞墙。

为了打破这份尴尬，宋巍以最快的速度吃干净碗里的食物，讪笑着冲服务员举起手："小高，再添点儿，今天伙食真不错！"

娃娃脸的小高还没过来，老轨轻飘飘的声音先荡了过来："怎么样？不错吧？伙计们特意把好菜给你们留着的。"

最后一口饭还没咽下去，宋巍差点被呛到，连忙回应道："……多谢，呃，谢谢大家。"

"不用谢。"

老轨咂了口酒，脸上露出些许哀怨的神态，与中老年男人的粗犷气质颇为不符，却与他接下来的语气很是相符："人跟人之间讲究的是感情，我对你有情，你对我有义，大家才能同舟共济，对不对？"

宋巍又哽了哽，他怀疑自己今天这碗饭不该添。

老轨借着由头开口，很快直接切入主题："大家伙儿给你们驾驶台的留饭，是对你和船长有感情。你和船长有什么消息、情报，肯定也不会瞒着我们，是吧？"

最后这两个字说得十分有技巧，尾音上扬，语气很轻，似疑问似肯定。表面上是寻求确认，实质上又不需要作答，餐桌上的尴尬气氛再次逼近临界值。

偏偏在此时，隔壁的船员餐厅里还有人发出一声叹息，音调之婉转，气韵之绵长简直能让闻者伤心听者落泪。

仰头喝掉最后一口酒，老轨用手背抹了抹嘴，终于扭头看向了正主儿："船长啊，将心比心啊……"

王航吃饭很快，完全没有受到诡异气氛的影响。他冲小高打了个手势，示意可以收拾了。而后将手肘撑在桌面上，扭头面对老轨，视线却越过他看向餐厅里剩下的其他人："说吧，什么事？"

水手长是个大老粗，缩在后面早就沉不住气了，刚才那声欲盖弥彰的叹息就是他发出来的。听到船长发话，立刻三步并作两步冲到这边餐厅，铜铃般的两只眼睛里迸射出灼热的光芒："咱们船上来了个女的？！还是个律师？！她要待多久？干什么的？结婚没结婚？有没有男朋友？家在哪里？"

老轨闭上眼睛，露出功败垂成的沮丧表情，与身后众人倒吸一口凉气，屏住呼吸的紧张情绪形成鲜明对比。

王航从膝头抽出餐巾，随手扔在了桌面上："你们已经看到人了。"

这句话的语气更为微妙，也更有技巧：既是回应，也是陈述，更是对话题的终结。

宋巍理解船长的意思是：既然你们已经看到人了，这些问题就没有必要回答了。即便有答案，也不可能从他的嘴巴里套出来。

于是，酝酿已久的逼供就这么无功而返。

王航站起身来戴上帽子，低头瞥了眼自己的二副，冷声道："还吃？"

宋巍明白这是怪他刚才不该乱搭话，没敢反驳，委屈地看了老轨一眼，留下半只鸡腿在盘子里，恋恋不舍地离开餐桌。

许衡早就吃完饭回到了自己的房间。在十几个大男人的注视下，所有动作都像变了形，进食和咀嚼完全从条件反射变成了大脑指令。一顿饭下来，腮帮子都有些酸痛。

但船上作息规律，后勤保障充分，有助于形成良好的生活习惯。律师事务所工作压力大，她已经很久没有正常休息过，想必船上再怎么辛苦，也不会比熬夜办案更加痛苦。这样看来，未来四个月也不尽是悲观失望呢。

想起王航之前的话，难免又有些憋闷，她索性用被子蒙住头，一门心思地开始睡午觉。

"长舟号"是钢制船体，隔音效果并不好，甲板下功率巨大的发动机"嗡嗡"作响，甚至有隐约的震动感透过墙壁传来。可这单调的声音并没有影响睡眠质量，相反还有些催眠效果，许衡很快便沉入甜蜜的梦乡。

已经很久没有如此沉睡过，感谢风平浪静的好天气，"长舟号"上颠簸不再。许衡躺在双人床上左右晃荡，如同婴儿回到摇篮般安稳。身陷漆黑温暖的柔软中，甚至连梦都没有做。

闹钟响起时，许衡缓缓地睁开眼睛，看着头顶的钢板油漆，恍惚半天无法回神。

这场旅途没有想象中的那么顺利，却也没有担心的那么苦闷。能够有机会脱离日复一日的生活，隔绝网络新闻和八卦，对于习惯了繁忙紧张节奏的现代人来说，简直与度假无异。

可是，许衡随即意识到，自己不是来度假的。

一个骨碌爬起身来，她用最快的速度穿戴梳洗完毕，精神抖擞地站在镜子前，目光直视着镜中的影子："最懂船的海事律师，最懂法的航运专家，加油！"

说完，她便坚定地推开了房间大门。

然而，还没等她从生活区出去，便被堵住了去路。下到主甲板的闸间通道里，只见精瘦的大副趴在地面上一动不动，侧着耳朵仔细倾听着什么。

他依然穿着制服，应该还在值班，可这样四肢着地的动作显然不属于大副的常规操作。许衡想要爬梯子退回去，又怕影响到对方的监测，她缩手缩脚地站在一旁，有些犹豫。

眼见着大副的眉头越皱越紧，终于咒骂出声。

许衡被惊得吓了一跳，忍不住问道："怎么了？需要帮忙吗？"

对方没有理会，而是很快打开了通往货舱的安全门。急匆匆地下舱时，张建新才记起自己没有带人，抬头却只见到许衡怯生生地站在近旁。

再能干的大副也不敢独自摸下货舱，真要发生点什么情况，在通信全无的舱室里只有等死的份。

万般无奈之下，张建新皱眉道："有事没事？"

许衡摇摇头。

"跟我下来。"

说完，"长舟号"的大副便消失在狭小的梯道内。

她还没弄明白对方的意思，却听见梯道内传出回声："人呢？！"

"来了来了。"许衡赶忙大声回应，慌手慌脚地扶住梯杆，跟着往下爬。

货舱里不住人，仅在梯道上留有照明，而且越往下越黑。除了听到大副在不远处的动静，只有发动机巨大的轰鸣穿透船体钢板传过来。

这条黑漆漆的直梯窄而长，远远看不到尽头。许衡在心中默默计算着步数，分散因空间狭窄、昏暗环境所造成的紧张感。

货舱内被货物堆得满满当当，行进其中需要绕过各种各样的障碍物，因此显得格外艰难。

大副熟悉舱内布局，躲避前进十分灵活，在一堆堆紧密排列的卷钢间侧身穿梭，丝毫不受船身颠簸的影响。

跟在他后面的许衡就没那么轻松了。

船尾原本重心就低，摇摆周期更短，晃动得比甲板上厉害。尽管起航前钢材已经被捆扎固定牢靠，在重力的作用下依然会有轻微位移。有时候大副刚爬过去的地方，她来到跟前就走不动了。只好眼睁睁地等着这一波浪过去，再手足并用地追赶被落下的距离。

来到刚才探听的位置附近，张建新满头大汗地环顾四周，很快便找到了麻烦所在：靠近左舷的衬垫架子支撑已断，整个架身摇摇欲坠，依附其上的货物眼看着便要撞上船板！

第 2 章

破　浪

张建新刚才路过主甲板通道，隐约听见货舱里传出的撞击声，担心有松动。下到舱里来才发现，果真出了状况。来不及解释说明，他上前用肩膀顶住衬垫架子，回头冲许衡大声喊道：“快去叫人！”

刚刚绕过立柱，便看见大副整个人抵在一米多高的卷钢塔上，还在随着船身不断摇晃，许衡彻底惊呆了。这些卷钢全都紧密排列，每卷之间彼此贴拢、不留间隙。衬垫架子表面上撑的是一个，实际上却承载了整个横剖面的压力。若非头顶的钢索式固定器还没断，“长舟号”的大副早就被碾成肉酱了。

事实上，张建新已经是咬牙在坚持。只见他惨白着一张脸，断断续续地指示着：“上甲板，找人，快！”

装运钢材的舱室内，无线电信号被严重屏蔽，无法与驾驶台取得实时联系。如今情况紧急，容不得他再挑三拣四，只能将求救的希望寄托在许衡这个外来者身上。

手脚并用地摸出货舱，又沿着细长的直梯爬到甲板上，她早已晕头转向。况且

“长舟号”的结构复杂，各种通道纵横交错，一时间根本不知道该去哪里求援。驾驶台在舰桥，距离主甲板还有几层楼梯，最近且确定有人的地方只剩下餐厅。

爬上二楼，推门时差点撞在对方身上。服务员小高看她上气不接下气的样子，显然也被吓了一跳：“许律师，怎么回事？”

“货舱，固定卷钢的架子……断了。大副在撑着，快、快去帮忙！”许衡也不了解具体情况，只能就自己的亲眼所见进行陈述。

小高虽然既不管船也不管货，但好歹懂得航行安全与整船人的性命生死攸关。他赶忙扔下手中的杯盏碗碟，火速拨通了驾驶台的电话。

“长舟号”这次承运的卷钢不多，全都集中在二甲板上。所以，值班的三副很快确定了出险的方位，当即通知水手长带人下舱救援。

许衡终于松了口气，缓缓坐回餐厅的椅子上。

挂上电话，小高扭头探问道：“许律师，你还好吧？”

勉强扯出一抹笑，许衡显然还没有回过神来，只能大口大口地深呼吸，调整着自己的情绪。

从货舱里爬出来的时候，她只顾着快些、再快些，根本没时间去担心那些来回晃荡的货物，更别提避让和躲藏了。短短一段路，相比进去时，出来的速度显然快很多，代价是满手的血印与肩上隐隐的肿痛。

小高见她一脸丢了魂的表情，体贴地没有打扰她，而是继续自己的忙碌。

船上轮班休息，即便已经过了进餐时间，餐厅里依然会有人吃饭。大厨做好三餐后，便可以回房间休息。只有服务员，因为负责保温和保洁，必须持续工作到最后。

生了一张娃娃脸的小高本身年纪也不大，至多20岁的样子，却露出远超同龄人的淡定沉稳。

许衡勉强回过神来，抹了把脸，长吁一口气道：“不好意思，我失态了。”

小高一边换桌布一边宽慰她：“没事，别多想。我刚上船那会儿，锅盖打翻了都能被吓一跳。”

明白对方是在给自己搭梯子下台，许衡感觉些许亲切，忍不住问道：“后来呢？”

“后来我发现，船上就是这样乱七八糟，习惯了就好。按下葫芦浮起瓢，不出问题反而不正常。”

许衡看他表情，确定自己并未受到鄙视，遂也敞开心扉：“我觉得我上船之后，连路都不会走了。”

“都一样啊，”小高俯身将桌布扯平，连眼帘都没有掀起，“咱们是两条腿的人，又不是生在水里的鱼，到了船上走不动路很正常。”

白色制服下的挺拔身形，在甲板上步伐交替，长腿迈进稳健如风……许衡突然莫名地坚信，船长一定会游泳，而且游得很好。

回忆里，那双大掌干燥而温暖，令人心尖酥麻。

伤痕累累的手交叉在一起，她用刺痛强迫自己清醒，随即转换话题道：“你怎么会到船上来？”

“为了钱呗。”高级船员餐厅里恢复整洁，水手餐厅也没人再来，小高终于拍拍裤腿坐下，“漂洋过海、背井离乡，一出门就是大半年。要不是看在钱的份儿上，谁愿意受这份罪。”

想到自己作为实习律师，干着最苦的活，却拿着最低的薪资，许衡也陷入了沉默，她明白对方说的是大实话。

“当然，不排除有些人是真心喜欢大海。”小高像是想起了什么，摸了摸后脑勺道，“我中专毕业以后，跟人合伙开了家小饭馆，半年就垮了。一分钱没赚到，反倒欠了一屁股债，走投无路，只能上船。这里管吃管住，想花钱都花不出去，工资还是美金结算，在岸上哪敢想。”

许衡点点头，表示赞同。

叹了口气，小高方才发现她的伤口：“哎呀，许律师，你的手怎么这样了？！”

许衡不以为意地耸耸肩：“小伤，没事的，洗洗就好了。”

“那怎么行。”小高顾不得讲礼貌，推着她就往门外走，“你是女孩子，留下伤疤就糟了，还是去医务室处理一下。”

许衡不经意地留意到，小高手上也有层层叠叠的伤疤。或许是因为在厨房帮工的缘故，烫伤和刀伤层层叠叠，看着甚是吓人，与他娃娃脸的长相毫不相符。

小高正准备去驾驶台叫人，却发现楼下医务室的门开着。大副张建新趴在病床上裸着上身，整个后背尽是紫红色瘀青。宋巍和水手长正在分头替他擦药，屋子里弥散着正骨水的刺鼻气味。

许衡跟在后面停住了脚步，隔着门缝和人影看到房间里乱糟糟的模样，意识到先前货舱里的麻烦不小。

“小高，你来干吗？”宋巍愣了愣，手下的力道也陡然变大。

张建新疼得龇牙咧嘴，正要破口大骂，却发现了走廊里的许衡。尽管身体不便，他还是撑住手肘探起头来，由衷道：“许律师，谢谢你。”

众人这才让出一条道，看清楚女孩和她手上的伤痕。

“怎么你也受伤了？”宋巍转身要去翻找过氧化氢和创可贴，却被许衡拦下。

“不要紧，已经结疤了，用水洗洗就行。”她冲病床上的张建新点头致意，“您没事就好。”

大副是一艘船上仅次于船长的存在，说话做事得有基本的讲究。经历了刚才那番惊心动魄，原本强烈反对女人上船的张建新，态度终于稍微松动，言辞间不再强硬：“……多亏了你。”

许衡没有在众目睽睽之下与半裸男子相互客气的经验，甚至连继续待在医务室都有些尴尬，只好窘迫地说：“没……没关系，你们忙，我先走了。”

气喘吁吁地连爬过几层楼梯，她逃跑似的躲回房间里。反手锁上门后，靠在门板上久久无法平静，没想到大副被伤成那副模样，刚才如果她动作慢一点，或是根本没有跟着下货舱，无法想象会发生怎样的悲剧。

从这个角度上看，她在“长舟号”上并非一无是处。

许衡的心情顿时轻快起来，就连手臂的伤口也没那么痛了，反倒成为荣誉的勋章，象征自己正式成了大海的子民。

心理建设完毕，许衡一边撸开袖子准备清创，一边在房间里找寻急救包，却突然便听见清晰的敲门声。

“哪位？”

许衡冲镜中的自己吐吐舌头，面对满脸黑色机油、蓬头垢面的糟糕形象，她根本没有直接见人的勇气。

门外却传来不容拒绝的温润嗓音：“是我。”

船行大海，船长就是最高指挥官，可以无条件地做出任何要求，所有船员都必须服从。

听到王航的声音，许衡只能乖乖开门。

只见他推门进来，下颌微抬，挑起目光环视一周，最终才落在女孩身上。

这是她的房间，却是他的船，许衡不自觉地感觉窘迫，就像一个寄人篱下的外来者，总怕行差踏错。

“住得惯吗？”王航问。

下意识地将双手藏在身后，许衡连忙点头：“挺好的。”

他从衣兜里掏出棉签、药水和纱布卷，一一摆放在沙发前的小茶几上，弯腰坐了下来。

“伸手。”

许衡被吓了一跳，正想推拒，却被对方的目光所震慑，她像中了魔咒一样，只能乖乖坐到沙发的另一边，将伤痕累累的手臂露出来。王航取下帽子搭在扶手边，不着痕迹地皱了皱眉。

挺直腰板侧身坐好，他旋开药水瓶盖，反过来放好后，就着棉签沾湿过氧化氢，开始一点点地涂抹伤口。

冰凉的刺激自神经末梢传导，逆袭至脊椎和头皮，许衡忍不住手抖。

他抬眼看了看，瞳仁黑得发亮。

舔舔嘴唇，女孩低声道：“对不起。”

换了一根新棉签，王航继续之前的动作：“为什么道歉？”

“给您添麻烦了。”

他没有回应，而是开始专业地为外伤消毒，修长的手指大开大合，做起精细动作来却一点也不含糊。

那种背上寒毛根根直立的感觉再次出现，许衡只好自己给自己解围：“我急着从舱里爬出来，没有注意避开钢板的切口……”

“嗯。”王航打断了她的解释。

为救人而受伤，到头来反倒像欠了债似的，许衡抿住嘴角不再说话。

他将用过的棉签扔掉，换成纱布一点点擦过伤痕的间隙，仔细地将多余的过氧化氢吸拭干净，却始终保持手指悬空，没有直接碰到她的肌肤。

两人之间有明显的热度辐射，无形的暗潮在沉默中澎湃，直令尚未结痂的伤口酥痒难耐。

“在一艘船上，哪怕某个人业务能力很强，也不可能独自把所有事情都做好；一个人能力再差，也不会因为他就开不了船。”

王航的声音很低沉，在狭小的房间里更加明显：“在大海里航行，靠的是大家各司其职、各谋其政，通力合作地驱动这艘庞然大物。”

听出对方话语里的说教意味，许衡有些沉不住气：“我叫人救大副还救错了？”

“不，”他将她右手的伤口包扎好，干净利落地打了个结，“你错在不该跟他下舱。”

“是他……我们下去之前也不知道会出事。”

王航猜出那没说完的半句话：“他受伤就是报应。”

做了个深呼吸，许衡试图清楚表达自己的观点：“当时情况很紧急，衬垫架子已经垮了，如果没有大副挺身而出，整舱货都会散架。”

“然后呢？”

“然后船会失衡、会沉、会叫天天不应叫地地不灵！”

王航笑起来：“你灾难片看多了。”

许衡有点恍惚，那双眼睛黢黑发亮，微弯的眉眼令整个房间都亮了起来。

意识到自己在犯花痴，她连忙换了只手伸出来，示意对方消毒包扎。虽然心里还有些不服气，也只好撇着嘴道：“本来就是的，小心驶得万年船。”

“每一条航行规程背后，都有至少几十起相关事故，全是血淋淋的经验教训。”王航一边语重心长，一边用棉签涂涂抹抹。

他这次的操作愈发轻车熟路，既没有刺激伤口，也没有接触到她的肌肤。许衡竟下意识地感到惋惜，随即暗骂自己“色”令智昏。

男人没有任何察觉，用沉稳的声音继续道：“都说大海胸怀宽广，其实它是最狭促的，在海上，任何马虎、不小心，都能要人性命。海员上船前，必须要接受一个月以上的培训，你是真正的无知者无畏。”

听明白对方的言下之意，许衡抿紧双唇，不再辩驳。

“任何紧急的情况，都有既定的应对方针，遇到了按部就班处理就好。最怕自作聪明，搞个人英雄主义，结果把小事弄成大麻烦。张建新受伤绝对活该，让你这样毫无经验的乘客，下到正在航行的货舱里面去，简直就是谋杀。”

措辞强硬，却句句在理，许衡把注意力集中在被包扎的伤口上，乖乖听训。

她向来是不服说教的，自己认定的事情，做了就做了，没什么值得后悔。有时候，即便真的证明当初错了，无非在心里记下来，下次再遇到同样的情况，适当予以规避。

不撞南墙不死心，不见棺材不落泪——白羊座的性格缺陷用这句话来形容再合适不过。

王航看上去年纪轻轻，做起思想工作来却有鼻子有眼，甚至能让许衡感觉到懊恼，果真厉害。

“我以后不会这样了。”

末了，她诚心认错，同时在心里补充：管你们翻船死人，我都不会再插手了。

似是猜出了这无声的腹诽，王航并没有让沉默持续多久，而是主动问道：“你为什么要跟船？”

“学习业务知识，熟悉航运操作。” 许衡耸耸肩，坦荡说出自己的初衷。

王航脸上的表情似笑非笑：“这算是第一课。”

许衡抬头，原本想瞪他一眼，却被男人的相貌吸引住，失去帽檐的遮挡，原本就轮廓分明的眉眼显得更加清晰。漆黑的短发根根直立，暗示着某种桀骜不驯的性格。古铜色的皮肤泛着光，给人一种长期在户外工作才能淬炼出的力量感。

那句话怎么说的来着？明明可以靠脸吃饭，偏要去当实力派。

“好为人师。”许衡刻意贬损，试图掩饰自己的不安。

长指翻转，女孩手臂的伤口全都被处理完毕，王航继续最后的收尾工作，将用过的棉签、空药水瓶和废纱布扫进垃圾桶：“‘长舟号’实际的船东是挪威的公司，没有像其他国内商船那样专门设置政委的职务，都由船长一人兼任。”

许衡眨眨眼睛，等着接下来的话。

“所以我的工资能多拿一份。”

他拍拍裤腿站起身，居高临下的目光中有些许狡黠：“船东的财务专门问过，‘政委’是干什么的。公司那边也说不清楚，只好一个电话打到船上来。你猜我怎么解释？”

海商法律师对英语水平的要求很高，许衡本科时就考过专八，却着实想不到相应的单词，只好皱眉问：“怎么解释？”

“我说我是个‘牧师’。”王航俯身拾起帽子。

男人鼻息扫过许衡的脸颊，促使心跳陡然加快，全身的血液都往头上涌，就连呼吸也不再顺畅。

他双手扶正帽檐，再次低头笑道：“安全教育工作，是鄙人的分内之事。”

许衡含混地“嗯”了一声，声如细蚊。

王航腿很长，直接跨过茶几，却显得根本不费力气。直到临出门，方才顿住脚步，回身冲她点头：“按时换药。”

大副受伤，二副、三副要在驾驶台值班，船上的医务人员全都不在岗，许衡很想问自己该找谁帮忙。最终却只能弱弱地回应道：“好的。”

王航没有等她的回答，而是直接带上门离开了房间。

王航刚回到驾驶室，值班水手便送来几份传真。

一份是气象台的风暴预报。夏季负低压导致的偏南大风，每年都会影响中日航线，造成较大风浪。在接下来的航程中，需要特别注意。

他迅速浏览过预报内容，又在海图上确定了航向，用铅笔敲敲桌子：“按照预定的航线走。”

掌舵的三副是他的校友，刚从航校毕业，对这位年轻的学长十分信服，当即点头表示没有异议。

“风浪比较大，但横倾角不会超过25°。后半夜你值班的时候，记得把我也叫起来。”王航说完，开始仔细浏览第二份传真。

这是由公司总办发过来的。

身份证、毕业证、律师职业资格证，每张证件上都印着同一个名字，还有一张故意板起脸、假装不苟言笑的照片。

他翻了翻资格证的内页影印件，看到执业单位一栏清楚写着“华海律师事务所”。

华海所近年来在海商法界风头无两，特别是几家保险公司和船东互保协会的顾问业务都被他们拿下，几乎旱涝保收。

一个提着公文包的律师，抢到的钱比一千个拿着冲锋枪的歹徒还多。

《教父》里的名言浮现在脑海中，王航淡淡地笑了笑。

与此同时，许衡再次站在洗手间的镜子前，看到被纱布裹成粽子的双手，感觉自己是具木乃伊。

伤口被刻意地夸张处理，似乎是警示教育的一部分。

其实完全没必要，刚上船便经历这么一遭，她已经很有觉悟：没被卷钢碾死在货舱里，既是运气，更是教训。

原本宽敞明亮的房间，在刚才显得格外压抑，似乎又随着他的离去，再次恢复正常。

许衡收拾起慌乱的情绪，定睛看向镜中的自己，别被预料之外的事情打乱了阵脚，一名真正成功的海事律师，可不能仅仅靠嘴皮子吃饭。

到了晚饭的时候，餐厅人不多。小高端来了一碗粥，说是大厨特意炖的燕麦，补虚健脾、营养丰富，用来滋养皮肤再好不过。

许衡没有进厨房，只好在离开前往桌上压了50元，算作小费。

回到房间早早洗漱之后，她看了会儿书就熄灯了。一整天的奔波与劳累，特别是下午那段惊心动魄的经历，简直让人筋疲力尽。

摇晃是从后半夜开始的。

最初有雨点打在窗户上，闷闷的声音，听不太清楚。船舱不透风不透水，像个铁皮罐头，对外界的情况感知很迟钝。舷窗的玻璃特别厚，人又睡在被子里，只感觉来回滚动，不断地撞击着舱壁。

随后情况就发生了变化。滚动的方向从简单的左摇右摆转换为上摇下摆，而且毫无规律可循：时而头重脚轻、时而头轻脚重，有时候甚至会凌空几秒，再狠狠跌落回床板。

许衡很快便醒了。

先前喝进去的粥在胃里荡来荡去，像激浪反复拍打堤岸，次次抵着喉管，随时都有可能喷出。许衡皱着眉头坚持了一会儿，终于还是翻身爬起来，然后发现更加不对劲。

下午才刚刚被王航嘲讽过“灾难片看多了”，现在的情形却容不得她不瞎想：桌面上的东西早已散落一地，行李箱也被巨大的冲击力撞开，尚未来得及归置的衣物散落得到处都是，就连固定在墙壁上的挂钟、海图框，也在频繁而明显地晃动，重重地撞击钢制船板，发出令人心悸的声响。

许衡有些慌乱，趁着摇晃的间隙趴在床头朝外看，只见满目漆黑一片，根本分不清哪里是海，哪里是天。

这种黑暗浓重而浑浊，与陆地上简单的光线昏暗截然不同。

它更像是整个世界都坠入混沌之中，万事万物的边界弥散，彻底模糊的虚空和因重力消失的急坠组合起来，将三维空间幻化为切片，直叫人的感官都被压扁。

又是一阵剧烈的翻滚。

许衡口中泛苦，酸水愈发凶猛地往上涌。原本就不怎么坚强的肠胃，如今被搅成一团乱麻，彼此摩擦、撞击、按压，似要挤出所有内脏。

尽管脚下不稳，她还是一个箭步跃起，而后连滚带爬地冲进洗手间，趴在马桶边缘，翻江倒海般吐了起来。

白天登船时，在过驳船上体验过的颠簸，和如今海上真正的风浪相比，绝对是小巫见大巫。

晚饭吃的粥，下午喝的水，尚未消化的午餐，乃至于黄绿色的胆汁……伴随着船舱外的风雨呼啸，许衡抱住马桶吐得涕泗横流，眼前只剩下天旋地转，整个儿趴在地上。

她从不晕车，上船之前也不觉得自己会晕船，所以连防晕药都没带。此刻因为船身纵摇，她的脑袋狠狠磕在墙上，包括手臂伤口裂开的疼痛，都无法分散注意力。到最后，只感觉身体像一个被掏空的袋子，随风浪颠簸甩来甩去。除了抓住扶手不让自己上天，其他的早已置之度外。

据说不晕车的人无法理解晕车的人的痛苦，没有晕船的时候，许衡也不知道自己会沦落至此。

下了舱，救了人，以满身伤痕换回接受安全教育的机会，境遇好不容易有所改善，现实就用最直接的方法告诉她，别高兴得太早，生活远比想象残酷。

船行大洋，远离陆地和港口，只能任由海浪侵袭、顶风冒雨；身处船上，无从逃避和躲藏，如果不因呕吐而死，只能随波逐流地学会适应。

往往在这种时候，人类才会懂得自己的渺小，明白脆弱的肉身在大自然面前是多么不堪一击。

吐到最绝望的时候，连心智也开始模糊，许衡恍惚开始回忆起很多不相干的事情：儿时记忆中父亲模糊的轮廓，灯光下母亲操劳的背影，工作后独自加班的深夜办公室，以及上船前赵秉承的那句“小许，算了吧”。

如果可以，没人愿意与父母分割、与家庭脱离、失去庇护，独自面对人心险恶、世态炎凉。

如果可以，许衡希望爸爸没有离开、妈妈不要生病，她能简简单单地活着，心甘情愿地当一辈子缩头乌龟。

许衡一边哭一边笑，为眼前的极致眩晕而忏悔，风雨兼程并非因为选择远方，而是之于弱者，命运本身就没有选项。

船上的引擎被发动到了最大功率，连带着舱壁都开始颤动。嗡嗡噪声震动耳膜，让人更加痛苦了。

许衡头痛欲裂，躺在洗手间的地板上筋疲力尽，只剩下喘气的份儿了。

这种近乎灭顶的绝望，恐怕是她这一生都不会再经历的体验。

直到因为体能耗尽而昏迷，“长舟号”的颠簸都没有结束。毫无规律的摇晃，伴随着肠胃的剧烈运动，彻底耗尽最后的精力。这便是大海给予外来者的见面礼。

再次睁眼时，天已经蒙蒙亮，窗外变成浅灰色，看起来如坠云雾之中。

许衡估摸着时间不会太早。

她扶住墙壁站起来，脚下像踩了棉花。手臂伤口尽数裂开，将纱布染成赭红色，就连额头也被磕出青紫痕迹。除此之外满脸苍白狼狈，像一团被揉皱的旧报纸，勉强吊着一口气。

风浪似乎小了点，但“长舟号”依然在上下左右摇晃。幅度没有半夜那么大，对于已经吐晕过去一次的人来说，足以感天谢地。

她随便用清水洗了洗脸，又扎起简单的马尾，顺手捞了件外套便推门出舱。

医务室没有人，二楼的餐厅里只剩小高和大厨在吃饭。

他们看到许衡的脸色都吓了一跳，争相起身为她让座。

“许律师，你先吃点东西吧。”小高从锅底刮了点剩饭出来，又将盘子里一半的荤菜夹到碗里，焦急地劝道。

大厨身穿油腻的工作服，眉头紧锁地站在一旁。他看起来就是许衡父母那一辈的人：沉默、坚定、吃苦耐劳，像甲板上的陈年垫木，在岁月雕刻的沧桑轮廓中，饱含对生命的信念。

见许衡没说话，大厨冲小高摆摆手，沉声道：“她第一次出海，昨晚那么高的浪，恐怕吃了大亏。你快去找二副，弄点晕船药来。”

勉强从七楼的房间爬下来，许衡早已耗尽了身体里最后一丝力气，此刻趴在餐桌上，连抬眼的劲儿都没有。她只能从喉咙里勉强发出含糊的招呼，算作感谢二人的照顾。

小高不是第一次出海，早已克服了眩晕反应。可他清楚记得自己最初的感受，除了那些天生不晕船的幸运儿，几乎每个人都会有这样生不如死的体验。

三步并作两步爬上驾驶室，小高气喘吁吁地汇报完情况，焦急地催促二副宋巍快去拿药。

“不行。”站在驾驶台另一边的王航突然发声，喉咙沙哑却不容置疑。

面对随时可能让巨轮翻覆的大浪，他督航了整整一晚，精神始终高度紧张。如今好不容易驶出风暴的中心地带，体力已经濒临极限。旁听到刚才那番对话的内容，却还是果断开口否定阻拦。

宋巍知道船长一贯的作风，站在原地，有些无所适从。

“王船长，”小高搓着手，不顾船上森严的等级纪律，试探开口，“许律师只是跟船考察，不会一直待下去。”

王航揉了揉眉心，将视线从仪器屏幕上掉转过来：“不行就是不行。”

宋巍对许衡印象不错，听到这里也憋不住了：“昨晚风浪那么大，她之前还受了伤……”

听到有人帮腔，小高愈发僭越道：“好好的一个女孩子，吐得脸色蜡黄，连讲话的力气都没有。跟海水泡过的青菜一样，太可怜了。”

王航抬起眼看着他，没说话，目光很冷。

在场的人立刻知道，船长已经做出了决定。

小高年轻，出海时间不长，很多习惯还没有养成。对于大多数的船和船员来说，船长就是“独裁者”，是做出决策、监督执行、负责全船生死存亡的人。为了确保命令得以执行，船上需要铁的秩序和纪律。

眼看众人噤若寒蝉，王航也不再绷着一张脸：“走吧，我跟你下去。”

餐厅里，大厨给许衡熬了点粥，正逼着她吃下去。

“真的不用了，我嘴巴里现在还是苦的。”她无奈推拒。

“小姑娘，听话，晕船再难受也要吃点东西。哪怕吃了再吐都行！肠胃空空地蠕动，很容易损伤胃黏膜。”

如果不是仅剩的理智提醒自己，在外人面前要保持尊严，许衡真的很想趴在桌子上哭出来。并不是为了宣泄情感或表明态度，而是纯粹生理性的需要，她如今的绝望痛苦，非眼泪无以表达。

小高推门进来时，根本没有引起两人的注意。

走在后面的王航懒懒出声：“不想吃就算了，反正饿不死。”

第 3 章

逐 波

人的压力到了一定程度，便很容易导致心理失衡。

许衡从手肘上方看向王航，死死咬住嘴唇，强迫自己瞪大眼睛，不让泪水流出来。

她不想表现出柔弱，却也无法改变客观的生理属性：比起因为身体不适而露怯，在人前情绪失控的崩溃显然更加可怕。

小高问大厨有没有牛奶，想热一点给她喝。

厨房里传出翻箱倒柜的声音，听起来就像隔着一个世界的距离。

许衡把头埋进交叉的双臂间，将自己伪装成鸵鸟。尽管这样并没有舒服多少，但至少可以不去面对那双冰冷的眼睛。

他没有走，而是在餐桌的另一边坐下来，不再发出任何动静。

男人的腿脚很长，收在桌面下，稍不留神便越过了边界。许衡的视野里出现一双黑色的牛津鞋。样式简单、用料上乘，搭配白色制服裤子，显得很有质感。

真想踩一脚。

船上的牛奶全都被冷藏储存了，刚起航不久，冰柜还没来得及打开，小高和大厨只好绕到厨房后面去拿钥匙。

许衡勉强坐直身子，发现王航已经趴在对面睡着了。

男人侧着脸，两只手枕在脑袋下面，眼睑微微跳动，蝶翼般的睫毛随呼吸轻颤。深陷的眼眶下有明显的黑眼圈，看起来十分疲惫。

许衡刚才光顾着生气，没留意观察，他的肤色偏深，却不足以掩饰那明显的憔悴。

能让如此精干强悍之人疲惫，想必昨晚确实是个难熬的风雨之夜。

胃里又在翻江倒海，幸好早已吐无可吐，许衡干脆撑起脑袋，歪着头看王航睡觉。

船长对整条船负责，平时不用值班，只在进入复杂航区时督阵：大风浪、浓雾、狭水道、进出港。表面上比任何人都轻松，却因为“责任”二字承受着巨大的压力，弃船时，船长必须最后一个离开。按照航海界不成文的规定，甚至有“殉船”的传统。

毫不夸张地说，千百年来，船长们都是在用自己的生命维护职业荣誉。

若非如此，不足以在彪悍的海员文化里服众；若非如此，没有资格与浩瀚无垠的大海比肩。

可这并不能改变人的本质，许衡愤愤地想，沙文主义、性别歧视、冷漠无情、道德贩子……王航身上的标签越多，制造出的矛盾感越强。

毕竟，年纪轻轻就执掌一艘远洋巨轮，想来也不会是什么简单人物。

他还穿着夏季制服，手臂肌肉匀称结实，泛着古铜色的光泽。指甲修剪得很干净，像一颗颗贝壳似的，饱满而丰润。

回忆起两人握手时过电般的触感，她的背脊再次发出熟悉的战栗。

许衡意识到，这样转移注意力或许是个不错的方法，还省得吃晕船药了。

冰柜上贴着封条，小高和大厨又一起找三副启封去了，餐厅里再次恢复宁静。

她将脖子探出去一点，偷看王航，越看越挪不开视线。从这个角度瞄过去，他犀利的眉眼不再冷漠，相反倒有些少年的清秀。或许是因为睡着了，没有冰冷的目光拒人于千里之外，也显得更容易亲近些。

这人小时候恐怕还是个讨喜的孩子，许衡揣测，只可惜长着长着就长歪了。

“看够没？”

对方哑着嗓子突然出声，差点把她吓得钻到桌子底下去。

当律师习惯了迎难而上、针锋相对，本能地越害怕越硬气。最初的慌乱过后，许衡脖子一梗，顶嘴道：“你要没看我，怎么知道我在看你？”

他勾起嘴角，缓缓睁开眼睛，不再说话。

修长的手臂环成圈，紧箍在船长制服胸前，勾勒出清晰的肌肉线条。颀长的颈项向后反弓，左右轻摆，活动着筋骨。没有扣紧的领口微微敞开，露出阴影，令人看得又是一阵失神。

“不晕了？”王航用手掌握住后颈，斜着眼睛看向许衡，渐渐少了少年的青涩，恢复船长的威严。

她不想被视作花痴，生硬地别开视线，嘟囔道：“晕，但是没东西吐了。”

“晕船就是前庭功能紊乱，吃药只能缓解，起不到任何治疗效果。”

那双清亮的黑瞳看过来，吸引住听众的全部注意力：“船不靠岸，你只能不停地服药，一片接一片，跟吸毒似的，然后永远不能克服晕船。”

仿佛是要证明他的话，紧接着一阵浪涌，许衡胃里所剩无几的酸水开始往外冒。她连忙冲进洗碗间，趴住水槽一阵狂呕。

王航站起身，从保温瓶里倒了杯白开水，放到案台上：“吐完了漱漱口。”

许衡没工夫搭理他，感觉整个人再次被掏空，轻飘飘地挂在池边，却死死不敢松手。

走廊里传来匆忙的脚步声，小高和大厨找三副签了字，拎着一大串钥匙往回赶。

船上的伙食由“伙委会”负责，本航次轮到三副当主簿。食材的采购、记账都强调公开、透明、严格管理。即便是原材料的取用，也遵循“一人为私两人为公”，所以才需要小高和大厨同时出动。

毕竟，省下来的每一分钱，都是所有船员可以均分的收入。

“许律师，你稍微坚持一下，牛奶用微波炉热好了就可以喝。”一边冲进冷库里翻找，小高一边扯开嗓门大声招呼道。

王航拍了拍大厨的肩膀，低声嘱咐几句，没有多做逗留，移步离开了餐厅。

许衡早已顾不上理会别人，之前自以为的症状缓解，其实是缘于暂时的风平浪静。如今风浪再起，直接将她打回了狼狈不堪的原形。

整整两天，和洗手间里的马桶成为亲密战友，她反反复复呕吐、痉挛、昏厥，直到胃里空无一物，然后爬起来随便吃点东西继续吐。不管是液态的还是固态的，任何食物在胃里的停留时间都不会超过五分钟。半个小时一次的频率，简直让人生不如死。

到后来，许衡只能一边吐，一边哭，一边流鼻涕，各种秽物顺着脸颊流下来，连擦拭的力气都没有。

船上的人对她很照顾，每次开饭前，小高会专门把餐点送到房间里来。尽管明知她吃不了多少，还是确保随时都有热饭热菜。

到最后，许衡也不知道是因为感伤，抑或痛苦，反倒越哭越投入、越吐越卖力。

直到第三天，突然就觉得吐不出来了。

她尝试着不扶墙站起来，发现竟能保持平衡。胡乱塞进嘴里的食物，也变得有滋有味，至少不是还没进去就急着往外跑了。

窗外，天空渐渐放晴，透过窗口能看到很远的地方，深蓝、蔚蓝、湛蓝……

胡乱地洗过澡，许衡爬到床上长长久久地舒了口气。用被褥将自己埋起来，终于闭上眼睛，安静地陷入梦乡之中。

这一觉睡得甜蜜而安详，就像婴儿回到了母体，就像落叶飘落大地。熟悉了大海的节奏与柔情，人体也格外容易适应。原本要命的摇晃，如今却成为安眠神器，甚至比摇篮曲都管用。

如果不是肚子饿得咕咕叫，许衡怀疑自己还能再睡上一天一夜。

期间小高又来送过几次饭，得知她已经恢复，便没有频繁打搅。只说休息好了就下楼，及时补充营养、恢复体力。

许衡很感激。

患难见真情，人在生病的时候总是格外脆弱。有幸得到这种亲人般的关怀，真的不是金钱能够回报的。

现今时代物质生活极大丰富，很少存在以生命为代价的冒险。航海算是其中之一。

80%的国际货物运输依靠海运，在可以预见的将来，这项冒险依然是人类社会的重要运输方式。除了以此为生的海员，大部分人都无法想象、也无从了解，跟随轮船在大洋上漂泊，意味着怎样的艰辛与苦难。就像她从来不知道，晕船造成的电解质紊乱，其实也会导致病危。

如此这般的经历，无论何时回顾起来，恐怕都会是刻骨铭心的感慨吧。

三天来，第一次完整地吃下一顿饭。走出餐厅站在甲板上，眺望雨过天晴的海面，直到最遥远的海平线。一朵云、一只鸟都看不见，唯有满目的海蓝充斥眼帘，令人身心沉醉。

在这震撼的大自然美景面前，许衡忍不住用双臂将自己牢牢抱紧。经历过劫后余生的体验，如今眼前一切事物都有了崭新的含义。

她突然明白王航那番固执的真正含义。如果没有将苦难化作坚持，则苦难本身就没有意义；如果不能将挣扎磨砺成勇气，则挣扎就只是徘徊的拉锯。

更何况，风浪之后的晴空如此壮美，以至于胸怀都能变得宽广、兼容并蓄。

“很美吧？”清润低沉的嗓音在身后响起。

许衡这次连头都没有回，直接笑答：“你真的很喜欢搞‘突然袭击’。”

从晕船中恢复过来，许衡觉得自己像被打通了任督二脉，整个人都神清气爽。

开玩笑似的跟王航打过招呼后，她舍不得离开甲板，继续凭栏远眺宽广的蔚蓝大海。

清新的海风扑面而来，“长舟号”劈波斩浪直朝前方驶去。雨过天晴后的海面湛蓝深邃，犹如一块巨大光滑的宝石，折射出美妙的天光。

她生于海边，却从未到过这么远的外海，更不知道海水能清亮如斯，不同于沙滩边的浑浊，抑或简单的蓝色，这里的水几乎是墨绿色的，深不见底且澄澈纯粹……看着看着便让人失魂。

王航站在舷梯的阴影里，不说话，也不离去，仿佛跟她一样陶醉在眼前美丽的景致中。

闭上眼睛沐浴在阳光下，许衡深吸一口气，终于带着笑意回头感慨道：“看不腻。”

“确实。”

王航向前迈了半步，站得离她极近，两人一同分享甲板上的最佳视角。

海风从他的鬓角拂过，带着男人特有的气息吹向许衡。

有点咸，比大海更像大海。

尽管心底的声音提醒许衡不要表现得像花痴，她却还是忍不住做了一个深呼吸，提神醒脑。

王航很高，绝对超过了一米八，比许衡不止高出一个头。有这样的基础，四肢比例怎么样都不会太难看。

事实上，他站在那里就显得十分挺拔，剑眉星目，用“玉树临风”四个字来形容再贴切不过。

尽管被晒得很黑，王航却保留了一双清亮的眼睛，使得整个人都灵动起来。

她突然意识到：他就像条鱼，矫健、有力、向往自由，是大海最爱的孩子。

许衡经历了这场暴风雨之后，连看人的角度都变了。许衡自嘲地想，原本还对王船长腹诽无数，保留着律师的基本操守与尊严，如今却只剩下崇拜。

可是那又怎么样呢？将视线投向更加遥远的海平线，许衡眯起眼睛继续眺望，对自己似有似无的底线不屑一顾。

越是在与社会隔离的封闭环境里，越容易酝酿出个人崇拜。这也是船长权威建立的基础：航海界始终保留着论资排辈的传统，所有人都必须从实习水手做起，三副、二副、大副，一步步走到最高指挥官的位置。

我只不过刚刚开始习惯航海秩序与规则而已，她在心中默默自我安慰。

经过风雨的洗礼，“长舟号”就像获得新生的海鸟，姿态轻盈、动作优美地展翅掠过水面。两人一前一后地站在甲板上，体会着同样的震撼与感动，无声地膜拜造物的神奇、自然的瑰丽。

突然，船舷边晃过一抹亮色，而后迅速消失不见。速度之快令人瞠目，几乎以为是眼睛的幻觉。

许衡看向王航，想要求证，却见对方脸上露出兴奋的表情：“来了！”

长腿交错，他干脆在甲板上跑动起来，直冲船头奔去。许衡庆幸自己吃过饭，也已经适应海浪的节奏，尽管远远拉开一段距离，还是能跟在后面。

和大多数远洋轮一样，“长舟号”船头的舷梯下也留了一对腰圆孔，专供导流透气用。王航将半个身子趴在左舷壁上，伸出脑袋向外张望。

没一会儿他便手舞足蹈地叫唤起来：“快看！”

许衡有些错愕，在她的印象里，王航身为船长，是严肃和权威的代名词，不会轻易表达感情。能够让他如此激动的事情，想必非同一般。

尽管很怀疑这样趴在船舷上是否安全，却敌不过船长本人的直接命令，她带着几分犹豫探向右舷外。

船头风很大，打在脸上又冷又硬，耳边只能听见激浪拍打着船体的咣咣声响。许衡憋着气，勉强睁开眼睛，在水面的阴影里寻找目标。

很快，那泛着光的东西再次出现，而且数量更多。压着船舷的边缘跳跃、翻腾、追逐，伴随“长舟号”一起乘风破浪。

许衡猛地缩回身子，冲左舷的王航大叫道：“海豚！”

他似是听到了呼喊，却舍不得收回视线，只是将头稍稍偏转，高声呼应：“是的！它们在‘抢船头’！”

许衡没工夫计较对方的态度，只觉得心跳快得几乎蹦出胸腔，脑子里就像炸开了五彩的焰火。老天，她已经记不清上次这样激动是什么时候。

许衡弯着腰将上半身探出舷壁，最大限度地睁开眼睛，只为看清那群逐浪的精灵。

一只、两只……它们的动作太快，彼此交错巡游，灵动如跳跃的音符。偶尔还会从船头一跃而起，用身体击打出闪耀的浪花。

风依然很大，她依然无法呼吸，这次却不再仅仅因为气流作用，而是被那种震撼的观感所挟持，完全丧失了对身体的控制。

波涛汹涌、海浪呼啸，趴在冰冷的船舷上，许衡彻底放下矜持。在伟大神奇的大自然面前，任何自以为是的保留都不过是笑话。面对这些像孩童般追逐、嬉戏的精灵，人类很难有勇气坚持自己就是所谓的“万物之灵长”。

这个世界上有太多我们没有见过、没有体验的事物，有太多我们没有涉足、没有了解的领域。除了一颗谦卑之心，实在不该再有其他想法。

她的脸颊被海风吹得生疼，却忍不住趴在船舷上流连忘返。

有一只海豚特别活跃，反复从船头跃起，又刚好落在球鼻艏的前方。就像最娴熟的杂技演员，每每牵动人心，却又每每安然无恙。那份灵巧光滑就是它最杰出的作品，在海洋的舞台上精彩呈现。

天高任鸟飞，海阔凭鱼跃。

只有身临其境，才能够领会古话的由来，才能够明白这份震撼的感悟并非一人独有。

许衡走着神，若非憋不住要换气，根本舍不得将头从船舷边挪开。

回首，王航恰好也撑起了半边身体。视线交错时，他冲她颔首微笑。

下一秒，许衡突然转过头，恨不能直接跳进海里。刚才炸在脑子里的那团焰火，如今只怕都炸在了脸上，尽管风浪汹涌、水花四溅，她依然能够清晰感受到两颊的燥热，以及被炙烤灼烫的一颗心。

王航在她身后说了句什么，甲板上随即响起脚步声：顿挫有致、不慌不忙，船长再次恢复了指挥官的威严。

许衡像缩头乌龟一样，将身体紧紧依附在船舷上，假装依然为海豚逐浪的场景激动不已。

自由的精灵反复跳跃、翻腾，她却开始怀疑自己此行的目的，一场小小的晕船就让情绪高低起伏、无法平复，简直有愧于律师的职业操守。

封闭的环境里，可以对权威服从、对制度妥协，却不应该混乱自我认知与定位。如果真在这里爱上谁，除了证明女性确实不适合航海外，没有其他任何意义。

毕竟，船员生活颠沛流离，一辈子与波涛相伴，再伟大、再勇敢，也无法解决生活中的实际问题。这样的另一半，绝非她的良人。

思维停在这里，许衡连忙晃晃脑袋，把乱七八糟的东西统统甩出去，从一个微笑到一个脸红，从一个脸红到职业定位，从职业定位到终身大事……如果王航知道她的想法，只怕要笑掉大牙。

接下来的半天，许衡都没敢在甲板上露面。

中午吃饭以前，她以身体不舒服为借口，托小高将餐点送进房间。顺路捎带着过氧化氢和棉签，准备自己给自己换药。

傍晚时分，船已行至东京湾。远远的地平线上，开始出现模糊的灯火。

久在海上漂泊，再次看到陆地的心情十分复杂，许衡趴在舷窗上，渐渐迷醉于眼前的人间烟火。

舱室外传来敲门声，许衡以为是小高送晚饭来了，跳下床铺，手忙脚乱地冲过去开门。

然后她看到王航站在通道里。

灯光很暗，从他的头顶打下来，帽檐的阴影遮住了他的脸。见许衡一副精神抖擞的样子，那对剑眉却忍不住微蹙："不是说不舒服吗？"

被抓现行的许衡有些错愕，随即意识到是自己理亏，也不回嘴，就那么低着头站在门边，像个等着挨训的学生。

王航没有说话，只是取下帽子，用力挠了挠头发，最后低声道："餐厅很忙，除了一日三餐，小高还要负责打扫高级船员的房间卫生。能够行动的话，最好还是自己下楼去吃饭。"

许衡将头埋在胸前，恨不能找条地缝钻进去，含糊地"嗯"了一声就准备关门。

男人的大手抵在门框上，随即侧着身子走了进来，言语间还有几分理直气壮："你是不是这几天都没换药？"

许衡坐在沙发上，像只乖乖待宰的羔羊。

她不敢抬头，不敢看向对方，生怕被眼神出卖。

"伸手。"

王航一边说，一边拧开药水瓶盖。

等了半天，见病人没有反应，他干脆用力将她的手臂拽过来，直直地摆在灯光下。

许衡差点就呻吟出声。

先前的交握、接触都很随意，没有多费力气。如今男人的大手握住她的手，彼此再无间隙，那掌心的每一处薄茧都在她赤裸肌肤的表皮上摩擦着，足以制造出噬魂夺魄的效果。

细细麻麻的酥软感觉从指尖蔓延，顺着两人接触的地方扩散至整个身体。许衡紧皱着眉，将脑袋埋得更低，始终死死咬住自己的嘴唇，不敢发出声音。

王航的注意力集中在她的伤口上。

因为反复裂开，原本的割痕变成了狰狞的疤，遍布苍白的手臂，看起来触目惊心。他用棉签蘸上药水，一点点涂抹在结痂粘连的患处，尽量避免刺激伤口。

灯光下的舱室里，只有男女的呼吸声彼此交替，伴随海水轻微的摇晃，渗透进大海朦胧的夜色中。

除了最开始的强硬，王航像之前一样，尽量避免了两人身体的直接接触。和上药时的痛感相比，许衡更介意自己内心在潜意识里表现出来的妥协。她怀疑自己此刻的意志已经彻底瓦解，只需要一个眼神、一声叹息就会被摧枯拉朽。

完事后，他依旧将东西都收拾好，又嘱咐了几句什么话，然后离开了房间。

许衡什么都没听清，她的脑袋里全是嗡鸣。

半夜，插在床头充电的手机突然响起，将辗转难眠的人吓了一跳。

“小衡，你到日本了？”赵秉承的声音听起来很遥远。

“嗯，”许衡揉了揉眼睛，扶着床栏倚坐在舷窗边，“靠泊东京湾。”

“手机有信号就该是到目的港了。”他很得意，电话里传来觥筹交错的声音。

日本比中国快一个小时，国内现在正是周末午夜。

才只几天而已，这一切却像离自己格外遥远，许衡清清喉咙：“你那边有应酬吧？”

言下之意是不想再聊。

素来人精似的赵秉承却没有接茬，反而兴致勃勃地岔开话题：“几个朋友聚聚，都喝高了。船上怎么样？晕船没有？”

如果是以前，赵老师这样主动关心自己，许衡一定会觉得受宠若惊。继而感恩戴德，用尽百分之两百的热情，整理案卷材料、查阅法律规定、准备代理意见，他是一个极聪明的男人，会用尽所有优势地位，只为实现自己的目的。

这样的赵秉承，理所当然是一名极好的海事律师，却不值得她一错再错。

两人撕破脸皮，以及她乘船出海后，那种不甘心的坚持似乎也随着距离的拉长而变淡。

又或者，原本就不是距离的关系。

“早点休息吧，别喝酒了。”许衡咬牙，提醒自己别再纠缠，快刀斩断了这团漂洋过海的乱麻。

原本还准备絮絮叨叨的赵秉承立刻噤声，情绪也明显低落下来：“小衡，我很累，只是想找人说说话……”

“赵老师，”许衡无奈打断道，“是你教我的，工作和感情必须分开。”

“你果然还在怪我。”

电话那头，男人喉咙沙哑，仿佛有说不尽的委屈：“像咱们这样出身不好的人，没资格拿婚姻、爱情做赌注。如果不想办法争取，只能一辈又一辈地输在起跑线上……你比我更清楚一无所有的滋味。”

许衡没再说话，而是选择直接挂断电话。目光发直地看着屏幕上的信号格，她突然想起早上那群海豚。

如果有来生，真想像它们一样，在大海里无忧无虑地跳跃、游弋，无所顾忌。

没有爱，就没有软肋。

抱着柔软的被褥，她轻轻闭上眼睛。

海鸥尖锐的鸣叫从船舱外传来，渔船马达沉闷的突突声伴随着海浪的节奏，将人从沉睡中唤醒。

“长舟号”在缓慢移动，一点点靠近码头边缘。许衡趴在窗户上看到巨大的船身与水泥堤岸完美契合，只有轻微震感传到甲板上，证明最终的靠泊十分成功。

天空刚刚放亮，忙碌的码头一片秩序井然。

拖轮拉响汽笛，在狭窄的水道间穿梭游弋；带缆艇完成护航，正排着队准备驶离；统一着装的码头工人摩拳擦掌，等待将货物从舱中卸出。

更远一些的地方，渔民驾驶着渔船争相出海，雪白的海鸥在高空盘旋；防浪堤旁的街道上，有背着书包的学生，有步履匆匆的上班族，还有撑杆钓鱼的老人……

朝气蓬勃的海滨小镇，如画卷般在眼前展开。

原本阴郁的情绪得到慰藉，许衡打起精神着装完毕，信步走下餐厅。

吃早饭的人特别多，船员间弥漫着一股无声的兴奋情绪。就连习惯了板着脸的大副张建新，也主动冲许衡打招呼：“许律师，好些没？”

她晕船的消息尽人皆知，毕竟船上就这么几十号人，所有新闻不出半小时就能传遍甲板部和轮机室。

自从上次货舱遇险后，许衡还没有单独跟大副讲过话。

见对方精神抖擞，她也有了些身为救命恩人的成就感，遂点头笑道：“强多了，谢谢您。”

“每个人上船都有这么一遭，熬过了就过了。”张建新迅速地喝完豆浆，抹了抹嘴道，“说真的，你有日本签证吧？”

许衡估计对方不再是想逼她下船，自然实话实说：“有，这次所有目的港的签证我都提前办好了。”

眼前的中年汉子笑得像朵花：“挺好。日本环境不错，咱们船员买东西都是免税的，你要喜欢化妆品啊什么的，可以自己上岸去逛逛。”

她不好意思说自己不化妆，保养品也都是用的最简单的国产套系。只能装出领情的样子，表现得和其他人同样期待，承诺一定会去。

从货港码头登陆，乘客签证比船员手续复杂，要走专门的过关通道，还得船长证明。所以，当大部分人都离开餐厅后，许衡还在细嚼慢咽，想等王航交班后出面办理手续。

跟赵秉承之间的那档子烂事儿已经过去，许衡单身了两年有余，她甚至不太记得男女交往的步骤。昨天在船头上，如遭电击的那幕令人心悸，却也唤醒了某些被遗忘的触动。

女人是感性的动物，从一见钟情到厮守终身，需要的不过是一个眼神的距离。

可真正做出决定却不能仅凭冲动。

她试图让自己更冷静一些，不愿意再有任何贸然的接触，那样似乎会更加模糊彼此感应的原因，究竟是封闭的环境所致，还是当真有什么天雷地火。

相较于单独相处的舱室，许衡当下更愿意在公众场合开始自己的试探。

然而直到餐厅开始打扫卫生，船长都没有露面。

“你等王船长？”

小高挑了挑眉：“死了这条心吧。靠港期间最忙了，海关、船务、货运代理……各种各样的人都要招呼，他至少得在驾驶台待到中午。”

原本紧张焦虑的预期突然落空，许衡说不清心中感受，沮丧？庆幸？期待？失落？这样复杂矛盾的体验令人纠结不已。

在自己的房间里打了几个转，她终究还是没忍住，偷偷摸到了驾驶室外。

几个精瘦的日本人挤在里面，西装革履、打着领带，讲一句话鞠两个躬。王航正在态度谦和地与之沟通。

二副宋巍和驾驶员都围在他身后，却无法分散许衡的半点注意力。

和其他时候不同，王航身处职业的工作环境中，船长地位体现得愈发淋漓尽致。尽管年轻，他却像端坐王座的君主，不卑不亢、不急不缓地证明着自己的权威。

凭胸前的登船牌分辨出，那几个日本人里有供应商，也有港口官员。大家似乎正就航程中的某些细节进行询问，一群人围着海图指指点点。

隔着玻璃，许衡听不清他们在说什么，只是看得见那双薄唇上下开合，如同被赋予魔力的磁石，吸引住自己的全部视线。

第 4 章

靠　岸

王航用余光看到了女孩。

她不着痕迹地移开视线，脸颊却变得绯红，像个情窦初开的小姑娘。

许衡手扶在舷梯栏杆上，看起吊机将沉重的集装箱一个个移到岸上，假装对港口物流十分感兴趣。

驾驶室的门被从里面推开，二副宋巍探出头来："许律师，进去坐着吧，别晒黑了。"

她把目光投向不远处的另一个人，却见他还在与日本人沟通，表情严肃、一丝不苟。

"没事，这儿视野好，我就站着等等。"

犹豫两秒钟，许衡还是补充道："忙完了告诉我一声。"

宋巍用手指在帽檐上比画着敬了个礼，冲她眨眨眼睛："放心，船长今天的效率很高。"

“哦。”许衡转过头，努力平复陡然加速的心跳。

又过了一会儿，宋巍突然再次探出头来，手里还端了杯柠檬水。递过来之后不忘宽慰一句：“快了。”

驾驶室里有专门的饮水机和冰箱，什么器具都很齐全，是船上最宽敞的地方。

强迫自己分散注意力，许衡开始认真打量此次靠泊的港口，默默规划待会儿的观光路线。码头边，“长舟号”的舷梯已经搭好，船员们开始一个接一个地离开。

在海上漂泊的日子毕竟太过封闭，大多数人恐怕都很难适应，所以大家才会把登陆当成节日。即便是向往海洋、热衷冒险的家伙，也会有疲倦，需要停泊靠岸的时候吧?

想到这里，她朝驾驶室看了一眼，恰巧被王航捕捉住目光。两人视线交错，就那么隔着玻璃对望起来。

他依然穿着一身白色制服，在一群日本人之间更显高大挺拔。许衡不想表现得理亏，遂瞪圆了眼珠子，理直气壮地看回去。任由手指抖动得厉害，却不肯率先挪开视线。

就这么过了几秒钟，他似是轻笑一声，复又低头继续与港口工作人员沟通。

许衡不争气地长舒一口气，感觉自己全身的骨头都被抽掉了。杯子里的柠檬水顺势洒出来一些，差点打湿衣服。

等到主要业务告一段落，王航把剩下的事交代给宋巍和其他人，破例给自己放了个假。

女孩还守在驾驶室外，被太阳晒得有些打蔫儿。

“怎么不回房间？”他将帽子夹在手肘内侧，率先走下舷梯。

许衡跟在后面：“第一次‘出国’，有点兴奋。”

国际法上，船舶和航空器都属于船旗国的领土，许衡把下船比喻成“出国”是个玩笑。

王航听懂了，眉眼微弯，脚步也更加轻快。

下到七楼甲板，往左走是许衡的舱室，王航却向右转。在她房间的正隔壁，他低头掏出钥匙：“稍微等一下，我换身衣服。”

许衡难掩惊讶，她不知道在这些漂泊的日夜里，两人的距离竟如此之近。

奇怪的是她从未留意隔壁房间里的任何声响，更不曾料想会和船长成为邻居。

舱壁都是钢铸的，隔音效果很一般，许衡怀疑自己打呼噜的声音都能被听见，忍不住又起了一身鸡皮疙瘩。

王航打开门，难得流露出片刻迟疑："你是回房间等，还是进去坐坐？"

许衡连忙摆手，连滚带爬地回到左舷，被视作花痴已经够糟了，她不想再被当成偷窥狂。

也许是因为有心，这次坐在房间里，果然听到了隐约的动静：关门声、脚步声、换鞋声、流水声、衣柜门的开合声……

她想象对方将白色制服的领口解开，露出古铜色的光滑皮肤。身材修长，肌肉线条深刻，轮廓清晰，比普通人强壮，却没有运动员那么夸张。

流畅得就像一条鱼。

宽肩窄腰，紧致的臀腿，背脊厚而结实。骨架偏大的人通常比较占衣服，脱下时应该也会很有料。许衡认为他的身体应该属于质感均匀的类型，绝对的中心对称，表现出最原始的力量和美感。

那双腿当然是笔直的，刚健有力，稳稳地扎在地面上。任凭风吹浪打，我自岿然不动，天生属于海，属于船，属于浪迹漂泊的自由生活，而不属于某个充满私欲杂念的女人。

她攥着抱枕，将头靠倒在分隔两间舱室的钢板上，两眼发直。

有种爱是伟大的，老吾老以及人之老，幼吾幼以及人之幼，希望和全世界分享温暖关怀。但大多数时候，我们的心是狭隘的：宁愿把美好的事物藏起来，折成小小的一块，塞在胸口、靠心脏的兜袋里。低头，只有自己能够看得见就好。

她隐约觉得不该放任自己的情绪，却又无法抵抗近在咫尺的诱惑，就像偷吃巧克力的孩子，每次说好是最后一口，结果却彻底沦陷、无法自拔。

咬着唇，尝到些许腥咸的味道，许衡强迫自己清醒。

那个人洗了个澡，似乎神清气爽，走路的步伐也快了些。站在舱门外，他礼貌地敲了三下房门："走吧？"

许衡意识到，两人相识以来，王航几乎没有喊过她的名字。每次都是理所当然的"你我他"，至多加个"喂"。

莫名地，心里就有些不爽。

突然很想听自己被呼唤的声音。

从那清润低沉的嗓音中，即便平凡如她，也是可以被接纳的吧?

刚下到陆地上的时候，许衡差点跌倒，若非王航眼明手快地将人架起，眼看就要出糗。

肢体接触的刺激令她有些无所适从，却听见对方不经意解释道："'晕岸'，在船上待久了都这样，小心着点。"

说完，他便松开搀扶的手臂，大大咧咧地迈步走在前面。

换下制服，男人挑了身合适的浅色T恤和牛仔裤，戴着棒球帽，看起来年轻不少。与船长的威严形象相差甚远，更像个刚毕业的大学生。

许衡庆幸自己穿的是连衣裙，而不是一本正经的职业装，否则两人看起来恐怕更加不搭。

虽然现在也没什么"搭"的必要，她自嘲地摇摇头。

港口官员很友善，对着许衡的护照照片看了几眼，爽快地批准入境。王航是船员护照，货代公司早就一并办理过通关手续，还留了专人负责转交。

谢过对方的职员，他一回头便见许衡已经走远，连忙小跑着追了上去。

许衡有些意外地瞧着他："你要干吗？"

"你要干吗？"王航原封不动地将话递回去，"认识路吗？一个人乱跑，掉了队可不是开玩笑的。"

许衡没有过多推辞，难得王航有兴致地作陪，她冉不识相地坚持独自出行，就显得有些"作"了。

事实上，他之所以主动要求，恐怕只是考虑到"长舟号"船长对随船人员的照料义务，特别是像她这样第一次出海的外来者。下船落跑、偷渡失踪的索赔案，在律师事务所屡见不鲜。

从码头出发，两人一前一后走了半小时，来到坐落于半山腰上的神社。

高大的鸟居下，青石板路蜿蜒曲折。清晨的浓雾正在散去，静谧的山间偶有虫鸣蛙叫，一片自然和谐的景象。

许衡气喘吁吁，终于在山门处站定，心跳也渐渐平静。

那人跟在她的身后，漫不经心地踱着步子，像个观光客一样左顾右盼。

出发前，许衡便已经确定路线，神社是距离港口最近的制高点，从上往下直通主干道，可以逛遍中心地区，并且确保不走回头路。

正因如此，她才选择直接沿海边的小径上山，赶在太阳升到头顶之前，钻进了茂密浓郁的森林之中。

王航一直没说话，步伐却很轻松，显得特别无所事事。

难怪，习惯了他在船上忙碌的身影，如今脱掉制服，卸下责任，看起来就像换了一个人。

“你信神道教？”见女孩有模有样地站在手水舍旁边，王航忍不住发问。

清水流过指尖、指缝，如甘泉沁心，原本的燥热不安统统被压抑，就连思绪也清晰了些许。许衡轻声作答：“不信。”

男人接过她手中的柄勺，任由残留的湿意晕过皮肤：“不信还拜？”

“入乡随俗。”

院子里没人，偶有小动物跑过神殿前的石灯笼。檐角挂着岩手铁风铃，随着一阵阵风送来的清凉，在空寂林间美妙作响，声音轻柔悠长、余韵绕梁。

许衡鞠了躬，又在胸前击掌两次，最后一拜收礼，闭目良久。

王航双手抄在裤兜里，饶有兴味地站立于参道边，表情玩味。

祈愿文纳所后面有间小木屋，相貌和善的女官坐在里面，守着各式各样的护身符。见有人走过来，老妇起身微微鞠躬，笑眯眯的样子，并不言语。

指指原木质地的祈愿板，许衡从包里掏出一张20元的美钞。

女官摆摆手，又把钱递回来。

许衡无奈，伸出两根指头，直接将钱投进了一旁的塞钱箱。

这次女官给了她两块祈愿板。

转过身，王航还站在原地。许衡分给他一块木板，貌似随意地说：“许个愿。”

“你请我？”男人觉得有些好笑。

“算是吧。”

他们一人占据一边的写字台，分别书写着各自的祈祷。四周绿意盎然，注连绳上的御币随风飘荡，偌大的神灵之居里，只有听得见的“沙沙”写字声，以及听不见的心跳声。

神社香火很旺，若非工作日，只怕会人山人海。挂满祈愿板的长亭里没有一个空位，还能勉强挤进去的地方都在高处。许衡踮着脚够了好几次，却都没办法将绳索套牢。

正当她准备放弃的时候，从身后伸出一只长臂，轻松地将两块许愿板挂在同一个地方。

还没等许衡有所反应，王航便自顾自地说："不客气。"

言罢，男人双手插兜，头也不回地走开了。

许衡哭笑不得，仰首看着那两块祈愿板，在最高处相偎相依，却又彼此独立，保持着必要的角度和距离。此刻恰好有风吹过，木板撞击的清脆声音回响在耳畔，打破了一片森林的宁静，也搅乱了人的心底。

从神社出来，两人一前一后地下山，顺便把这里的风景看了个遍。一路上没怎么交流，却也难得不觉尴尬。

过马路的时候，王航习惯性地走到有车的那一边，遇到转弯路口，也会主动走到前面。这份善意自然而温暖，许衡没有拒绝的理由，事实上，她已经很久没有被人当成女性照顾过。

他带她去了一家居酒屋，点了一份定食一份拉面。

尽管两人几乎都不会说日语，但王航显然比她更能适应环境。

确切地说，他在任何时候都显得从容不迫，似乎对所有事情都举重若轻。

许衡想想也是，身为万吨巨轮的船长，若没这点定力，早就被海上层出不穷的状况给吓死了。

居酒屋老板的英语很差，菜单又写得模模糊糊，客人们连比画带猜地点完餐，脑门都在冒汗。

许衡与王航相视而笑，忍不住好奇："你来过这儿？"

"没有啊。"他端起杯子，咕噜咕噜地喝下一整杯水，回答得理直气壮。

"那还敢来？"

"为什么不敢？"男人反问，"每次都吃一样的东西有什么意思。"

不一样的食物，不一样的风景，不一样的地方，不一样的人。对眷恋大海与漂泊的灵魂来说，这确实是再自然不过的选择。

饭菜端上来，很精致，杯瓢碗盏都像艺术品，盛放着精心烹饪的食物。老板示意让他们快快尝鲜，表情显得颇为自豪。

许衡吃的是拉面。

雪白的面条从锅内直接捞出来，加上几样独特的配料，荡漾在浓浓的汤汁里，色香味俱全。入口后，面条不软不硬，味道鲜美无比，很是惊艳。

可惜天气炎热，之前又走了这么远的路，肠胃因为晕船尚未恢复，她吃到一半便没了继续的动力。

时值中午，居酒屋里没有其他客人，老板在柜台里独自忙碌着，见许衡停下来，立刻用眼神询问示意。

她连忙不好意思地摆摆手。

王航埋头在自己的碗里，却敏锐地有所察觉，含混着说道："吃不下了？"

"不是特别饿。"许衡没敢搁筷子，只好用左手端起水杯，假装口渴，消除了老板的疑虑。

正当她犹豫着如何浪费食物，又不伤害制作者感情的时候，一双大手伸过来："不吃给我。"

许衡略显惊恐，连忙推拒："没关系，我过会儿自己吃完。"

王航抬起眼，目光十分不屑："想吃我再匀给你一点。"

而她果然什么都吃不下了。

饭钱是王航付的。身为远洋货轮船长，每月收入以美金计，动辄数额过万，经济状况比普通白领好太多。许衡心安理得地没有推辞。

更何况她只吃了半碗拉面。

午后的海滨小城太阳很大，走回码头的路上两人已是大汗淋漓。正盼着早点上船休整一番，却看到"长舟号"旁停着一辆警车。

留守的张建新搓着手，瞧见他们时明显松了口气。站在车旁边的两名警察也随即调转视线，满脸严肃。

许衡的心当时就往下一沉。

两位不速之客刚刚到，似乎还没来得及介绍情况。王航很快将其带上"长舟号"

的会客室，吩咐张建新去准备茶水，让许衡留下当参谋。

警察一老一少，年轻的那个会少许中文，虽然说起来不是特别流利，但表达意思基本清楚。

“盗窃”，许衡确定罪名后果断选择用英语发问，“有证据吗？”

对方点点头，似乎也松了一口气，和同行业的人交流起来，即便隔着语言鸿沟，也明显轻松许多。

监控视频、证人证言，包括嫌疑人自己的自认。许衡一一看过这些材料的内容，转身朝王航摇摇头：“坐实了，就是他们。”

“不可能。”他已经恢复船长的状态，言辞间有不容辩驳的权威，“以前我们在日本这些港口城市的名声确实不好。但今天不一样了，这事儿绝不可能是小高他们干的。”

许衡皱眉：“法律讲的是证据。”

“我看到那些东西了，几张纸而已，录像也不清楚。”

“你得出面作保。”争论没有意义，许衡心里很清楚，当务之急是救人。

王航冷笑：“那就意味着承认对他们的指控。”

“这没有影响，”她尝试讲道理，“只是在日本留下案底而已，小高他们在国内依然是身家清白的守法公民。”

他起身站在窗前，逆着光，表情模糊，目光却很清亮：“我说了，不可能。有本事就把人一直关下去。”

许衡咬了咬嘴唇，扭过头去看向两个正襟危坐的日本警察：“会不会搞错了？我们船员都受过教育，也知道什么该做，什么不该做。”

年纪较大的那个人推测出她的意思，没有等翻译说话便哇啦哇啦地说了一大通。

年轻警察在脑子里组织了半天语言，缓缓地用中文说：“全是垂钓用的鱼竿，受害人下完饵料后就去吃饭了。回来时发现一根都不剩，便报了警。那个港口是保税区，我们安装了监控，所以才锁定嫌疑人身份。”

如果是国内，她一定会坚持无罪推定，为当事人据理力争。但在日本，面对着态度严谨的警务人员，许衡明显有所动摇。

船舶是一个国家的域外领土，船长是这块领土上的最高长官。他不仅要对船员负责，更是司法庇护的发起者。按照日本警察的说法，想要释放小高等人，必须由王航出面作保，以外国人不接受属人管辖为由，将船员们领回来。

这也是许衡能够想到的最好办法。

“别再提了。”王航冲她摆摆手，转头向两位警察做出一个“请”的手势，昂首挺胸道，“我的船员不可能是小偷，你们爱怎么办怎么办吧。”

船长满脸不耐烦，直接结束了谈话，并且摆明送客的样子，许衡当场就愣住了，她从没见过这么不合作的当事人。

日本警察也不是瞎子，明白自己不受欢迎，依然保持着基本的礼节修养，起身鞠躬告辞。

张建新端着茶杯进门，正好看到这样的场景，当即慌了神：“王船长，这……”

王航面不改色：“老张，送他们下船。”

尽管心中尚存疑虑，但船员始终要服从命令。张建新连忙放下托盘，为客人推开舱门。

许衡跟着站起了身。

“干吗？”王航快她一步伸出长腿，挡在过道上。

听见门外的脚步声越来越远，许衡压着嗓子反问：“戏演够没？你明知道就是他们仨干的！”

“我不知道。”那双清亮的眼眸眯起来，流露出几分痞气。

她有点恍惚，言辞却不乏强硬：“供词还有可能伪造，视频截图呢？半天时间而已，他们有这工夫去合成？就为冤枉几个船员？”

王航冷笑：“也许吧。”

“你疯了？一船人出来，少三个人回去？你怎么跟公司交代？”许衡觉得事情已经超过了自己的理解能力。

他却不以为意道：“反正就算是真的，我在情感上也无法接受。”

明白对方是揣着明白装糊涂，打定主意不搭救小高等人，许衡咬住唇，抬腿跨过了王航的阻拦。

张建新刚刚将两位警察送至码头，正站在车边，态度恭敬地道别。

许衡气喘吁吁地追上去，用英语询问那位年轻的警察：“可以让我见见嫌疑人吗？”

见对方面露难色，许衡连忙补充道：“我是律师，能让他们更清楚自己的处境。”

年轻人恍然大悟地点点头，附在年长者耳边用日语小声汇报。

听完下属的翻译，年纪较大的那位警官并没有反对，而是主动替许衡拉开了警车后座的门。

她快步跟上了车，回头冲张建新说：“小高他们现在指不定多慌乱，我去看看，也能放心些。”

大副愣了愣，手忙脚乱地从怀里掏出一张卡片：“这是码头地址和起航时间，记得快去快回。”

城市不大，警车踩几脚油门便到了当地交番。

这里是类似于国内公安派出所的派出机构，专门负责辖区内的巡逻和治安案件。监守所被安排在最中心的位置，守卫并不森严，环境却干净整洁、光线透亮。若非门上装着铁栅栏，根本看不出是囚禁人身自由的地方。

小高和另外两个船员正坐在铁架床上，跷着脚聊天。

年轻的警察掏出钥匙，用生硬的中文招呼道：“请出来吧，你们的律师到了。”

三个年轻人被吓了一跳，继而惊讶于许衡的出现。反应过来之后，他们争先恐后地招呼道：“许律师！”

尽管知道警方不会刑讯逼供，但许衡也没有把事情想得太简单。如今见到三人轻松悠闲的模样，顿时松了口气。

他们被安排到会客间里，四个人面对面坐好。若非有警察从旁监视着，根本不像探监，倒像是朋友聚会。

“你们几个……”许衡最终决定用中文发问，“到底干吗了？”

小高挠了挠脑袋，难得有些脸红：“从码头出来的时候，海边上有几根钓竿……”

这番话刚说出口，许衡便确定警察之前出示的证据并非伪造，没敢让对方把接下来的事情说完，果断截住了话头：“后面不用讲了。”

“姐，别这样啊！”跟小高相熟的另一个水手显得很兴奋。他姓林，因为个头大，被船上人称作大林。

只见大林拍着腿感慨："你是不知道那钓竿有多好，达亿瓦的海竿，怎么折都不断，两根就能卖小一万呐！"

顾及警察在场，才想让他们谨言慎行，为日后脱罪留条路，结果却完全不被当回事儿。这下，轮到许衡彻底无语。

年纪最小的那个水手最先露怯，趁两位前辈没说话，眼巴巴地望着许衡道："许律师，我们什么时候能被放出去啊？"

"对啊，船长呢？"小高也想起最重要的一茬。

咬了咬嘴唇，许衡选择实话实说："他不来。"

"什么？！"坐在对面的三个人全傻了眼。

他们虽然年轻，但跑远洋轮的时间并不短，也晓得不同国家港口的各种猫腻。之所以铤而走险，无非仗着船舶的域外管辖权，明白船长能给自己撑腰。如今一切指望统统落空，怎么可能不着急？

大林的嗓门提高些许，明显质问道："他凭啥不来？"

"他说他不相信你们会做这种事情。"

话音落定，从"长舟号"上下来的四个人全都没了言语。

小高的一张娃娃脸皱成苦瓜，忍不住诉苦："我们一开始也没动这念头，出港时来回走了几圈，看到那鱼竿放在岸边没人管，才想要'捡'回去。"

对涉案财物的所有权状态没有明确判断，主观上的犯罪故意不成立……许衡在心里默默算计，虽然自己也知道这话骗不了人。

视线投向镇守一旁的年轻警察，对方正襟危坐目不斜视，根本不为拙劣的借口所动。

她干脆省了强词夺理的打算，真心诚意道："你们接下来最好什么也别说，什么也别做。日本人问起来就装作听不明白。船上的事情，我再去想想办法……"

年纪最小的那个水手眼泪已经开始往下掉："许律师，我们怎么办啊？船长不来的话，是不是就得在日本坐牢了？"

大林一巴掌扇在小水手头上，斥道："瞧你那点出息！"

始终装作假人模样的年轻警察终于坐不住了，表情严肃地阻止他："不可以这样！"

小高连忙充当和事佬，将小水手揽进自己怀里："没事没事，他哥俩闹着玩呢。"

许衡怕再坐下去麻烦更多，只能言简意赅地嘱咐："好好待着，我尽量救你们出去。"

临出门，她还是不放心："你们在这边吃住都还好吗？如果有委屈尽管提，他们还是很讲道理的。"

小高勉强挤出一点笑："没事，反正问题都交代了。伙食不错，中午还发了烟和苹果呢。"

环顾监守所，根本没有其他犯人，想必也不存在所谓的"牢头狱霸"，许衡勉强松了口气。

年轻警察坚持开车送她回码头。

警察姓三井，大学毕业后曾到中国留学两年，勉强可以用中文沟通。加上日式英语的连蒙带猜，许衡跟他一路上聊了不少。

自从小镇被开发做物流中心后，靠泊的外国船只越来越多，治安案件频发。

三井也是因为这个原因才被指派到当地交番来的。

许衡很庆幸自己大部分时候说的是英文，所以并没有想象的那么尴尬。

"船员的生活很辛苦，遇到诱惑容易把持不住。"她就事论事，将话题转移到自己最关心的方面，"如果船长坚持不作保，你们准备怎么处置？"

三井苦笑："先关一个月，再以'不受欢迎的人'的身份遣送回国，他们以后就不能入境了。"

中日航线是远洋货轮最常见的路线，对于小高他们来说，铤而走险的唯一成本，无非是日后到港了不能上岸。

犯罪成本太低，所以才会肆无忌惮。

听到这里，许衡心中大概有了谱，试探道："保释手续必须要船长出面吗？还是只要签字就可以？"

车正好停在码头，三井拉动手刹，扭头看过来，似乎在揣摩这句话背后的意思。

末了，他沉吟道："只要签字就可以。"

"我回去向船长解释事情经过，他会在起航前做出决定的。"许衡推门下车，微微鞠了个躬，“麻烦您多加照顾。”

最后这句话是用生疏的日语说的，三井听到后露出讶异的表情，随即用力点点头。

船员素质参差不齐，境外法律管辖范围有限，上下级相互包庇……许衡之前对远洋轮上的一些事有所了解，却从未亲身经历过。

在华海所经办的案件中，确有船员小偷小摸酿成大祸的先例。

与那些出国几趟就能发家致富的“老油条”相比，小高他们的行为确实算不上严重，只要王航肯妥协，为之办理保释手续，整件事完全可以被抹得一干二净。

但目前的情况显然不容乐观。

许衡苦着脸，无奈地抬头望向“长舟号”的舰桥。

第 5 章

过　驳

许衡走过长长的舷梯，刚回到“长舟号”，便见大副在甲板上等她。

“许律师，怎么样？”张建新满脸掩饰不住的焦虑。

许衡没有着急回答，而是和他一起走进餐厅。大厨还没有回来，船上留守的其他人也都在各自的岗位上，这里空荡寂静，很适合谈话。

刚一坐定，许衡便单刀直入地问：“张大哥，船上出过这种事吗？”

眼前的中年汉子难得支支吾吾：“那都是以前……”

“以前怎么样？”

张建新抹了把脸，索性实话实说：“以前这是船员们除工资外最主要的收入，不只‘长舟号’，大多数远洋轮都一样。王船长掌舵后，走到‘油水’比较厚的国家，会想办法为大家多申请些劳务费，但也明令禁止继续‘捞外快’。他确实警告过，如果有谁因此被抓，船上不会保人。”

今天偷岸上的，明天偷货主的，后天就有可能偷同事的。许衡大概能够理解王航的立场，却也忍不住皱眉：“小高他们……有必要吗？”

张建新苦笑：“许律师，您别瞧不起船员。大部分人出海都是为了赚钱，一辆自行车在东南亚转手两三百美金，一根鱼竿回国能卖大几千。这些收入积少成多，过两年就能回家去做点小生意了。”

联想到海上漂泊的艰辛，两人不约而同地选择沉默。

“其他船遇到这种情况怎么处理？”许衡强迫自己停止多愁善感，将重点聚焦在当下。

“基本上都是睁一只眼闭一只眼。反正日本警方也怕麻烦，写个悔过书、签字作保就算了。”张建新叹息道，“王船长的行事风格跟那些老船长不一样。他是从澳大利亚留学回来的，年龄不大但海龄很长，各方面都比较强硬。”

许衡冷哼一声：“身为船长，保不住船员，有什么好强硬的？”

张建新没说话，表情略显扭曲。

餐厅大门处传来清冷而低沉的声音：“我只保自己想保的人。”

东奔西跑一下午，许衡很累，语气也不太好：“把他们领回来，怎么处置都是你的事情，没必要留给日本人。”

“我的处置就是把他们留给日本人。”王航已经换上船长制服，站在餐厅的入口处，既不前进也不后退，腰杆笔直、态度强硬。

两人之间的对话一句赶一句，已经不是靠沟通解决问题的节奏，许衡果断选择闭嘴。

“提醒你，少管闲事。”

尽管冷漠、尽管强势，他却从未以这样威胁的语气讲过话。明明八九月份的天气，还是让许衡的脸上几乎结出了一层冰。

大副连忙招呼王航出去说话，想必还有些其他的顾虑，不方便当着她这个外人讲。

许衡自嘲地意识到，任何人想在“长舟号”待下去，都必须得到船长的同意。无论是义愤填膺，还是担惊受怕，终究敌不过他的一句话。

那天下午，船员陆陆续续地返回码头登船，小高他们被捕的消息很快就传遍了甲板和轮机舱。众人都一副噤若寒蝉的样子，默默低头做事。原本准备轮班上岸的留守船员，也纷纷收好自己的假条，唯恐触到船长的霉头，再生波澜。

餐厅开饭时，不再像往日那般热闹。大厨将餐盘装满，大家自行取用，吃完再洗净归位。服务员凭空消失，没有任何人敢开口多问一句。

明明有什么事情不对，却偏偏要装出一副无动于衷的样子，船员们的默契令许衡震惊。

她很好奇，王航究竟给大家施过什么咒，连表达意见、互相关心都不敢有。

大厨知道她去监守所探视过，特地往她的餐盘里多添了两勺饭。许衡理所当然地吃得很慢，准备最后一个离开。

其他人走后，大厨在抹布上擦干净手，满脸疲惫地晃出来，坐在桌子对面：“那小子还好吧？”

“挺好的，有吃有喝有烟抽，”许衡讽刺地加了一句，“还有狐朋狗友给他做伴。”

“我早就劝他别跟大林混在一起，迟早要出事儿。”大厨叹息着，将看不出颜色的抹布甩上肩头，“如果小高这次真被扣在日本，回国之后就没有船公司会雇他了。”

话没说明，但有弦外之音，许衡听出来了，犹豫道：“王航让我不要多管闲事。”

她不愿意叫他船长，即便最终不得不屈服于权威，也宁愿伪装成与他平起平坐的假象。

“大林他们有船员资格，东家不做做西家，总能吃上饭。小高是个苦孩子，服务员和我这厨师一样，是个人就能干，下了船就没地方去了。”

许衡很想说，即便下了船也能当服务员。然而，相较于“长舟号”上的工作环境和薪资，小餐馆里两三千块钱的月薪确实太低了。

大厨是个很谨慎的人，见桌上的餐盘空了，主动接过来帮她洗干净，其他的话一句都没讲。

当晚睡在舱室里，许衡辗转难眠。大厨、张建新和警察三井的话反复萦绕在耳边，还有王航那声冷冰冰的威胁。

最后，眼前浮现的是小高那双伤痕累累的手。

“长舟号”卸载后，又在东京湾停了一天，由货方组织最后的装箱、封箱。

因为大部分人都没有上岸，当天几乎全员在岗。船员们似乎在以负责任的工作状态证明着什么，确保自己不会被扔在异国他乡。

王航忙着签发提单、设计航线、办理出关手续，一整天下来连饭都没吃。直到夕阳西下，日方引航员上船，船体已经被挂在拖轮上，方才长长地舒了口气。

三副问是否按时起航，他揉了揉酸胀的眉心，说“好”。

张建新主动申请去收舷梯，王航没有阻拦，只是嘱咐对方手脚快些，别耽误航程。

“缆绳打结了，得花点时间。”过了十五分钟，甲板上打电话来解释。

王航没多说，向引航员和港口方面通报后，确定晚半个小时起锚。

出于安全考虑，大部分日本港口夜间都不允许靠泊或出港。眼看太阳已经落到海平面上方，很快便会彻底消失不见，甲板上却始终没有后续消息，驾驶台渐渐等得不耐烦了。

正当王航拿起步话机，准备再次呼叫张建新的时候，码头上出现红蓝色灯光交替闪烁，伴随着鸣响的警笛和轮胎摩擦地面的声音。

四个人影从警车上跳下来，一边举手挥舞，一边爬上已经失去固定的舷梯。

有码头工人前去阻拦，却被随之而来的警察劝阻，只好仰头目送那四人先后爬过“长舟号”的船舷。

王航将步话机狠狠摔在驾驶台上，沉闷的撞击声吓了众人一跳。

舷梯的缆绳很快被收起来，连带着整部梯子也被收进船舱。甲板上的人冲舰桥打打手势，示意可以起锚了。

船长负责在进出港期间督航，只得勉强坐回驾驶台后面的位置，咬牙不再讲话。

甲板上，张建新将气喘吁吁的四人一一扶起，顺手拍了拍小高身上的灰尘：“快去餐厅，还有吃的。”

许衡最先上船，却久久没能平复下来，她的心跳依然保持在极高的频率，不仅仅是因为着急，更因为接下来未可预知的命运。

餐厅里人头攒动，却一直保持着静寂沉默。若非杯瓢碗盏彼此碰撞，许衡简直以为自己进入了无声电影。

小高冲厨房里点点头，麻利地穿好围裙，围着洗碗槽开始打扫。原本兴奋异常的大林和小水手，见此情景也不再吱声，而是老实地端起饭盆，埋头狼吞虎咽。

自出海以来，许衡还从未如此紧张过，那种山雨欲来风满楼的压抑气氛，简直可以将人逼疯。

她把注意力集中到眼前的食物上，直到听见楼梯上传来“咚咚咚”的脚步声，依然保持着固定的咀嚼吞咽频率。

有人走进餐厅，周围最后一点声响也消失掉，大家似乎都在屏息等待着某个结果。

“船……船长，您吃点什么？”小高的声音怯生生地响在对面，听得出明显的颤抖。

王航不说话，长指叩击桌面，一下又一下，如同撞击在每个人的心弦上。

大林和小水手一前一后地靠过来，站在小高身旁，组成连片的阴影，成功挡住了她和他之间的光线。

“明天下午四点到釜山港，”王航的情绪很平静，像在说一件与自己无关的事情，“你们三个收拾一下，五点钟的时候小船来接，码头有车直接去机场。”

釜山是韩国第二大城市，釜山港位于韩国的东南部，与日本的对马岛隔海相望。西北高地耸峙，是座群山环抱的天然深水良港。

由于货运繁忙，这里的船舶常常需要排队卸货。“长舟号”此刻也停泊在港外锚地，安静地等候着港口调度。

远处的釜山港大桥高高耸立，两座桥塔像顶天立地的巨人镇守着一方山水。往来船只桅杆林立、千帆竞进，为这座城市的繁荣，写下真实贴切的注解。

在海上航行了一天一夜，此刻的“长舟号”正忙着清点盘存货物、补充船资给养、维护机舱设备……船员们各自奋战在工作岗位上，生活区里空无一人。

小高重重地压下旅行箱的盖子。

经过这两天的大起大落，他的情绪已然恢复平静。只是回望这住了大半年的房间，心中还是难免有些失落。

明知道不该跟着大林铤而走险，却没能经受住诱惑，最终得到这样的结果已是十分侥幸。推开舱门，却见许衡站在走道上。

小高有些不好意思：“给你添麻烦了。”

“他们已经上船了，我送送你吧。”

女孩强行从他手里夺过行李，固执地走在前面开道，身形有些摇晃。

还好这段路不长，将行李顺着缆绳放下，小高干净利落地翻身越过了船舷。

伤痕累累的一双手扒在栏杆上，显得格外触目惊心。

“姐。”

许衡抬头望向他。

小高孩子气的娃娃脸上浮现出几分沧桑，说话声也有些喑哑：“别怪船长，是我们做错了。”

王航站在驾驶室里，将甲板上的一切尽收眼底。

那三个人顺着绳梯爬下去，没有耽误多少时间，不会影响到接下来的卸货安排。

他在心底默默松了口气，感觉如释重负。低头查阅航海日志，一串串的字符在眼前混乱跳动，却始终未能看懂个中的含义。

双手撑住桌面，男人猛地直起腰身，视线又不自觉飘回到甲板上。

许衡正看过来。目光炯炯，如有火燎。

他不为所动，坦然地与之对望。

上次两两相看，她也是在驾驶室外，只不过隔得没有这么远。王航还记得那张脸被太阳晒得通红，不像现在这么冷若冰霜。他当时只觉得有趣，特意让宋巍倒了杯柠檬水送出去。

绳梯已经收起，船舶正在做进港前最后的准备。有风从海面吹过，拂乱了女孩的一头秀发。

而后，她似是下定某种决心，突然大步走向舰桥。

过了几分钟，驾驶室里响起清晰的敲门声：“可以进来吗？”

王航冲三副点点头：“让她进。”

裹挟着室外潮湿闷热的空气，那份怒意扑面而来：“我要和你谈谈。”

他没有直接答应，而是简单撂下两个字：“等着。”

许衡愣了，原以为会有针锋相对、据理力争，保不齐也有个慷慨陈词。如今却像一拳头打在棉花上，只能空怀满腔郁闷，乖乖地端坐在角落。

引航员第一个上船。这是个身材壮硕、脾气火爆的韩国大汉，说什么都像在打机关枪。下达某个指令时，因为没有得到他预想中的答案，忍无可忍地低吼出声，似乎很不耐烦。

王航不动声色，一边帮忙翻译，一边用清晰流利的英语反问对方：“你问的设备在船壳上都有明显标记，如果你对船舶的基本状况都不了解，我是否可以申请港口另外派人来引航？”

那个大汉被呛得满脸通红，两只眼珠瞪得快要掉出来，最终还是扭过头，老老实实地继续指示航线。

许衡虽然只是旁观，却也在提心吊胆，连自己正在生气都忘了，就怕船上再起冲突，对大多数货轮来说，港口引航永远是卖方市场。你可以不靠岸，但不能没有引航员。多数人都会选择忍气吞声。华海所就承办过几起因引航失误导致的碰撞事故，最终都是船方负全部责任。

像王航这样硬碰硬，要么是脑子搭错了线，要么就是仗着熟悉港口情况，不要引航员也敢自行靠泊。

没有多余的时间供她分析思考，接下来进行到了入港最关键的停靠环节。

带缆小船鸣着汽笛驶过来，甲板上申请指示，确定何时将缆绳放下。

王航站在窗户边瞟了一眼，至多两三秒的时间。随即命令甲板部等待指示，扭头拨通机舱电话，要求调低起锚机的转速。

甲板部还等在步话机的那一头，他让水手长在锚链挂浮筒的同时放绳，尽最大的可能降低碰撞强度。

最后关头，王航亲自接过舵机，缓慢调校着最细微的角度。只见他视线紧盯船舷，偏着脑袋向三副传授经验：“远东地区的西面潮差小，在这里靠岸时可以动作大点。下次到越南海防港，你自己试试。”

年轻的三副用力点头，一副受益匪浅的样子。

“长舟号”最终靠上岸边时，只发出了一声低闷沉重的嗡鸣，船身晃动几乎微不可感。这艘最大载重5.8万吨的远洋巨轮，以难以想象的轻妙姿态，优雅地靠泊在釜山港码头。

原本一肚子气的韩方引航员看到这里，也不由得心服口服。一扫之前傲慢无礼的态度，离船时只剩下满脸的赞叹。

许衡第一次从驾驶室里观看船舶进港。她从未想象过这么多部门该如何协调同步，更不知道，要熟练操控如此庞大的钢铁造物，需要积累多少经验与知识。

但这依然无法掩饰一个人“暴君、独裁”的本质，她在心中默默提醒自己。

靠岸后，托运方的代表率先进入驾驶室。

西装革履、风度翩翩的职业经理人，甩出一沓文件要求签字。嘴上谦恭有礼，实则逼着船方加班加点为之卸货。王航一边跟他虚与委蛇，一边给机舱里的老轨打电话，要求停机待检，准备应对。

许衡还没回过神来，海关、卫检、边防、安检的官员已经依次上船。

一大群人，就像圆溜溜的黄豆从光滑的甲板上滚落开来。他们以各种理由，探入“长舟号”的每一处角落，开始港口国对待外来者最严格的检查。

驾驶室里的电话俨然成了热线，和步话机轮番作响，几乎没有消停的时候。

大厨在餐厅应付卫检的人，刚开始就遇到了麻烦：“船长，他们说大米里有虫子！”

“扔。”

“但那是我们全部的储备粮……”

下一秒电话已经挂断。

“燃油添加剂不合规怎么办？”机舱里的老轨检查完设备后，忧心忡忡地问。

王航侧首夹住听筒，冲身旁的人点点头：“拖着。”

三副连忙从抽屉里取出一个厚厚的信封，三步并作两步地冲下驾驶室。

步话机传来嗡鸣，接通后是宋巍略显焦虑的声音：“救生艇的滑轮卡住了。”

“用布盖上，回头再修。”

电话再次响起，接通后还是餐厅：“水槽里有蟑螂。”

“之前没有喷杀虫剂？”

“喷了。”

“冲走，让他们再找，找到了自认倒霉。”

又过了一会儿，张建新快步爬上驾驶台，满头大汗：“船尾的‘黑水管’有滴漏。”

正在与托运人清点货单的王航皱眉，头也不回地道：“用东西堵起来，反正在釜山只卸不装。这两天全船停水，一切等出港后再说。”

大副得令立刻抬脚往船尾跑。

整整半天，许衡旁观着驾驶室里的忙碌。亲眼看见船员们变身救火队员，以各种各样的方式应对检查。最终目的都是相同的，让货物顺利入境，让“长舟号”安全离港。

其中最让人惊叹的莫过于王航。他既要应对检查，又要陪货方、监理打太极，各种角色随意切换，简直堪称无缝对接。

与此同时，船上的麻烦也层出不穷：机舱的钢丝要插琵琶头、吊机没人操作、船东突然要求除锈……

如果说之前在日本靠泊，只知道进出港手续烦琐、耗时长。如今坐在驾驶室里，看着所有要经历的一切，即便身为律师早已习惯忙碌混乱的生活，许衡还是觉得头大如斗。

到最后，她在驾驶室里坐立难安。别人都在辛苦奔波，只有她，居然还算计着怎么兴师问罪……真是成心给船上添堵。

小高他们作为当事人，自己都已经认罚服判，没有必要再旁生枝节。

想到这里，许衡默默地站起身来，准备趁着大家不注意，悄悄溜出驾驶室。

正当她将手放在门把手上的时候，那低沉清润的声音再次响起：“站住。”

王航不仅没让她走，还重新搬了把椅子放在过道边，强行让许衡坐下。

接下来的两个小时，驾驶室里依旧人来人去，忙碌的船员们纷纷对她投以好奇的眼光。

许衡满脸臊红，从未觉得如此难堪。

在华海所常年加班，一方面确实是因为工作量大，另一方面则是因为天生的责任感使然。忙碌辛苦对许衡来说是种压力，更是动力，驱使着她让自己变得更加有用。

被当成闲置物品展示给大庭广众，简直让人坐立难安，许衡恨不能找条地缝钻进去。

她试着要搭把手，却没有谁敢接茬。

张建新和宋巍看出王航有意整她，每次路过都几乎躲到墙上去。

驾驶室里的三副是船长的学弟，原本就个人崇拜情结严重，更是不敢造次。

许衡试图离开座位，却被时不时飘来的冰冷目光恐吓，只好乖乖坐回去。

在“长舟号”上待了这么长时间，虽然也没真正帮上过什么忙，却从未像现在这样，被人为地孤立起来。

他仿佛是通过实际行动、用客观事实证明——她就是个废物。

许衡咬着牙，试图用目光反击那罪魁祸首。

然而，当对方不经意回眸时，她依然会乖乖收起自己的视线，将头埋得低低的，像个认真悔改的小学生。

好汉不吃眼前亏。

在船上，船长就是国王、是律例、是一切行为的准则：他说放缆绳，甲板上就得立刻行动；他让全速前进，机舱里就必须马达轰鸣；他决定将船员留在日本任由警方处置，即便是律师，也只能袖手旁观，哪怕受恩于人。

许衡不是不知道自己错了，在她做出选择前就已经料定结果。

张建新和大厨都想救人，却不敢违抗船上最高长官的意志，只能旁敲侧击地求她帮忙。如果说许衡一开始还有些犹豫，见到船员们全都一副唯唯诺诺的样子，便彻底下定了决心。法治的终极追求，不就是实现人人平等吗？

即便对于小高等人来说，在日本被扔下和在韩国被赶下船，并没有本质的区别。

釜山港业务繁忙，“长舟号”的卸货工作要持续整整一夜。

岸边早已华灯初上，这座美丽的海滨城市不像首尔那般繁华，却充满了热情与安静交替的独特韵味。

顺着驾驶室的窗户向外望，龙头山上的釜山塔被五彩斑斓的射灯勾勒出清晰的轮廓。顺着山坡往下，一排排民居如同随意散开的珍珠，闪烁着或明或暗的光影，点缀着渐黑的夜色。

码头边的街道上，已经有各式霓虹灯招牌亮起，还能听见隐隐约约的吆喝声。山脚下的夜市颇具规模，看似是专门服务于从远洋轮下来的船员，能够提供吃饭、喝酒、唱歌等各式消遣。

自从下午靠泊后，船上大部分人都没休息。大厨心惊胆战地送走卫检官员，很快又来了个电话，说是因为停水无法开伙，晚饭只能上岸解决。

王航让三副负责写报告，回头再向船东单独申请经费。

这些临时补贴不包括在工资里，是纯粹的额外收入。一般数额都会超过实际需要，对船员们而言是笔意外之财。许衡看得出来，接到消息后，大家干活的热情明显都高涨了许多。

只有她，既不算船上的工作人员，也拿不到补助，又得跟着挨饿，最可悲的是还要继续接受这近乎“游街示众”的羞辱。

她的心里越发不平衡了。

许衡不得不承认，王航很会看人。明知道她讲义气、爱面子、争强好胜，如果强按牛头喝水，恐怕会落个玉石俱焚。所以才选择软刀子杀人，只是罚她这样坐着，就足以将女律师原本的心高气傲、自以为是磨成一堆渣滓。

到后来，各种手续都告一段落，港口方、货方、船方先后离开。除了留人监督卸货，驾驶室里再没有往来奔波的纷繁忙碌。

许衡耷拉着脑袋，显然已经饿过劲儿了。

来接班的宋巍终于忍不住，试探着解围道：“王船长，你跟张大哥他们去吃饭吧，船上我看着就好。许律师，你饿了没？要不要一起？”

许衡先前还担心，自己会被留在驾驶室过夜，如今自然向宋巍投去了感激的目光。

王航也有些疲惫，四肢舒展地伸了个懒腰，貌似不经意间回望着她：“饿了？”

许衡噙着唇，眼巴巴地点了点头。

他的表情没有松动，语气却明显缓和：“一起去吧。”

宋巍见许衡脚麻了站不住，连忙过来帮忙搭把手，小声嘱咐道：“许律师，待会儿多敬两杯酒，姿态摆出来就行。船长这人其实很好说话的。”

她僵着脸扯了扯嘴角，笑得虚伪无比。

大副、水手长等人都已经等在岸边。许衡顺着舷梯最先下来，立刻被他们团团围住。

“哎呀，许律师，没事吧？”

“船长终于同意让你走了？”

“别怪我啊，我当时真想帮你来着，可惜手上事情急……”

一帮人围着她长吁短叹，争先恐后地把自己撇干净。许衡明白他们并非恶意，只是终究咽不下那口气，沉默着懒得回话。

张建新看出她心有埋怨，连忙拍着胸脯道：“许律师，你别怄，今天哥几个拼了命，也要替你把船长干趴下！”

“对！我们十几个人，不信干不过他一个！”

“就是！”

都说喝酒可壮胆，这还没开始喝，船员们便琢磨着怎么造反了。经过下午半天的经历，许衡对接下来的形势保持谨慎的悲观态度。

王航和三副最后下船。

他换了一身T恤短裤，长长的腿脚露出来，像个身材颀长的游泳运动员，矫健而不乏活力，站在众人之间显得很打眼。

许衡勉强别过视线，默默提醒自己，色字头上一把刀，知人知面不知心。

王航却像根本没看到她一样，和三副有说有笑地走在后面，任由众人撺掇着请客。

一行人刚出码头，很快便走进了山脚下的那片夜市。

张建新在大洋集团干了十几年，经常跑釜山航线，对沿途的每家店都很熟悉。他一路上给许衡引导讲解，最终把大家带到当晚目的地。

这是一家夫妻店，老板是东北人，朝鲜族。早年投靠韩国亲戚，拖家带口移民到釜山，却始终以中国人自居，见到中国船员也格外热情。大洋集团的大部分货轮靠泊这个港口时，都会来给他捧场。跟周边的其他店面相比，他家的食材更新鲜，价格也更加实惠。

发现同行人中有女性，老板娘显得尤为开心，拉着她的手“闺女”长、“闺女”短地叫个不停。还特意送了两份蔬菜，说是补充维生素C，怕许衡在船上待久了没营养。

这种他乡遇故知，即便不是本人的故知的感觉，犹如温润的韩国清酒，温暖着漂洋过海的疲惫的身心。

接下来，许衡很自然地便融入酒桌上欢愉的气氛里。

水手长果然没有失言，带领手下兄弟轮番发动进攻。

以王航和三副为代表的驾驶室队，因为混入了张建新这个“奸细”，很快便陷入了被动。往往是好不容易喝完一轮，就因为大副的主动出击而重燃战火。

甲板队仗着人多势众，连歇口气的机会都不给他们，任由其被淹没在酒水之中。

许衡谎称肚子饿，躲在一旁吃鱼理刺、剥壳吞膏，沉浸于海产的鲜美味道，坐看

"长舟号"内部厮杀，简直有"人生如此夫复何求"的快感。

场上局势却在不知不觉地发生着变化。

五大三粗的水手长率先去了一趟洗手间，回来时已是强弩之末。缺乏有效组织，其他船员们很快乱作一团。吐的吐、倒的倒，没一会儿便彻底败下阵来，徒留王航面色微酣地端着杯子，扭头冲向大副："老张，咱也走一个？"

原本忙着扇阴风点鬼火的张建新脸色刷白，许是害怕身份暴露，连忙架起最先"阵亡"的三副道："我，我先把这小子送回船上去！"

许衡见他低头浅笑，像个孩子似的得意，又是一阵没有来由的心跳加速。

出息！

她连忙在心底暗斥自己：许衡，千万不要被敌人的外表蒙蔽，甲板队还等着你力挽狂澜。

第 6 章

入 海

王航端着杯子，视线越过杯沿，眯眼看向许衡。

她有些瑟缩，似是陷入圈套的小羊，明知道在劫难逃，却还是要拼死一搏。

进港过程总体来说还算顺利，他心情不错，在酒精的作用下，愈发自我感觉良好。

女孩被困在驾驶室整整一下午，没喝水没吃饭，刚才上桌时两眼都放着绿光。海鲜味美，却很容易引发肠胃不适，王航向来敬而远之。她那食指大动的样子，只是看着就让人很满足。

从下午到现在，他已经摸清了她的脾性：不计成本、不顾后果、随心所欲、快意恩仇。

王航仰首，一口将杯中酒饮尽，感觉慢慢上了头。

她终于放下筷子，用纸巾擦了擦嘴，笑容虚伪无比："王船长。"

王航没有理会，而是伸长胳膊给两人分别斟上酒，眼皮都懒得抬一下。

许衡毫不含糊，一口直接闷掉，假装豪迈地说：“先干为敬。”

王航举起杯子，手腕悬在半空中，笑容慵懒，以不变应万变。对他来说，摄入酒精已经不再是种负担，而是给麻痹的神经做按摩，每一口都能制造出微妙的快感。

“慢慢喝，不着急。”

清风徐来，海边的夜晚热闹喧嚣，有音乐从别的地方传来。招揽客人的大声吆喝、杯盘碗盏的清脆撞击、花枝招展的霓虹灯招牌，各种声音与朦胧光影混杂在一起，将釜山的天空晕染出别样的色彩。

许衡发现王航已经有些醉意，只是眼神还很清晰。看得出来，这人酒品不错，是那种任何时候都会想尽办法控制自我的怪物。

她的酒量不大，跟号称“海量”的海员来说，简直不堪一提。但她会耍赖。

聚餐刚开始的时候，水手长和张建新就急着拉所有人下水。许衡死咬着肚子饿，坚决不端杯子。众人见她一介女流，便也没有强求。

如今和王航厮杀，愈发没了顾及，各种不上道的办法使出来，纵是原则性极强的船长大人也招架不住。

“我以茶代酒……你不会也喝茶吧？”

“喝酒喝双嘛，肯定要再来一杯啊。”

“我？我就不用了，反正我喝的又不是酒。”

所谓“人不要脸天下无敌”，许衡在酒桌上将这一点体现得淋漓尽致。别怪她偷奸耍滑——律师应酬客户也少不了觥筹交错，真要老老实实喝，身体肯定受不了。除了发挥优势，靠四两拨千斤的口才灵活应对，再也没有其他办法可想。

大多数时候，酒桌上喝的就是个气氛，多一些扯皮拉筋，反而更能激发出大家举杯的兴致。

许衡常年陪赵秉承出入社交场合，对于各种挡酒词、行酒令全都门儿清。这一点，又岂是酒量过人、作风实在的船员们可以相提并论的？

即便心思缜密如王航，毕竟也还是个爷们，不可能真的跟个撒娇耍赖的女孩计较什么。正因如此，几番往来之后，微醺的快感就转化为了缥缈的失控感。

他不说话，光坐在那儿直喘气，任由许衡叫了几声都没反应。罪魁祸首心中直呼畅快，表面还要装出一副不好意思的样子：“你不会真的喝醉了吧？”

王航斜着眼睛瞪她，像个不服输的少年，配上酒精刺激出的绯红脸色，简直是在诱人犯罪！

许衡得意得恨不得转圈圈，决心好好利用一下这个机会。

“醉了也好，醉了不怕讲真话。”她捋捋头发，貌似很有感慨，“你是不是经常这样被人灌？”

王航不搭腔，一副有些蔫头耷脑的模样。

“有没有想过为什么？”许衡问。

他抬眸，目光深邃幽暗，声音喑哑如砂纸摩擦：“别以为我醉了就能乱说话。”

许衡身上的鸡皮疙瘩起了一片，心里却在发怵，只知道醉了的人会说自己没醉，从不知道承认自己醉了的人是真醉还是假醉。

“我没乱说话，哪敢跟你乱说话。”她撇撇嘴，“今天下午的这一出已经够我学习了。”

王航忍不住得意，孩子气地笑起来：“学习什么？”

被这突如其来的笑容晃瞎了眼，许衡差点接不上茬：“……学习不要多管闲事。”

“忍得住吗？”他挑衅地挑挑眉。

“忍不住。”

海浪拍打着堤岸，灯光在头顶来回晃动，影影绰绰。脚下的路面正散发着白天所吸收的热量，一点点烫在脚心。腥咸的微风顺着海岸吹上来，扯动店铺门口的帆布招牌，发出“呼啦啦”的声响。

两人隔着一桌醉汉遥遥相望，鼻息里尽是腥咸的海水味和浓烈的酒香，目光迷离。

许衡怀疑自己喝多了，连身体都不听使唤。用尽全部力气勉强别过视线，方才恢复呼吸：“规矩太多，我只能尽量向标准靠拢。你不要指望船上的每个人都像机器一样运转。”

“我当然要指望。”王航低下头，端起酒杯自斟自饮，“大海里全是水，连个落脚的地方都没有。如果不把所有人揉成团、捆成堆，又怎么能够互相支撑着船行千里？”

自古以来，航运界就是准军事化管理。在人类与大自然的交锋中，只有集体作战才能够形成合力、赢得生机，各自为政、各行其道只有死路一条。

即便不是海商法律师，许衡也明白其中的道理。

可大家偏偏都有“除我以外”的思想，个人意志本能地要求坚持自我认知。

被强迫放弃独立判断，任由外界左右驱使，绝对是“事非亲历不知难”。

王航没有等她回应，更不指望她回应，自顾自地喝完酒，用手背擦了擦嘴角。他若是许衡，也会不服气，可只要上了船，便容不得那么多“不服气”。

“你怎么把小高他们从牢里救出来的？”待酒精的冲劲稍稍缓和后，男人再次出声问道。

许衡捏碎一只蟹腿：“签了个字。”

王航没弄明白：“什么字？”

“你的名字。”许衡小声说。

根据警官三井的介绍，日本警方其实也不愿意扣留船员。

这种涉外案件处理起来很烦琐。既然赃物已经追回，受害人也没有损失，只要船长愿意作保，那便无须浪费司法资源。

拿着伪造的船长签名，以及正规登记的律师证，许衡很顺利地办理了保释手续。三井或许明白，或许不明白，但至少表面上装成公事公办的样子，甚至主动开车送他们回“长舟号”。

多好，矛盾化解、宾主尽欢，王航没有失掉他船长的威严，日本警方也没有揣上烫手的山芋，只需要脏她许衡一个人的手。

王航似是气极，不怒反笑：“我的名字？！”

许衡索性破罐子破摔，点点头道：“你的名字，我伪造的。”

这种事情，她其实大可不必承认。但是，既然船长作保船员是通行做法，王航的坚持便没有任何实际意义。伪造签名，或许有损于许衡自身的信誉，却能以最小的代价解决问题。

王航感觉很无语。

他早知道事情不会那么简单，却没有料到许衡竟毫无底线。

律师的思维方式果然和正常人不太一样。

他将坐在桌子对面的女孩从上到下打量一番：长头发、双眼皮、小巧的鼻子、秀气的嘴巴，尽管实际年纪已经28岁，却依然有着孩童般的天真表情，难怪会让人防不胜防。

“你就不怕被揭穿？”他的声音里没有透露出任何情绪。

许衡咬了咬嘴唇：“怕啊，我们律所在日本还有业务呢。”

王航追问：“怕还乱来？”

她垂下眼帘：“如果不是为了维护船上的纪律，我相信你也不会袖手旁观，更何况日本警方愿意睁一只眼闭一只眼，不会有人去故意揭穿这件事。”

一番话分明就是故意说给王航听的，既表明自己被逼无奈的动机，又将责任推到他身上，甚至不容半点推脱与反对。这是先斩后奏吧？

王航看着她，没有说话。

许衡明白药下得猛了一点，连忙补救：“我知道自己这样不对，可人跟人之间讲的不就是感情吗？不是所有事情都要分个对错才能做出决定的。”

见对方还是不说话，她干脆举起双手做投降状：“行了行了，你就当我什么都没说。反正真有谁问起来，我也不会承认。”

王航冷笑：“除了伪造签名，你还会做伪证啊？”

“来劲儿了是吧？”

许衡扔掉蟹腿，不再假装纯良：“就你道德高尚，就你坚持原则，就你是个船长；别人该受穷，别人该坐牢，别人该犯罪。”

她拍净双手，猛地站起身，恶狠狠道：“德行！”

王航愣住，显然没有跟上这节奏。他甚至怀疑是酒精发挥作用，自己眼前出现了幻觉。

“我是大洋集团的法律顾问，船员在境内外遇到的法律问题，都是我的职责范围。你要树立权威，OK，没问题；我要向客户负责，劳驾，别挡道。”

许衡决绝地迈开腿，三步并作两步走过来，猛然一脚踢在他身旁的凳子上，把王航吓了一跳。回头却见女孩弯下腰，架起滑向地面的水手长，并将对方架上自己肩膀：“哥，别睡了，我送你回船上去。”

没等王航反应过来，那小小的身体已经化作拐杖，将壮硕的水手长托起来，艰难却坚定地朝码头挪去。

夜半海风渐凉，带着腥咸的味道扑面而来，擦过皮肤时带着些许粗糙的触感。

保持固定的姿势，迎着风来的方向，王航感觉神志被抽离，渐渐进入到某种恍惚的境界。

北太平洋的潮汐日夜拍打着大宗台下的礁石，这片迎接着欧亚大陆清晨的阳光的半岛，因海而生，因海而落。

海有海的博大与澎湃，却无法否定陆地的坚持与值守。

他不是第一次航行到釜山，也不是第一次在这家排档吃饭、喝醉、与人争执。以前他是实习生，被骂了，会不服气地借机给上司灌酒；后来他成为干部船员，学会骂人，也适应了被别人灌酒。

职务的升迁有迹可循，心态的变迁却潜移默化。食物链的轮转就像最强大的咒语，将人们变成与最初全然不同的模样。

透过被酒精模糊的视线，远远望着许衡蹒跚而单薄的背影，王航以为看到了曾经的自己。

一阵失神后，却发现大副张建新已经从船上跑回来了。

大副拦在路中间，试图给女孩搭把手，却无法抢走她肩上的水手长。那人只好又赶到大排档，拎起另一个知觉全无的醉汉。

今天可能真的喝多了，王航想。

跑起来的时候，海风拂过脸颊吹走燥热，带来了愈发真实的感知。王航快步追向码头的方向，赶在许衡被压扁前，一把接过了水手长。

两人错身而过，王航咬着牙出声，似解释似承诺："我不会揭穿你的。"

许衡正累得气喘吁吁，突然感觉如释重负，紧接着便听到这近乎不可能的妥协，以为自己是在做梦。

想到对方刚才的咄咄逼人，她没有感激涕零，选择死鸭子嘴硬，故意用挑衅的语气顶回去："谢谢你啊。"

王航不以为意，模仿她的口吻道："不用谢啊。"

女孩哑然失笑。

他们分别架住水手长的双臂，顿觉轻松不少。只苦了中间那个人，整个身体的重量都落在肩膀上，第二天起来必定腰酸背痛，跟脱臼没什么两样。

话题从之前的针锋相对，变为对水手长体重的讨论。

许衡很奇怪，为什么从事体力劳动的人还能保持如此壮硕的身材。难道是因为当了领导不干活，成天只顾吃喝玩乐加攒膘？

王航说她少见多怪，个子小重心低，太轻了早就被吹到海里去了。

许衡点头表示受教。

上船的时候，他们都累得满头大汗，只能一人一边把水手长给吊上去，任由其像个沙袋似的在甲板上磕磕碰碰。

最后连许衡都有些过意不去，望着瘫倒在床上、浑身脏兮兮的水手长，心虚地问："他醒来不会怪我们吧？"

"关我们什么事？"王航拍拍裤腿，一副事不关己的表情，冷然道，"明明是他自己爬回来的。"

两人刚刚从舷梯上下来，便看见大排档的老板带着几个伙计，帮忙把剩下的水手统统送了回来。

一晚上的热闹至此终于落下帷幕。

因为停水，许衡回房间之后没有洗漱，倒在床上便睡着了。半夜似乎听见隔壁有呕吐的声音，在全封闭的船舱里，没有办法及时冲洗，想来那味道也是够可以的。

模糊的梦中，她甚至为此勾起一抹幸灾乐祸的浅笑。

起航时间是第二天中午。

按照之前的安排，船上直到出港才能来水。估摸着厨房不会开伙，许衡索性蒙头大睡，准备起床后直接吃午饭。

手机铃声却不肯善罢甘休，像个阴魂不散的幽灵般萦绕在耳边。

她伸手按掉了几次，却见"赵秉承"三个字始终在昏暗的屏幕上闪烁跳动。

对方最后选择发短信来表示关心：到韩国了？师父年纪大了，帮不了你多久，要学会独立开发和维护核心客户，任何事情都不能一蹴而就。到了高雄再联系。

许衡将手机牢牢攥在手心里，直到手心出现深深的红印。

宿醉后的头痛令王航脸色苍白，顺着舷梯爬上驾驶室时，张建新都忍不住出声问他："要不要再去睡一下？出港时我打电话叫你。"

他摆摆手："房里味道大，更待不下去。"

刚交班的宋巍慨叹："瞧瞧，缺了我这个核心战斗力，甲板部的那帮孙子就骑到你们头上来了。"

"亏得缺了你，不然还得多架一个人回来。"张建新嘲讽道。

"昨天水手长也倒了？"

张建新点头："倒了，今天早上连床都起不来，说是胳膊被人给卸了。"

"醉酒怎么会醉到胳膊上？"

"鬼晓得，神经。"

王航从墙上取下望远镜，抬手遮在眼前，摆出一副正正经经观望航道的样子。

宋巍临出门时突然想起来："许律师昨天也喝酒了？"

"没。小丫头片子，精得跟猴儿似的，连杯子都不端。"张建新颇为遗憾地摇摇头。

"我去给她买点吃的。女孩子熬了夜，可不能再不吃早饭。"

"哟，你小子还挺怜香惜玉的嘛。"

王航突然把望远镜重重放下，扭头指示宋巍说："新来的服务员和水手待会儿就到，你先去码头上接应。"

"不是有中介吗？"张建新有些奇怪地插嘴。

王航没说话，只是看了宋巍一眼。对方立刻不敢吱声，迅速领命离开。

随着悠长的汽笛声响起，"长舟号"再次扬帆起航。

许衡已经适应波浪的颠簸起伏，丝毫没有因为出海而感觉不适，甚至还有几分怀念这份荡漾。

早前被手机铃声吵醒的烦躁，在看到窗外的碧海蓝天时，渐渐成为过眼云烟。

生命起源于大海，最终也将归属于大海，在这颗蓝色的星球上，没有什么比大海更能够抚慰我们的身心。

许衡靠坐在舷窗旁，平静而缓慢地清醒过来。

新来的服务员是个小个子，四川人。在水手们的撺掇下，已经被取了个"小四川"的外号。

许衡自我介绍后，男孩投过来的目光也变了，充满了尊敬与好奇：“律师姐姐，您上过法庭吗？”

在华海所，助理律师没有独立出庭的资格。即便自己承办的案件，也必须由师父带着，美其名曰“对客户负责”。

毕业后就当律师的本科同学早已经独当一面，研究生同学也至少执业了三年。只有在海商法领域苦熬资历的她，依然负责鸡毛蒜皮的小案子，甚至连自己争取来的案源都保不住。

和那些喜欢夸大宣传的“老油条”不同，许衡始终无法信口雌黄，即便对象是远洋轮上的服务员。

她苦笑着摇摇头，勉强挑了个说得出口的理由：“我主要负责非诉讼业务，不出庭的。”

“我知道我知道，”坐在餐桌对面的宋巍连忙插话，试图参与到谈话里，“诉讼才是打官司，非诉讼业务就是不需要打官司，负责审合同啊、并购谈判什么的，比诉讼律师更赚钱。”

许衡想说自己赚不了钱，只是给人打工、替人作嫁衣而已。

然而，面对小四川崇拜的目光，联想到赵秉承发来的短信，却觉得如鲠在喉。

王航向来食不言饭不语，此时却把筷子搁到碗沿上，清了清喉咙：“宋巍，你有时间弄清楚这些，不如好好背一下航海英语。”

宋巍明年就要考大副证，英语成绩是短板，一直都很头疼。听到上司故意戳痛脚，表情立刻就变了，将头埋进饭碗里，不再言语。

谈话氛围被破坏，小四川也赶忙去收拾碗筷，不再留在原地套近乎。

许衡有些感激地看向王航，却见他已经端起碗筷，慢条斯理地继续进食。

吃完饭，许衡习惯在甲板上散会儿步。

从釜山往高雄走的都是近海，风浪没有之前那么大。

“长舟号”卸载部分货物后，重心升高，船上的视野比之前更好。虽然海上风景全都大同小异，但对初次出海的人来说，这片美景总是怎么看也看不腻。

海阔天空，一路是蓝。

眼前的西太平洋风平浪静，顺着水天线往远处眺望，大海茫茫，没有尽头。天空蓝得没有一丝云彩，美得就像童话。

追在船尾的海鸥一直在头顶上打转，婉转低回地叫着。

海风呼呼地直拍脸颊，带来微凉的舒爽，许衡凭栏远眺，久久不愿离去。

在这样的环境下，什么烦恼都不再能困扰人心。

她掏出手机，一条条地翻看自己与赵秉承之间的短信记录。翻到最后一条的时候，终于下定决心，按了“全选”键，将所有信息连同通话记录都删除掉。

如释重负。

都说与大海打交道的人胸怀广阔。在海上待久了，看待问题的方式似乎也有变化。曾经以为的休戚相关，如今看来也不过如此。人终归需要锻炼才能成长。

“没信号的。”

那人的声音突兀响起，吓得许衡手中的电话差点掉落海里。

她回头只见王航站在舷梯旁，眼睛被帽檐遮住，看不到他的眼神。

“我知道没信号。”

对方似是不屑地哼了声：“那就别拿着它到处晃悠。”

经过这几日的接触，她已经学会不再以表面上的态度判断王航的情绪。听到这明显的挑衅，许衡没有反驳，而是乖乖地将手机插进口袋里，简单地回了声“哦”。

王航愣了愣，犹豫片刻后，挪了两步靠近许衡。

他背靠着栏杆，侧着头看向船舷外的风景，视线刻意别开了一定的角度：“没事别跟船员套近乎。”

原本还沉浸在眼前美景中的许衡，惊讶于这突如其来的警告，本能地反问：“你说什么？”

“我让你没事别跟船员们套近乎。”王航星辰般的眼眸微合，眯成一条狭长曲线，焦点落在远处的海面上。

许衡明白昨晚酒醉后的和解只是一时冲动，接下来的这番话才是王船长的真心想法。

没有听到原本意料之中的反驳，王航稍稍松了口气，语气渐缓道：“船上不是人情社会，等级制度非常森严。我们国家的船还好，欧洲国家和日本造的船，生活区都是分开的，普通船员连进生活区的资格都没有。”

见许衡眉毛挑起，他连忙加快语速：“我知道你觉得这不对，可船上跟岸上不一样，大家把性命交到船长手里，对船长形成的信任和依赖就像病人对医生、学生对老师，病人能跟医生唱反调吗？学生能给老师布置作业？”

“这和我跟船员们说话、打交道没关系吧？”许衡尽量情绪平静地问。

“当然有关系。”王航一本正经地回答，“船上需要铁的秩序和纪律，这是不可逾越的。很多老水手的海龄比干部船员的年龄还大，却依然非常尊重我们，无论工作上还是生活中。你不能因为自己喜欢，或者感兴趣，就贸然打破这其中的屏障。”

“聊天也不行？”

“聊天也不行。”

许衡不服气：“我看你平时跟他们讲话讲得很好。”

“那确实，可那都是我主动，你看过有谁敢直接找上级拉关系的吗？”

王航继续道：“等级和制度都是非常空泛的东西，如果不能落实在具体的日常点滴中，就没人把它当回事。”

许衡想起自己最开始与小高聊家常，对彼此有所了解，在晕船过程中又受到颇多照顾，确实从未想过要将两人的地位区别开来。

但如果小高只是普通的餐厅服务员，她肯定不会为之冒险伪造签名。

大概明白了王航的意思，她还是皱着眉头开口：“我是跟船熟悉业务的，和水手们定位在一个级别会不会更合适些？”

王航观察她的表情，确定许衡不是在开玩笑，反问：“你真想住到水手舱去？”

她连忙直摆手：“我现在住得挺好，哪儿都不想去。”

他说：“我刚上船的时候，也非常不理解这种现象，慢慢地就适应了。”

想象威风凛凛的王船长当实习生的日子，被人呼来喝去应该也是常态，只是不晓得当初的他是否也能保持一副冰山脸，抑或曾经也是个愣头青。

许衡笑起来，在蔚蓝海水反射的阳光下，显得格外灿烂。

她或许不是那种特别漂亮的女孩，却有张明媚动人的笑脸。嘴角的微妙弧线，眉目里淡淡的光亮，以及眼角泛起的细微纹路，都传递出了一份真诚的愉悦。

王航的目光也为之吸引，从无边无际的大海上移了回来。

“好吧，”她说，“我愿意成为‘保王党’。”

海风在吹，将这份承诺送到耳畔。他从她的眼中看到了湛蓝海水的倒影，也看到了自己的模样。

许衡眨了眨眼睛，试探地问：“你不会真的把我丢到水手舱去吧？水手长已经放话了，要是让他知道是谁卸了他的胳膊，非把那人扔海里去不可。假如我一个没忍住，把你给卖了，千万别说什么不仗义……”

王航猛地转过头，再次看向大海，反复做着深呼吸。

她用手肘拱了拱他，试图唤回对方的注意力，却见那人猛然一个箭步撤得老远，满脸惊魂未定的表情。

见了鬼了。

“等等，”许衡怕人下一秒就消失不见，连忙出声阻拦，“水手长算是可以接触的对象吗？”

“为什么要接触水手长？”王航干涩发声。

许衡眨眨眼睛：“我是来跟船的，要找人熟悉业务啊。”

“有什么问题就问张建新吧。”他有些心不在焉，“老张从甲板一路做上来的，各种经验都很丰富。”

许衡奇怪地问：“张大副？他还当过水手？”

王航点点头：“人家当年在海军服役，退伍后加入大洋集团。因为学历不够，才从水手一路做到水手长。像他这种情况，其实可以一直做下去，再不然向公司申请上岸也行。但是老张喜欢大海、喜欢船，所以又考了成人教育的学历，一步步从实习驾驶员开始，三副、二副当到现在。”

许衡恍然大悟，明白自己为什么会觉得张建新面相老成，因为他确实有那么老。

“老张以前是军人，作风问题无小事，你问问业务上的事情可以，套近乎就不必了。”

这番话说得没头没脑，听起来又有几分弦外之音，许衡咂摸味道怪怪的：“你什么意思？”

王航皱眉看她，似是欲言又止，闪耀透亮的眸光里尽是纠结。

许衡愈发觉得不对劲：“倒是说话啊！”

“你知道我什么意思。”他撇着嘴，再次将视线调转。

昨晚还举杯一笑泯恩仇，今天听他教诲也没有顶嘴，接下来就敢拐弯抹角地指责她作风有问题，这和最开始嫌弃女人上船的人有什么区别？！

“你知不知道老张今年多大？”许衡假笑着牵起嘴角。

“47。”

“你知不知道我今年多大？”

王航在记忆里搜索了一下，按照证件上登记的出生年月日推算：“28。”

“所以……我看你才是脑子有问题！”

第 7 章

海　盗

高雄港是台湾最大的贸易港口，拥有近30个深水码头和2个浅水码头。“长舟号”此次靠泊，只是为了卸空集装箱，方便缩短之后航程中的装载时间。

因为停靠时间短，许衡只能留在船上遥望这座城市的天际线。

船代公司的职员过来时，顺路买了些消耗品补充给养。除此之外，这里的港口官员不似釜山港的港口官员彪悍，即便语速很快，因为用了很多语气词的缘故，也显得没那么凶。

手机铃声在整点响起，似是算准了“长舟号”的靠泊时间。

许衡按下接听键。

终于处在同一时区，两人之间却比隔了千山万水还要遥远，赵秉承声音沙哑地“喂”了一声。

许衡情绪平静：“赵老师。”

王航看到她在甲板上打电话，来回踱着步子，像是很不耐烦。他从驾驶室的墙上取下望远镜，调低倍数后，朝向那移动的人影。

女孩眉头皱得极紧，似在与人争辩什么，语速极快。

王航看不懂唇语，即便看得懂，也跟不上这么快的速度，索性放弃。

“我不可能不管。”许衡近乎咆哮。

“那个日本警察对情况心知肚明，所里只需要盖章确认就可以了。”她意识到自己态度不好，慢慢放缓语气，“真查出来签字是假的，对任何人都没有好处。”

赵秉承叹了口气，像是教训不懂事的孩子：“小衡，你这次跨境办理保释手续，即便只是临时动作，依然需要所里授权，我得对其他合伙人有所交代。”

许衡觉得太阳穴在一跳一跳地疼。

“大洋集团不是你的客户吗？我这样做也算是分内职责吧？”她换了只手拿电话。

“他们是跟律所签的顾问协议，我们的每一次服务都必须事前谈判、事后计费。你擅作主张，又是涉刑案件，所里恐怕不是那么容易通融。”

“实在不行的话，要按什么标准收费、提成，都算我个人的吧。”许衡的手肘撑在栏杆上，微微弯下了腰，“麻烦大洋集团跟我们倒签协议，把所有手续补全。律师执业证的手续就晚点再办，反正我这几个月也不能执业。”

挂上电话，回头忽见王航面色微凉，正悄无声息地站在她身后。

许衡被看得心里发毛，也不知道对方究竟听到了多少，只好干巴巴地笑道：“忙完了？”

王航的语气很硬：“你们要跟集团签什么协议？”

许衡连忙摆摆手，装出不以为意的样子：“没什么，法律顾问的常规业务罢了，说了你也不懂。”

“说说看。”

她估计是自己后面的话欠考虑，让心高气傲的船长大人不爽了，只好伏低做小：“我老师是大洋集团的法律顾问，要办点手续，需要你们配合。具体内容我也不知道，真的。”

王航挑了挑眉：“那个姓赵的律师？”

许衡点头如捣蒜。

“我们集团不止有一个法律顾问吧。”

许衡语带吹捧：“确实。大洋集团多大的企业啊，自己就有法务部和专职律师，怎么可能只配一个法律顾问？我还有同学在你们那儿上班呢。”

“哦。”王航点头，视线轻飘飘地落在她身上，“集团盖章都需要走合规程序，你说的是什么协议，居然想倒签就能倒签？”

航运业的利润丰厚，风险也是常人无法想象的。对于大洋集团这样的企业来说，严格管控签字程序无可厚非，任何违规操作都需要有人背书。

许衡刚才的提议只是用来堵赵秉承的嘴，如果执业证申请失败，再扯上伪造证据什么的，她真有可能吃不了兜着走。

想到这里，许衡愈发觉得头疼，也没有心思与王航继续应对下去。好在驾驶室里正好有事，派人叫走了船长。

他临走前，留下一个意味深长的眼神，让许衡忍不住哆嗦。

从高雄港驶往新加坡，经过了东沙群岛和南沙群岛，之后便到了马来西亚和印度尼西亚之间的马六甲海峡。船行至此，离目的地也不远了。

马六甲海峡作为世界上非常繁忙的一条水道，也是一个海盗经常出没的地方。

“长舟号”上的气氛顿时变得紧张起来。

今时今日，各国海盗都不会像古代那样，打着“骷髅旗”，明火执仗地公然行抢。他们行踪更诡秘，设备更先进，作案手法更高明，也更残酷。

和吸引全世界目光的索马里海盗不同，印度尼西亚海盗属于“闷声发大财”的类型。

他们开着小快艇，趁着夜色往来于海峡之间，尾随各式船舶进行试探。只要船员稍不留神，便会被乘虚而入。大部分时候，印度尼西亚海盗都只是盗窃货物，但也有狗急跳墙、伤人性命的情况。

近年来，该水域的海盗活动猖獗，成为各大商船经过时，都提心吊胆的地方。

“长舟号”也不例外。

作为一艘集散船，他们的速度不及集装箱船，也没有那么高的干舷，但又比一般的散货船、轮船安全，海盗的快艇没那么容易追上。

尽管如此，船员们依然不敢掉以轻心，从进入印度尼西亚水域后，便自觉加强了防盗措施。

许衡承办过不少盗抢索赔案件，出海前就已经打定主意，途经危险水域时，要尽可能地值守在驾驶室，全面掌握海船防盗知识。

尽管此时气氛并不融洽。

王航像个会行走的低气压，但凡出现在她面前都不会有好脸色。两人自从在高雄港谈过话后，便再没有单独相处的机会，许衡不好意思追问对方是什么意思，只能这样不尴不尬地相处着。

有时在餐厅看到他，她还没开口打招呼，便被那冷冷的眼神威慑，不得不低头吃饭。

许衡承认自己有时候像个花痴，但不至于没脸没皮，主动送上门的买卖坚决不做。

后来，就连大副张建新都看出情况不对，趁着某天在驾驶室值班，追问许衡哪里得罪了船长。

她满脸莫名其妙："我真不知道。"

"年轻人，有点心气很正常。"张建新语重心长地说，"我虽然一开始也反对你上船，但既然木已成舟，还是尽量好好相处吧。"

许衡明白张建新是一番好意，也不愿迁怒他人，无奈说了句："谢谢您。"

烦心的事情再提也没用，她转移话题问："王船长说您以前是海军？"

"他跟你说这个干吗？"中年男人的脸上泛起红晕，显得很不好意思。

"他说您是老资格，让我有什么不懂的就问您。"

"嗐，"张建新摆摆蒲扇似的大手，"船上虽然讲究论资排辈，但还是以能力论高低。你看王船长，那么年轻就能掌舵万吨巨轮，可不是开玩笑的。"

"他看起来是挺年轻的。"许衡垂下眸子。

"28岁考过甲级船长证书，在澳大利亚念硕士的时候就拿到了三副证……啧啧，虎父无犬子啊！"

许衡没有继续追问，只是干巴巴地笑着，勉强算作回应。

快要进入新加坡海峡的时候，船上组织了一次反海盗演习。

尽管是演习，各部门依然严阵以待，分工细致地开始准备。

许衡身为乘客，只要老老实实地待在角落里，等警报响起再以最快的速度进入安全舱；船长是要为全船人性命负责的，除了发布警报，还必须最后一个离开岗位，因此也留了下来。

难得在演习开始前的最后时刻，驾驶室里只剩他们两人。

“天气不错。”许衡率先打破沉默，选择了一个相对安全的话题。

男人抬眼瞧了瞧她，复又将视线调回到海图上。

许衡顿时就没了循序渐进的心思，干脆清清喉咙道：“喂！你对我到底有什么意见？”

这次，他连眼皮都没抬起来。

回想两人之前交往的点滴，许衡实在不知道自己有什么地方得罪了这位阎王。连吃几天的鸽子肉，身体里火气都旺得不行。见自己三番五次搭梯子，对方却始终犟着不下台，她渐渐也来了脾气。

“我最近一直在驾驶室好好待着，没做任何逾矩的事情。就算真做错了什么，也麻烦明白讲出来，好吗？这样阴阳怪气的，真的很没有意思。”

王航睨了她一眼，冷声道：“许律师，你想多了。”

下一秒，他抬手按下那枚只有船长在紧急情况下才能按响的红色按钮，尖锐的警报声随即在全船响起，宣告演习正式开始。

许衡恨恨地跺了跺脚，却也不得不按照之前的安排，转身跑向安全舱。

这里是机舱集控室的一部分，前后都有可以单向关闭的阀门，常年预备着充足的水和食物，通风系统独立运行，确保内部人员安全。

许衡的任务是清点人数，确保险情发生时，所有船员都已经安全转移。

演习模拟的是最糟糕的状况，海盗通过绳钩挂到船上，突破甲板的封锁强行登临。各部门船员会携带贵重财物和尽量少的个人物品，先后撤入安全舱。

一个、两个、三个……她嘴上数着数，心里却是慌乱的，只为王航刚才那寒彻人心的态度。

她怪自己太沉不住气，一下子捅穿了两人之间的薄纸。原本还能维持表面上的和谐，如今怕是再也不行了。

尽管赵秉承曾提醒过很多次，说没有城府做不了律师，但许衡就是没办法掩饰自己的任何情绪。

王航最后一个进舱。

按照之前的部署，机舱里已经断电，“长舟号”变成一艘死船，静静地漂浮在海面上。他从黑灯瞎火的舱外摸进来，差点被台阶绊倒。

许衡忍不住上前扶了一把。

男人的大掌依然如记忆中一般温暖、粗糙，撑在她的手心里，传递着细微的汗意。

机舱里也没有光亮，早先下来的船员们已经躲进了较宽敞的内部空间，这里只有他和她。

许衡感觉脊背上导过细微的电流，一点点触发酥麻的感知，刺激着大脑皮层，根本舍不得喊停。

于是她就那样静静地保持不动，任由王航的手指与自己交握纠缠，酝酿出越来越强烈的反应。

过了几秒，又或许是几个世纪，许衡终于意识到不妥，试图抽回自己的手。

孰料那人却在不知不觉中用力，紧紧攥住了她。

清晰的力量感在黑暗中蔓延，透过皮肤、血管、肌肉，揪紧了许衡的整颗心脏。她仿佛能够听到经脉裂开的声音，看到血肉模糊的样子，酸胀、肿痛的触感随血流奔涌至四肢百骸，突破一切屏障，改变所有规则。

他的手很大，指节弯曲过来可以贴到她的手背。许衡感觉手指被一根根地蜷进那掌心里，再被用力地包裹、摩挲。每一寸肌肤相贴的空隙里，都充斥着灼热的温度，避无可避。

许衡很想哭，想质问他这样反复无常的动机，她甚至怀疑自己在黑暗中出现了幻觉。

然而，王航全无声息，只是用力地握住她的手。

黑暗中的沉默太过强大，没人有勇气打破这份极致的紧绷平衡。

“王船长，你下来了没有？”老轨的呼喊从机舱里传出来，伴随着杂乱的脚步声，“我让铜匠试试焊机的角度。”

许衡连忙抽回自己的手，清清喉咙道：“全船应到25人，实到25人，清点完毕。”

安全舱里立刻爆发出鼓掌欢呼的声音，这意味着演习顺利结束。

电闸被推上去，“长舟号”再次恢复灯火通明，机舱里的引擎也很快工作起来，制造出震耳欲聋的噪音。

王航站在台阶最上方，朝众人做了个解散的手势，随即转身离开了机舱。

许衡头晕目眩、双耳轰鸣，眼睛明明接收到了光线，却看不清任何事物。粗糙的摩擦感、灼热的温度转瞬即逝，她已经无法确定一切是真是假。

又或者，黑暗拉长了时间，对方只是顺手相扶，并没有那么多意欲不明的含义。却依然忍不住脸红心跳、四肢微颤。

尽管许衡一遍遍告诉自己冷静、理性、矜持，别被一时的错觉或冲动蒙蔽，她的手指仍保持蜷缩的状态，固执地试图证明刚刚发生过什么。

白石岛上的霍斯伯格灯塔修建于1850年，位于马来西亚和印度尼西亚之间的新加坡海峡东侧入口。

一般来说，灯塔所在地的水域，往往是航运中的复杂和危险之地。这些地方或礁滩众多，或风急浪高，或水道狭隘，或迷离难辨。灯塔以自己的光芒，引导航船冲出危险驶向安全的彼岸。

自古以来，灯塔就是茫茫大海中航船的保护神。

然而，接近如今的霍斯伯格灯塔，却意味着东南亚海上犯罪最猖獗的一段航程的开始。

王航和大副等人彻夜驻守驾驶室，忙着讨论各种应急预案、安排水手换防、添固防盗防抢设施。

船舯两舷各安装了三把高压消防水枪，在航经危险区域的时候持续喷射高压水，阻止海盗接近船舷。此外，船上还配备了可移动的水枪，防备海盗登船。

在其他易攀越的位置，放置了成堆的绑扎杆、啤酒瓶，所有能够用作自卫的东西都成了船员的武器。

驾驶室的值班人员从两个变成了三个，机舱人员被抽调上甲板，水手们搭班执勤。

海图上的转向点被标明锁死，经纬度逐一输入GPS，在非必要航线宁愿绕路，也不与海盗的活动范围重合。

许衡坐在后排座位上，默默地看着所有人忙进忙出。

尽管接下来的旅途会面临生命危险，她却一点都不觉得惶恐，心情近乎平静。

错觉也罢，多情亦无妨，那次黑暗中的交握为灵魂注入了无穷勇气，让她能够心怀坦荡地面对所有可能发生的一切。

视野里，男人的肩线与海平面重合，如同撑起了头顶的整片天空。

这里的水道交通特别繁忙，往来船只很多。雷达上开始出现密密麻麻的小点，驾驶室内的气氛再次紧张起来。

高频电台里出现陌生船只的喊话，要求“长舟号”减速慢行，避让航道。

王航大步走近雷达确认定位，很快计算出对方的航速，果断命令道：“我们在主航道上，没有避让义务。让他们自行倒船。”

说完，他又转头冲守在电话机旁的宋巍说：“通知船尾注意瞭望，这很可能是海盗安排来混淆视线的。”

几分钟后，负责甲板巡逻的水手长果然打来电话，报告有三艘不明身份的小船持续尾随。

许衡的掌心里开始出汗。

商船没有火力武装，被海盗劫持后只能予取予求。无论是索马里、尼日利亚还是印度尼西亚，海盗们往往选择驾驶灵活的小快艇靠近目标，继而伺机登船。如果不能将他们挡在船舷外，“长舟号”恐怕凶多吉少。

“上水龙带，让机舱负责加压，船舯船尾不间断喷射。”王航一方面下达命令，一方面自行拨通了餐厅电话，要求把厨房里的干粉灭火器也送去船尾，当成催泪弹和烟幕弹使用，随时以备不测。

在陆地上生活，很少有事物能危及生命；船行大海却时刻都面临着生与死的考验，区别仅在于是天灾还是人祸。

肾上腺素急剧分泌、心跳逐渐加快、四肢微微颤抖，许衡能够感受到这些明显的变化，知道自己的身体被激发出了本能的反应。

只有在看着王航时，那种紧张的情绪才能够得到稍稍缓解。

男人长腿微曲，半靠在驾驶台上，单手将望远镜举到眼前保持瞭望，时不时地向驾驶员发出指示，表情始终淡定从容。即便是船尾传来消息，说海盗船越来越靠近，并且在向“长舟号”发射绳钩时，他依然没有露出任何焦躁不安的情绪。

有那么一瞬间，许衡觉得有光柱打在王航身上，周围的嘈杂与喧嚣于此刻消失了，只有他和他掌控下的万吨巨轮，成为这天地间的唯一。

即便只是旁观他的沉着冷静，也会产生平安脱险的信心——这或许就是船长的力量。

左舷传来消息，身份不明的小艇将绳钩抛挂上了舷梯。

王航的声音依然稳重："右满舵。"

全速前进的"长舟号"在惯性作用下出现倾侧，甲板上的众人都能感觉到。对于吨位如此巨大的船舶来说，这样的动作几乎难以想象。

干粉灭火器刚刚从餐厅里运出来，正好堵在左舷甲板上。从监控中，许衡看到一团团白色粉末喷向船舷外，海盗们被粉尘遮挡视线，睁不开眼睛，同时也丧失了攀登的能力。

水手长快步上前，用长刀狠狠砍断绳钩，海面上随即传来有人落水的声音。

与此同时，舵效出现。"长舟号"在水阻的作用下向左倾斜，船头迅速向右甩去，船尾狠狠地扫向海盗小艇，海盗们见状连忙启动马达快速躲避。

"报告船长，他们又开始接近左舷船舯了，怎么办？"水手长呼叫。

"马上叫两舷弟兄，用高压水枪持续喷射！"王航在驾驶台用对讲机发布命令。

增压器持续轰鸣，带动脚下甲板都在震动，白色水柱就像疯狂舞动的巨龙，在船舷中部甩来甩去，海盗船根本不敢靠近。即便只是被水柱扫上，载重极轻的小艇也会必沉无疑。

手无寸铁的商船面对全副武装的海盗，除了防范警惕，根本不可能正面还击。像这样充分利用现有设备与之对抗，已经是他们在危险水域航行时能想到的最好办法。

许衡记忆中的几起人身保险案件，无一不是因为船员反抗太强烈，海盗恼羞成怒愤而杀人。

如果海盗刚刚登临成功，船上所有人恐怕都会沦为鱼肉，任人宰割。

与这最坏的结果相比，举手投降、束手就擒会不会是比较好的选择?

从后面看向王航那挺直的脊背、平阔的肩线，许衡知道这种假设永远不会成为选项。船长的骄傲与荣耀，就是他存在的意义，除了向大海低头，任何妥协都是无法接受的退让。

"长舟号"开始全面加速，彻底拉开了与海盗之间的距离。

一个小时后，王航命令全船解除戒备，至此方才宣告他们成功地摆脱了海盗的追击。

机舱传来坏消息，因为刚才所有的高压水枪同时工作，船上有一台电机烧坏了。因为缺乏更换零件，他们必须在新加坡靠岸修理。

王航扯着嘴角笑起来，不以为意地对电话那头的老轨说："没事，回头把遇险报告写详细点，公司还会发奖金呢，一台电机算什么。"

听到"奖金"二字，船员们干活的劲头明显更足了。尽管大家都彻夜未眠，走起路来却依然健步如飞。

许衡在心中笑叹：重赏之下必有勇夫，倘若防盗防抢都能兑换成现金，恐怕就没有保险公司什么事了。

新加坡港口的调度十分高效。

仅仅在进港前向海事安全中心报备维修，引航员登上甲板后就直接指示"长舟号"开往船厂。

这里的工程组包括安全监督在内，有分别负责的主管，开工后秩序井然。船方只需要派代表在表格上签字，等工程收尾后即可逐项验收。

许衡早就听说过新加坡是一部管理的教科书，这次有了亲身经历，发现果真名不虚传。

厂方代表上船后，王航全程用英语与他们沟通，包括老轨提及的机舱内很多专业术语，翻译起来一点也不含糊。

英语是航海界的通行语言，航海英语专有名词多，语法问题也不少，想用好不仅得靠死记硬背，更少不了丰富的经验积累。

许衡是典型的学院派：单词放在纸上都认识，从口音各异的人嘴里说出来就糊涂了。看到王航这般游刃有余，原本心中还很不服气。但想到张建新说他曾在澳大利亚留学并考证，那点乱七八糟的想法便被放下了。

新加坡船厂的效率很高，确认待修部位后很快便组织工人们进行施工。"长舟号"上的船员们收拾好个人物品，有秩序地离开了船舱。

对于船东来说，停船一天就意味着一天滞期，修船时间必须严格控制，效率越高越好；对于船员们来说，这是偷来的一天带薪假，还能上岸游玩，当然欢天喜地。

解散前，大副代表船长宣布了一个好消息：之前遇险的情况，经向新加坡海上搜寻救助培训中心和船舶交通管理信息中心通报，得到了执法部门的确认。集团高层对于船员们的英勇行为表示肯定，为此特批了一笔每人400新加坡元的专项补贴，并鼓励全公司上下向“长舟号”学习。

接着，还没等许衡回过神来，刚才还黑压压的人群便一哄而散，只留下张建新笑眯眯地看着她：“许律师，这次奖金还有你的份呢。”

第 8 章

娘　惹

王航最后一个从船上下来，走到舷梯上便看见许衡在同张建新争执。

“不行，张大哥，这钱我不能拿。”她的头摇得像拨浪鼓，“船员兄弟们拿命换回来的，我只是坐在一边看而已，什么力都没出。”

张建新表示不以为然：“你参加演习了，是船上的一分子，船长说这钱有你的份，就有你的份。”

“那我找他说去。”

许衡习惯性地一跺脚，扭头却差点撞到王航身上，男人声音低沉道：“找我说什么？”

他换了衣服，淡蓝色的衬衫长裤，休闲中透着几分正式，显出十足的斯文气，许衡当场便看愣了。

张建新冲王航打了个手势，忙不迭地逃离冲突现场。

空荡荡的甲板上，只剩下他们两个人。若非船壳里传出的敲打声，静得几乎能听到彼此的心跳。

许衡往后退了半步，不敢看他，声音微弱："我不要钱。"

王航冷哼："嫌少？"

她猛抬起头，一双杏眼瞪得溜圆，似声讨似控诉，拒绝为自己辩护。

王航垂眸与之对视，眼神清澈，嘴角有一丝淡淡的笑容。

许衡感觉自己的血槽瞬间就空了，磕磕巴巴道："反正这钱我是不会要的。"

王航笑开了，大步走到前面去。

船员们早就散光了，车间里只剩下船厂的工人爬上爬下，大声说着他们听不懂的口音很重的英语。

许衡环顾四周，终于还是转身追着王航问："去哪儿啊？"

他睨了她一眼："吃饭。"

许衡抬手看表，正是午饭时间。

王航头也不回："这里制度很严的，吐痰、嚼口香糖都要挨鞭子，你可别跟丢了。"

全身的血流又开始往头上涌，许衡跟在他身后，像个害怕迷路的孩子。

男人腿长，走起路来健步如飞，明知道身后有人，依然不肯放慢脚步，似乎根本不担心对方跟不上。

许衡赌着一口气，坚决不服输，宁可小跑着被"遛"，也没有开口让他等等自己。

两人就这样一个走、一个追，很快便出了港口区。

九月的新加坡依然天气闷热，尽管城市里的绿化率很高，许衡还是热出了一身的汗。

好在王航带着她走了没多远，便转入一条蜿蜒小巷，曲曲折折直通山顶，沿街有很多旧式的骑楼。

许衡替客户办理过移民手续，知道新加坡的房价有多高。这种房子被称为"店屋"，顾名思义便是前店后屋的意思。

尽管从正面看起来，它们大都四五米宽，可入内之后别有洞天：一家店屋的深度至少是宽度的三四倍，直通后巷。屋内被分割为楼梯、房间、走廊、厨房、厕所，中部还会留下天井。天井中养几盆花草，配一张茶几，颇有“大隐隐于市”的意味。

当年华人下南洋，辛苦赚钱之后的第一件事都是买地盖房。能有这样一间祖屋，不仅意味着安身立命的开始，更是家族事业的起点。

许衡一边走一边打量着四周的建筑，脚步也不由得放缓了，这些“店屋”早已不是商业街，明显是属于大家族的聚居区，独门独栋带小院，住在里面的人起码有千万身家。

不远处，王航在一所挂着“黄宅”匾额的宅院前站定，转身冲她点了点头。

“到了。”

许衡气喘吁吁，既犹豫又疑惑地问：“到哪儿了？”

他不着痕迹地勾起嘴角，理所当然道：“吃饭的地方。”

随即抬手按响了门铃。

一个扎着羊角辫，肤色略黑的小姑娘蹦蹦跳跳地从屋子里出来，看到栅栏外的王航，眼睛顿时一亮：“二叔！”

她的口音很怪，听起来有些刻意在咬文嚼字。

许衡还没猜出这个十一二岁的小姑娘的身份，便见她回头朝屋里招呼：“爷爷、奶奶、爸爸、妈妈、姑姑、姑父、小欢、小振，二叔来了！”

一连串的人称听得许衡头皮发麻，却见王航伸手便将小姑娘托过头顶，一边转圈一边抛举，将她逗得咯咯乱笑。

严肃惯了的王船长显然也很高兴，与屋里涌出来的众人一一打过招呼，再将许衡推至他们面前介绍道：“许律师，这次跟船出海考察，我带她过来蹭顿饭。”

看上去与父母同辈的一对老夫妻；相貌与王航相似，身材却更加壮硕的中年男子及其夫人；气质温润的学者夫妇。两男一女三个孩子，这样热闹的一大家子凑在屋里，似乎就是等着他们一起吃饭。

许衡被眼前的阵势吓到了。

扎着羊角辫的小姑娘叫乐乐，和双胞胎弟弟小欢同是这家长子所生。年龄最小的小振只有十岁，是那对学者夫妇的独生子。

王航管老夫妻叫叔叔婶婶，管学者夫妇叫哥嫂，管小振的父母叫姐姐姐夫。若是不考虑他与众人口音的差异，仅凭五官和肤色辨认，确实看着就是一家人。

许衡在沙发上坐着，任由三个小家伙围住，叽叽喳喳地说个不停。

“Auntie，你也是从中国来的吗？”性格开朗的乐乐首先发问。

还没等她点头，小欢立刻打断道：“这还用问吗？她长得这么白。”

“黄欢，你很烦呢，我又没有问你。”

“黄乐，你很烦呢，”当弟弟的模仿姐姐的口气道，“问问题都不动脑子的吗？”

许衡怕两个小家伙吵起来，连忙插嘴：“我是从中国来的，坐你们二叔开的船。”

“哇……”还有点婴儿肥的小振满脸向往，“是那种特别大特别大的船吗？我们家也有哦，妈妈说长大了就让我开。”

“做梦！”黄欢正是年少无知的年纪，凡事半懂不懂地都要插句嘴，“你这个矮冬瓜，连舵柄都摸不到，怎么可能让你开船！”

“黄欢，再这样欺负小振，我就去告诉妈妈！”扎着羊角辫的黄乐叉腰站起，满脸小大人的模样。

保养得宜的中年美妇弯下腰，摸了摸一双儿女的头：“谁又做坏事了？”

三个小家伙笑闹着一哄而散，很快便不见了踪影。

许衡早已起身，却不知该如何称呼对方，只好随着王航叫了声“大嫂”。

客厅的另一边，黄家人正陪着王航有说有笑，王船长俨然忘了自己带来的人，根本没打算过来解围。

美妇的目光在许衡身上扫了几次，眉眼里含着笑意：“孩子们不懂事，如有冒犯，请许小姐不要介意。”

这种不正式却又明显讲究的大户人家做派，纵是许衡当了律师多年，也未曾体验过。站在这样的人面前，她简直不知道手脚该往哪里摆。

“随意吧，随意。”美妇看出客人的拘谨，身形款款地落座于沙发的另一端，“许小姐哪里人？”

对方的声音很柔和，神态也非常温婉，聊起天来一点也没有压力，反倒能让初次见面的人感觉到舒适惬意。

正因如此，许衡在不知不觉中便将自己的生辰籍贯、家庭背景、工作经历一股脑儿地说了出来。同样，她也知道了这家人与王航的关系。

早年间，南洋跑船是条谋生的好出路。

那时候的航海技术没有如今这么先进，风险更是大到难以想象。为了防止船员们一去不复返，大部分人家都会提前给儿子说门亲事，既延续了香火，也解决了后顾之忧。

待到王航爷爷第一次上船前，照例摆了酒席娶了媳妇，而后他便义无反顾地出了海。

当时，出了海的船很多就再没有回来。王航的爷爷奶奶也不例外。男的在新加坡入赘，女的则生下独子抚养成人，那个独子便是王航的父亲。

在黄家长媳的娓娓道来中，华人移民的多年奋斗经历被浓缩成一幅画卷，展现在许衡的眼前，仿若历历在目。其中有人间聚散的悲欢，也有白手起家的艰辛，更有时光荏苒不复曾经的唏嘘感慨。

如果不是大家都穿着现代服装，她肯定以为自己穿越到了半个世纪前：面容慈祥的老人，大方得体的伉俪，儿孙满堂的热闹。

只是不晓得，那个在老家苦守空房，带着独子艰难求生的原配，知道自己的丈夫在异乡另娶后，又是怎样的心情。

“不敢讲给大奶奶听的，她直到去世都以为爷爷出了海难。如果不是大伯后来也跑船，又恰好有机会来新加坡，我们一家人恐怕早就失散了。”

美妇口中的“大伯”，想必就是王航的父亲，大洋集团的董事长王允中。

从众人款待自己的态度来看，许衡并没有感觉到太多尴尬。

厨娘将席面摆好，黄家父母招呼大家围坐到一起。她的位子在大嫂身旁，除了偶尔应承两句，基本上不用主动开口。

满桌的娘惹菜味道十分香浓，充满了热带特色，是南洋最特别、最精致的菜式之一。

旧时的娘惹，多属于富贵人家的大家闺秀。她们把厨房当成消磨时间的最好地方，用餐点增进与家人的情感交流。

一顿饭表面上吃的是菜，心底洋溢着的却是家的温馨和亲情。

王航的叔叔婶婶显然兴致很高，还嚷嚷着要喝酒，最终却被晚辈们拦下。

他是整场筵席的核心，在没有美酒助兴的前提下，依然凭借风趣的谈吐、恭顺的姿态、得体的礼仪将气氛营造得热络而亲密。

作为当天唯一的外人，许衡尽量自然地参与其中，该说就说，该笑就笑，并不比平日里应酬客户更难。

交谈内容涉及王航父亲的身体、黄家的航运生意，以及小姑夫妇的海洋学科研成果。许衡曾经代理过的不动产置业案件也被摆上桌面，作为一个有交集的话题供大家讨论。

这样亲切而自然的谈话虽然不涉及隐私，但看得出来，他们都对她的身份很好奇。

许衡不喜欢玩神秘，但也摸不透王航请她来吃这顿饭的动机，更没办法确定自己和他之间究竟是什么关系。

看着黄家大嫂和小姑揣测打量的眼神，许衡真心想说：我不知道啊。

吃完饭，王航不顾众人的挽留，坚持说船厂那边需要照料，带着许衡离开了黄家。

三个孩子里，黄乐果然最懂事。临到门口还拖着她的手说："Auntie，下次一定再来玩，好不好？"

许衡笑得十分勉强，完全不知道该如何作答。背上突然感受到一股推力，便听见王航用哄小孩的口气说："好啦好啦，再不走，船就要开跑了。"

那双大掌触碰在肩胛骨上，让许衡的心脏再次不由自主地狂跳。

其实她也很想知道，自己下次还有没有机会见到这样和谐美满的一家人。

谢绝了大哥开车送他们去港口的提议，王航带着许衡绕小路离开了那片住宅区。回头望向山坡上郁郁葱葱的绿色，竟恍惚觉得刚才的一切都是幻境。

他还是大步走在前面，任由许衡跟得跌跌撞撞。

来到下一个路口时，女孩终于忍不住站定喝道："你等等！"

王航闻声回头，停下了脚步。

她拍着胸口，尽量平复气息："什么意思？"

男人漫不经心地转过身，背光而立。

许衡双手撑在膝盖上，勉强抬头看他。

轮廓分明的脸庞陷在阴影里，看不清眉目却透得出光亮，像从天而降的星星。

她渐渐站直身子，勇敢迎向那道视线，鼓起破罐子破摔的勇气："你，到底什么意思？"

他脸上挂着习惯性的浅笑："什么'什么意思'？"

许衡紧抿嘴唇。

这里离港口不远，有海风轻拂过耳畔，带来海鸥的啼鸣和树木的窸窸窣窣。

听不清、看不明，她满心满眼只有那人无法言说的表情。

深吸一口气，许衡脱口而出："你喜欢我吗？"

等待答案的间隙里，时间被拉成难以想象的无尽直线，令人不禁怀疑上帝是否按下了暂停键。

冒失的问话未经大脑便脱口而出，如今想收也收不回来。体内的血液开始倒涌，脸上烫得几乎快要烧起来。她攥紧拳头，感觉犹如泰山压顶："有话直说，我不是玩不起。"

王航将手抄进裤兜里，似乎并没有被这突如其来的表白吓到："玩？"

许衡咬着牙，四肢因紧张而轻颤。

男人终于笑开了，声音清朗。末了，像是想起什么，转念问道："你先告诉我，为什么要跟船？"

许衡记得他在舱室里曾问过自己同样的问题，现在的回答并无任何变化："……学习业务知识，熟悉航运操作。"

王航轻哼一声，明显不太接受这个答案。

许衡下船时没来得及换装，还穿着单色T恤和短裤，脚上趿拉着一双鞋。尽管衣着简单得近乎失礼，但在刚才和黄家人的互动中，她始终不卑不亢。与盛装出席的大嫂、小姑相比，也没有逊色半分。

然而，如今面对他仿若洞悉一切的眼神，却打心底里发寒。

他看出了她的胆怯，没有强行逼供，而是背过身，一边继续大步向前走，一边朗声说："华海律师事务所海商法律师，赵秉承是你师父，对不对？"

许衡只好继续之前的追逐，胸口涌动着难以名状的苦涩，依然硬着头皮回答："是。"

王航的步伐很轻快，与她的拖拖拉拉形成鲜明的对比：“你们所去年就申请了律师随船，名单报过来却一延再延。偏偏要等到‘长舟号’回港，偏偏要等到我当班，才派你这个女的上船……为什么？”

许衡整个人如遭电击，未曾料想对方已在不知不觉中摸清了所有情况，眼前迅速地朦胧一片：“我家里有事。”

“什么事？”

许衡咬着唇，站在原地不再迈步。

男人终于停下来，回头看她。

拼命睁着眼睛，拒绝让泪水落下，许衡将视线投向路边的草丛，耗尽全身力气深呼吸，调整情绪。

“以为我没见过女人？”王航走过来，语气中带有调笑的意味，用修长的手指抬起女孩秀气的下巴。

许衡猛地摆头挣脱。

他再次勾起嘴角：“赵主任也太瞧不起人了一点。”

任由泪水流下脸庞，许衡强迫自己迎向对方的视线，无声地表示抗议。

她的眼底燃烧着火焰，却让人生出将之彻底摧毁的欲念。

王航眯着眼，声音很轻：“这样就恼羞成怒了？刚才还说你玩得起。”

他抬手，用温热的指腹慢慢拭去那脸颊上的泪滴。他的手指直接揉进了许衡的内心深处，将原本已经支离破碎的情绪捏碎，飘散在看不见的风中。

她用牙抵住口腔里最软的那块肉，任由血流淌在齿缝间，用疼痛警醒自己。

“你师父年纪轻轻当上主任，为了争取案源向来不择手段。大洋集团每年上百万的顾问费，他站着就能把钱挣了。如今正好合同续期，急匆匆地派你上‘长舟号’跟船，目的性会不会太明确了一点？”

王航停顿片刻，似在掂量接下来这番话的分量。最终还是皱着眉头说：“你和你老师的那点事儿，稍微找个知情人打听打听就知道了……告诉我，凭什么以为我会上当？”

“住嘴。”许衡恨恨地出声，齿间有猩红的血迹。

王航挑挑眉，意有所指道：“这么容易就生气了？怎么‘维护核心客户’，嗯？”

不待他的指尖再次发力，许衡猛然挣脱掌控，那双曾经让她迷恋、眷顾、误解的大手，她侧过头冲路边吐了口带血的唾沫，无所谓会不会被人看到，更不怕所谓的鞭刑：“你没你想象的那么重要。”

王航明显不以为意：“啧啧，欲擒故纵。”

许衡抹了把脸，清清喉咙，昂首挺胸地说：“不是欲擒故纵，但我必须说声对不起。王船长，我不该会错意。”

王航星辰似的眼眸微合，似在分辨她这番话背后的真实含义。

许衡向后退着步子，逐渐拉开两人之间的距离，她终于能够再次呼吸：“你瞧，我自以为咱们比较谈得来，上次演习的时候，你也牵了我的手……虽然是我主动伸出来的。”

她不自觉地甩动着手腕，努力将那刻骨铭心的感觉甩掉：“刚刚又带着我和这么一大家子人吃饭，正常人恐怕都会有些不自量力的想法。”

许衡故作轻松地耸耸肩，继续道：“我那些话确实不该讲。”

王航试图伸手揽住她，却被女孩轻巧躲过。

她抱臂挡在胸前，视线早已模糊一片：“麻烦您大人不计小人过，就当什么都没听到。我这辈子也绝不会再提。”

见对方不搭腔，许衡心里反而松了一口气，用阿Q精神自我安慰：好歹是在私下场合，没有被更多人目睹这副狼狈模样。

“刚才好像看到有地铁站，嗯，就在之前路过的地方。”她胡乱地岔开话题，打破了压在头顶的沉默，“待会儿咱们就分开行动吧，反正我记得港口怎么走，一定会赶在开船前回去。”

说完，没等对方做出任何反应，许衡便急匆匆地跑开了。

只留下空气里淡淡的海盐味道，以及眼泪混杂着咸腥的气息。

挂在脸上的泪水被风干后，眼眶中的酸涩随之而来，许衡几乎又要哭出声来。她刚通过地铁的闸口，便被人死死拽住。

王航气喘吁吁：“跑什么跑？”

许衡只顾低头掰他的手指。

王航压低了声音吼道：“别动！”

地铁里人来人往，见他们俩拉拉扯扯，已经有不少侧目的眼光。

许衡一门心思地和那双大手较劲，恨不能用牙咬下块肉来。最后，两性之间天然的生理差异占了上风，她不得不用挫败的语气乞求：“松手……”

“你不能跑。”王航强调。

她对这人反复无常的态度彻底无奈，抬头看向对方：“想说的话，我已经说了；该道的歉，也已经道了。你究竟想要怎样？”

女孩的眼眶中还有残泪，胸口因情绪激动而上下起伏。

王航加大手中的力道：“我的话还没说完。”

地铁外的天空布满阴云，眼看就快下雨了，他带她从另一个出口上到地面，熟门熟路地摸进一家南洋风格的咖啡店。

新加坡人普遍都喜欢喝咖啡，也很少在家下厨，有需要的时候就会找小贩中心和咖啡店解决。

这里的咖啡店往往与吃饭的地方在一起，装修舒适、环境清幽，是休憩闲谈的好去处。

正是午后，店里人不多，王航找了个墙角的卡座，替两人点好单。回头见她红着眼眶，盯着落地窗外的绿色植物发呆。

新加坡是典型的热带雨林气候，降雨毫无规律，经常莫名其妙地下一场雨。

比如现在。

雨水击打着院子里的芭蕉叶，噼噼啪啪的声音隔着玻璃传进来，就像打在人心上。旧屋改造的老式咖啡店里，吊扇在头顶晃晃悠悠，似乎随时都有可能停下。墙面尽是斑驳的阴影，光线柔和的台灯旁，坐着一个她。

王航端着餐盘走过来，将装有吐司和煎蛋的碟子推到桌边，又递了杯牛奶过去：“刚才你没吃多少，先垫垫吧。”

许衡抬眼，像看怪物一样地看着他：这会儿开始扮情圣，脑子有病吗？

王航弯下腰，坐在桌子对面。

咖啡厅里响着舒缓的蓝调音乐，渲染出十足的东南亚午后气氛。不知名的女声在咿咿呀呀地吟唱。

许衡眨眨眼睛，声音沙哑地道：“你还想说什么？”

王航搅了搅自己的咖啡："先吃东西。"

她不动。

他拿了刀叉开始切割食物。

金属与瓷器相互撞击的声音叮当响，听起来竟有了些许的节奏感。

王航切完了整盘的吐司，又将半液态的蛋黄一点点抹在面包片上，最后把碟子推到她面前："好了。"

许衡盯着他，将叉子用力扎在面包片上，塞进嘴里狠狠咀嚼。

午饭确实没吃饱，但无论刚才还是现在，她根本都毫无食欲。

面对黄家上下时，想着要怎样顾全体面；面对表白失败的对象时，只恨自己毫无经验。

勉强嚼了几口，许衡发现吐司很酥，配上蛋黄的淡淡甜味，竟然有了被治愈的错觉。

"你们女的怎么这样？"王航像看孩子似的看着她，长腿交错，倚靠在沙发椅背上："但凡谈话进行得不顺利，就会跑一边去躲起来哭？"

许衡皱紧眉头："你已经形成了自我认知，别人说什么都没用。"

他跷起了二郎腿："说说看，我形成了什么样的自我认知？"

"动机不纯、攀权附贵，接近你就是为了和王董事长拉关系。"许衡咬牙切齿。

王航拖长语调"哦"了一声。

许衡觉得自己又快哭出来了。

她拿起刀叉，无意识地切割着已经很小块的面包片，用力之大，简直是在跟碟子较劲。

"大洋集团快要A股上市了，你知道吗？"王航低头看她，像在迁就一个闹脾气的小姑娘。

许衡的脑子早已乱成一锅粥，含混地回答道："嗯。"

"这种国有企业，做什么业务、跟谁签合同，都不会由一个人说了算。"他放下勺子，将咖啡杯端到唇边抿了一口，"你和你师父把问题想得太简单了。"

"我爸爸那代人接受的教育很传统，根本不可能开口子、卖面子。华海所已经是业界数一数二的大拿，就算这次不能替集团做IPO，以后合作的机会还很多。"

谈到专业相关的东西，许衡终于平复了情绪，也不再觉得无话可说：“我只是助理律师，这些事情管不着。”

“我也只是有一个开船开了半辈子，最后走狗屎运当上董事长的老爸。”王航向她举杯致敬，随即将注意力转移到醇正的马来西亚白咖啡上。

许衡明白对方这是在给自己空间，也识趣地收拾起情绪。从纸巾盒里抽出几张面巾纸，仔细地擦干净了自己的脸。

半晌后，终于鼓起勇气抬头道：“赵老师确实让我留意你，但只说王船长前途无量，我不知道他到底想干吗，也没办法左右自己上司的行动。”

“上司？”他的问话很轻，听不出其中的情绪。

“就是上司。”许衡毫无怯意地直视着他，“华海所的主营范围是海事诉讼，像股票上市之类的非诉讼业务虽然赚钱，但也不是人人都能企及。大洋集团的IPO做不做、给谁做，真的跟我没有关系。”

王航沉默着，似乎在掂量她话里的真真假假。最后索性一口饮尽杯中剩下的咖啡，咂了咂嘴道：“没关系就好。走吧，这里好玩的地方不少，我带你转转。”

新加坡的人口密度大，跟香港、东京一样，是个寸土寸金的地方。在优越的地理条件和科学的规划下，这里的街道十分狭窄，沿途的建筑物都带有非常明显的南洋风格。

在“导游”轻车熟路的的带领下，许衡顶着两只红眼圈来到了鱼尾狮公园。

被视为国家象征的白色雕像日夜喷水，镇守着新加坡河口。几乎每一个游客都在与狮子合影，摆出各种各样的姿势，借位迎接那从天而降的水柱。

许衡终于被勾起了好奇心，侧首问：“他们在干吗？”

“接财。”王航眯着眼，环顾了一下四周，“像不像一群缺氧的鱼？”

无论男女老少，均对着雕像张大嘴巴，那场景的确神似水塘里缺氧的鱼群。许衡憋住笑，扯了扯他的衣角：“走吧。”

越过安德森桥，顺着伊丽莎白大道往回走，他们很快便来到了政府大厦广场。新加坡最高法院与政府大厦毗邻，在车水马龙的街道旁庄严矗立。

这时，许衡将手机递给王航。

王航接过手机，有些奇怪：“我还以为你不喜欢照相。”

“看是照什么相。”她绾起发丝，站在最高法院门口的台阶上，“这里必须照。”

王航没有多问，用取景框将人及其身后的宏伟建筑定格，突然从镜头后抬首道：“别告诉我是因为电视剧。”

许衡开怀大笑，这一瞬间被捕捉住，记录到手机里。

“你怎么知道的？”从低落的情绪中摆脱出来，她终于脚步轻快地跟上王航，“小时候看那些新加坡连续剧，最常出现的镜头就是这里了。那时候我就想，如果有一天能够带上假发，站在法庭上大声地说Objection（反对），该多神气啊。”

王航从街边小店买来冰淇淋，顺手递给她一个：“后来呢？”

“后来发现完全不是那么回事儿啊。”许衡吐吐舌头，顺势舔了口冰淇淋，两眼陡然发直，“好好吃！”

忍不住揉了揉女孩的头顶，王航笑道：“你还真是容易满足……后来怎么不是那回事儿了？”

原本还在为突然的亲昵行为感到尴尬，见对方已然转换话题，许衡也连忙借梯子下台：“根本是不同法系，国内律师一般不需要在法庭上站起来辩论，哪还能说什么Objection。”

中午刚刚经历了那么难堪的一番表白，两人如今还能并肩走在绿树成荫的街道上，表面上竟丝毫不觉尴尬。

许衡打心眼里觉得王航是个人物。

既然对方都这么拿得起放得下，作为“肇事者”的自己，如果还拘泥于一时一事，便显得有点不识时务了。

反正以后绝对不能再做这么冲动的事情。许衡反复提醒自己：跟船、学业务、清醒头脑，别被封闭的环境和特殊的人所误导，三个月后她终归要回到岸上。

只是不知道为什么，看着男人走在前面，体贴地于人群中为她劈开道路，她心里那隐隐的悸动依然会如影随形。

两人一前一后走过几条街，像在日本时那样，虽不说话，却也不觉得尴尬。

许衡很感谢对方的识趣，这种表白失败的敏感时期，总是多一句不如少一句的。

不知道走了多远，直到夕阳西下，满街店铺华灯初上，她才意识到自己有些饿了。

然而，还没等许衡唤住王航，便被另一个熟悉的身影夺去了注意力：“小四川？”

“长舟号”上的服务员刚刚从街边的火锅店里出来，见到许衡明显一愣：“许律师，你怎么到这儿来了？”

不远处，王航被随之出现的另一帮船员拦住去路。

为首的老轨明显喝高了：“哈哈，王船长，你终于决定开荤了？我就说嘛，这么好的地方，不快活一下对不起人生啊。”

就连平日里以驾驶室高管自居的宋巍也与他们勾肩搭背，脸颊上泛着酒后特有的红晕：“走走走，船长，今天我请你！”

“少拿请客当借口，你小子是想要船长‘帮忙’吧？”

船员里有人大声提出质疑，随即引发一阵哄笑。

王航朝许衡这边看了一眼，低声交代着什么。原本醉醺醺的船员们纷纷扭头，见到她也近在咫尺，脸色顿时变得十分尴尬。

“许律师，嘿嘿，许律师……”老轨原本还在咋咋呼呼，如今突然挠着后脑勺，似乎无话可说。

与她相熟的宋巍更是躲进人群里，连气都不敢出。

许衡只好与站在近旁的小四川搭话：“你们吃过晚饭了？这家店味道怎么样？”

抬头，她假装被店铺招牌吸引了注意力，不动声色地开始打量周围环境：两层高的小楼沿街铺开，道路两侧分布着密密麻麻的巷子。靠右手边的巷子里，影影绰绰地挂着一溜儿红灯笼；左手边则多为餐饮店，显得更加热闹。

“好得很。”小四川红着脸，抹了抹嘴道，“这里都是自助餐，22新加坡元一个人，还管饱咧！”

许衡冲王航点点头，忽略其他人的僵硬表情：“王船长，我们就在这儿吃吧？”

王航没有反对，而是拍了拍老轨的肩膀，嘱咐一句：“注意安全。”

许衡没回头，自顾自地掀开冷气帘，猫腰进了火锅店。

王航目送船员们进了对面的巷子，很快也来到店里。

许衡已经付过钱，正在吊扇下的圆桌旁边研究菜单。

王航悄悄松了口气，拖过一把椅子坐下。

许衡从菜单上抬起眼来，指着火锅店名旁缀着的一串英文地址问：“王船长，这是哪里？”

王航看过来，目光里有氤氲不明的光，似乎在分辨她问题背后的含义。

即便两人之间隔了张桌子，许衡依旧如遭电击，背后的寒毛再次不争气地根根直立。见对方没有答话的意思，只好自己给自己搭梯子下台：“别装出一副神秘兮兮的样子，我又不是没见过世面。”

他低头擦碗筷，嘴角噙着恶作剧得逞的笑意：“见多识广。”

许衡被这明显嘲讽的语气堵得心慌，只好愤愤然低下头，继续研究中英文混杂的菜单。

余光扫到王航那边，却见他的手指修长，正将茶水从杯子里倾倒出来。细细的筷子斜撑着做导流，温润液体一点点漫过粗瓷白碗，反射头顶吊灯的昏暗光线。

桌子中间的铜锅里，已经加足了浓稠汤料，正汩汩地冒着蒸汽。

周边的座位上全都坐有客人，在川香麻辣的氛围里酝酿出满满一室的人间烟火。

时间似乎都在那一刻静止了。

许衡强迫自己收回视线，招呼服务员点好了菜，故作大方地说：“今天这顿算我的，‘虎吃’！”

王航笑得漫不经心：“好。”

许衡轻咬嘴唇：“……算是赔礼道歉。”

王航挑眉，目光里有几分了然。

服务员很快便端盘子回来，两人忙着下锅涮菜，不再言语。

透过火锅店里油腻腻的窗户，看得到街面上模糊的光景，两层小楼并排林立，各式各样的雕梁画栋，无声诉说着此地昔日的繁荣。临街铺面多采用中文标牌，往来行人也多为华人，看起来就像个小小的唐人街。

如果留心观察，在风格迥异的各色美食档口之间，还藏着数不清的按摩院和酒店。更奇怪的是，斗拱飞檐之间居然还有很多因地制宜、偏安一隅的寺院、道观和清真寺。

这些宗教场所跟国内动辄占地几十上百亩的庙堂不同，一个窗口、一层小楼就能自成一派，在莺莺燕燕、灯红酒绿之间独享安然。

吃完饭出门，街道上的霓虹灯尽数亮起，花花绿绿地装点出一片火树银花的不夜天空。

从冷气充足的火锅店里到热带傍晚潮湿的户外，许衡很快被热出汗。

走了没多远，王航将手背到身后，头也不回，就那么空空地荡着，像是在等待什么。

许衡心想，你真当我没脑子的吗？吃一堑长一智不行，一朝被蛇咬，十年怕井绳总行吧？

她没有理会，而是干脆大步超过了对方。

然而，还没等她走出多远，便隐约听到警笛声传来。街边的人群开始混乱，穿着高跟鞋、搔首弄姿的女人们推搡着、争先恐后地挤进路边小巷。

许衡猛然回头，却发现已经找不到王航，她试图逆着人潮而动，最终却只能被迫随波逐流。

慌乱中，拖鞋不知被谁踩掉，许衡很快被撞得跌倒在地。

“王航！”许衡大声呼喊他的名字，却没有任何回应。

中文、马来语、印尼语、英文……各种语言响在耳畔，伴随着乱糟糟的脚步声、抱怨声，很快被一大波的人潮湮没。

不知道过了多久，她始终保持匍匐的姿态，像刺猬一样紧紧蜷缩成团，任由脚踩、踢踏也不敢放松。

再后来，人群逐渐散去，只剩下警笛声响彻大街，身着制服的警察在红蓝光影下靠近，大力而粗暴地将她从地上拽起来。

等许衡回过神的时候，她已经被塞进警车的后座，手上脚上都戴上了手铐，身旁坐着另外两个女人，全都衣着暴露、浓妆艳抹、狼狈不堪。

“低头！”

在其中一人的小声警告下，她本能地将脸埋进手臂间。警车后门随即被重重摔上，绝尘而去，离开了空空荡荡的大街。

到了邻近的警署，她们被押解着进入隔离区。

经过一路的思忖，她大概知道自己是被误当作“失足妇女”了。好在证件都带在身上，应该能够把事情说清楚。

华裔警官坐在办公桌后，依次叫号，让嫌疑人上前登记。

刚刚好心提醒过她的少妇显得很淡定，除了穿着凌乱之外，并无任何露怯之处，昂首挺胸道：“阿sir，我真的是路过而已，女儿还在家等着吃饭呢。”

中年警官连头都没抬：“Name.”

少妇倒也能屈能伸，马上弯下腰来，柔声柔气地有问必答。

将所有个人财物登记后，她被带到另一间房子里接受搜身。

“Next.”

坐在许衡身旁的清秀佳人扭捏着走上前。

她明显没有少妇那么冷静，在警车里已经哭了一路。如今更是哭得梨花带雨，就连身为女人的许衡都看得心疼：“Uncle，我是来念书的，一时鬼迷心窍……你们放过我这一次好不好？”

“Name.”

冰冷的声音回响在空荡荡的房间里，击碎了少女的最后一点勇气。她蹲在地上，捂着脸哭了起来。

中年警官很不耐烦，站起身用内线打了个电话，很快便有五大三粗的印度尼西亚裔女警进来，像老鹰抓小鸡一样，将柔若无骨的少女强行拖进房间检查。

许衡很自觉地走到办公桌前，交出自己的护照：“你好。”

重回座位的警官看看她，低头照着誊写个人资料，填到最后一栏才问：“What are you doing here?（你来这里干什么？）”

许衡挺起脊背：“我是律师，随船靠港。被你们抓住以前，正在沿街观光。”

对方轻蔑地笑起来。

许衡目光直视着中年警官，不卑不亢地道：“我所乘坐的货船在港口维修，船厂方面可以证明。除非你们能定罪，否则只要超过法定羁押时限，哪怕一分一秒，我也会提出控告。”

停顿片刻后，她用英语将这段话复述了一遍，并在个人物品申报的表格上备注清楚，拍拍手站起身来：“好了，警官。我该去哪里？”

对方这时的态度已经发生明显变化，虽算不上客气，但明显收敛许多。

许衡顺着指引，接受了搜身，和之前的少妇一起，被关进了警署地下室。

这里面积不大，被分割成封闭的房间，每间房里都有高低铺，床和床垫都很干净。

见此情景，许衡稍微松了口气。她其实并不了解新加坡的法律，也不确定警方的调查权限，刚才那番狐假虎威只是依照法理进行推断——任何法治国家的警察都没有拘留权，留置、盘查只能以一两天的时间为限。

在此期间，只要她不搬起石头砸自己的脚，即便船方不出面作保，警察最后也得到期放人。

不知道为什么，或许是日本那件事留下了心理阴影，许衡以为王航正好可以因为这件事而摆脱她。

警员刚刚把大门锁上，少妇便踢了双拖鞋过来："穿吧。"

借着走道里昏暗的灯光，许衡第一次看清对方的长相：厚重的脂粉掩饰不住眼角眉梢的纹路，裸露在外的皮肤和脸有着明显的色差。夜幕下匆匆一瞥可能误以为这是位少妇，走近了才发现她已然不再年轻。

"我叫孙木兰，你呢？"

没有外人在场，孙木兰明显放松很多，两脚翘起搁在床沿上，冲许衡点头打招呼。

"……许衡。"

"多大了？"

"28。"许衡坐到另一侧的床沿。

孙木兰叹了口气："年轻真好。"

许衡无奈："不年轻了。"

"怎么到新加坡来的？"

"……坐船。"

"偷渡？"对方抬眼，"那你完了。"

许衡将脑袋靠在墙壁上："是啊……是完了。"

凌晨的海盗偷袭、中午的表白失败、晚上的牢狱之灾，许衡琢磨着今日皇历上怕是写了"不宜出行"四个字。

习惯过夜生活的人，越晚越兴奋。孙木兰换了个话题："我看见和你在一起的那个男的了，中国人？"

“……嗯。”

“跑船的吧？”孙木兰猜测。

许衡奇怪：“你怎么知道？”

“长那么帅，还要来这种地方，只可能是跑船的。”

许衡在黑暗里勾起嘴角，随即沉声应道：“嗯，就是他带我来的新加坡。”

“其实跑船的男人挺好，平日里虽说不着家，但老婆也是爱干吗干吗。他们赚的钱不少，供养一家老小绰绰有余。”

“……你挺了解的。”

孙木兰苦笑：“当然了，我家那口子以前就是跑船的。”

许衡愣了愣。

“后来得癌症死了。”似是明白她沉默的含义，孙木兰自己给自己解围道，“留下两边父母和一个半大小子，不然我也不会‘下海’。”

许衡“哦”了一声，没再多说话。

“你这就算留下案底了，以后都不能来新加坡，出去后还是想办法找人嫁了吧。”谈到伤心事，孙木兰的态度也变了。

许衡不好纠正，只能顺着说下去：“哪有那么容易。”

“你年纪小，又没有负担。现在男多女少，真想嫁人还怕嫁不出去？”孙木兰很有把握。

“怕。”

孙木兰“嗐”了一声，说：“怕什么？”

“怕自作多情，怕识人不清，怕给对方添麻烦。”

“死丫头，这么一套套的……”孙木兰笑起来，“你心里是不是已经有人了？”

许衡哽咽了一下，回答：“有吧，但他不喜欢我。”

“不可能。”

任意女性之间，但凡提及感情问题，都会迅速产生共鸣、缩短距离，正所谓“当局者迷”。身为旁观者的孙木兰替她分析原因道：“男人都自恋。能让你喜欢上他，说明他对你用了手段，不可能一点意思都没有。”

许衡从未想象过会在异国他乡的监狱里，向素不相识的人剖白心迹，她怀疑自己疯了："他知道我另有所图，也知道我之前喜欢过别人。只要是我说的，他便不会反驳，但我也不知道他是不是真的相信。"

"你说的是实话吗？"孙木兰一针见血。

许衡咬住嘴角："不全是。"

"怎么讲？"

"我说我不是为了别的目的才接近他，但其实我一开始的动机就不够单纯。"许衡眼眶中酸涩的感觉再起，她似乎又能听见王航那声"没关系就好"。

"少整那些没用的。"孙木兰摆摆手，"你就说你是不是真心喜欢人家吧？"

许衡闷闷地"嗯"了一声。

"那不就结了！"孙木兰一拍大腿，"在男人眼里，咱们的小心思那都不是小心思，真介意这些个事情，他就不会让你乘虚而入。"

许衡没有出声，既不赞同也不反对。如今的问题在于，想要乘虚而入的不是她，而是赵秉承以及虎视眈眈的华海所。即便不能承揽IPO上市工作，大洋集团基本的顾问费就有上百万，若是摊上好案子，代理费更是难以相信。

"听姐一句劝，男人的事情就交给男人去解决，能享福的时候好好享福。千万别像我这样，等到无依无靠了，才想起以前的好。"

孙木兰说完便不再讲话，将头埋进枕头里"呜呜"地哭了起来。

这世上的幸福总是相似的，不幸的人却各有各的不幸。

许衡爬上高低铺的上铺，在抽泣声中昏昏入睡。

失去意识之前，她突然想起王航背在身后的一双手，这究竟是无意识的动作，还是主动示好的信号？刚刚经受被拒绝的尴尬的自己，真有把握分清其中的差别吗？

第二天早上，监所里的警务人员逐一查铺并分发早饭。

孙木兰还在床上赖着，许衡替她领回汉堡和矿泉水。正准备先吃点东西、垫垫肚子，便听见广播里有人用不标准的汉语喊自己的名字。

还是昨晚那个隔离区，她领回了所有私人物品。随即又被送进一间会客室，说是马上有人来接。

等待的过程漫长而煎熬，直到房间的门再次推开，那张熟悉而陌生的脸出现在视野里，许衡当场便忍不住落泪。

王航大步上前，将女孩紧紧搂进自己怀里，手掌轻轻拍打她的脊背。口中低吟着温柔的慰藉，如同安抚一只受伤的小动物。

许衡愈发控制不住自己的情绪，当即臣服于恐惧与惊惶的本能，伏在对方肩头啜泣起来。

“好了好了，不怕了。”他一边安慰，一边冲随后进来的黄家大哥点点头，“没问题，人都还好。”

西装革履、气度非凡的黄大哥掏出手机，先后拨通几个熟悉的号码，分别用中文、英文、马来语汇报事情进展，对各方提供的帮助予以感谢。

与精神抖擞的黄大哥相反，王航眼底泛着血丝，还穿着那身衬衫长裤。经过一晚上的来回奔波，原本清爽的浅色衣料已经明显褶皱，并且不再整洁。

他的下颚泛着淡淡的青色，已经有胡茬冒出来，蹭在许衡的头顶，感觉麻麻痒痒的。

在船上的时候，王航向来很注意自己的仪容，每天都是干干净净地出现在大家面前，不曾让人见过任何狼狈的模样。

此刻的王航绝非最佳状态。

然而在许衡眼中，即便是驾驶室里说一不二的船长，也不会比现在的他更值得信赖、托付和依靠。

昨晚翻来覆去下定的种种决心，在见到本人时，亦如摧枯拉朽般不值一提。

就一会儿，许衡自欺欺人地寻找借口：就让我在他怀里再躲一会儿。

警署负责人亲自出面，将一行人送至黄大哥车上，没有明确道歉，但态度已足够恭谦。

从警方的立场看，巡逻敏感地区、排查高危嫌犯，都是分内之事，依规处置无可厚非。既然王航已经找到许衡，就不能得理不饶人。

热络地感谢过警方的协助后，黄大哥很快开车将他们送回了港口。

车停在船厂的工棚外，王航替许衡打开车门，再次将人揽入怀中。一面谢过大哥帮忙，一面请其问候家中众人。“长舟号”的电机已经更换完毕，随时可以起锚开航。经过昨晚的折腾，船期已不能再耽误下去。

黄大哥拍了拍许衡的肩膀，坚持目送两人上船，站在码头上伫立良久。

王航始终搂着许衡，将她的头按到胸前，无论是上下舷梯，还是出入船舱。

一路上可能遇到了其他船员，也可能没有，许衡无暇留意。

她被笼罩在男人炙热的体温里，贪婪地汲取着所有触手可及的能量。那一声声如擂鼓般的沉稳心跳，简直就是治愈不安的最佳良药。

王航把她护送进“长舟号”七楼甲板的舱室，直接将人安置到床上。

男人弯下腰，小心地替她脱鞋。昨晚被人群冲散时，许衡自己的凉拖鞋被踩丢了，如今脚上穿的还是囚室里孙木兰踢过来的那双。

他没有丝毫介意，又去洗手间里打湿毛巾。动作格外仔细，一点点擦净了女孩的脸颊、手臂和双腿。

在此过程中，许衡没有反抗，只是听话地配合着。

看得出来，王航并不经常照顾人，甚至有些笨手笨脚，这和他平日里趾高气扬的模样截然不同。

可也正因如此，许衡才愈发感受到那份真挚而诚恳的关怀。

昨晚孙木兰的一番规劝再有道理，都比不上此刻的亲身感受。

无论王航是出于歉疚还是心仪，许衡想，她都不能再让对方因为自己而陷入被动。

男人替她盖好被子，又掖了掖被角，俯身放下舷窗的遮光帘。轮廓鲜明的侧脸在晦暗的光线下，看不清表情。

“别怕，好好睡一觉，我们很快起航。”

轻柔而低沉的嗓音充满磁性，许衡乖乖地闭上了双眼。

之前的24小时实在太过漫长，伴随着“长舟号”出港的汽笛声，她彻底陷入了温暖的梦乡。

多年前有一首《军港之夜》，唱的是“海浪把战舰轻轻地摇，年轻的水兵头枕着波涛，睡梦中露出甜美的微笑”。真正在船上待过的人才知道，在海浪中睡觉并不是特别美好的体验。

船上的床铺很窄，床沿会比褥子高出一截，避免大风浪天气摇晃时，人从床铺上摔下来。

许衡在“长舟号”上的房间很高级，各种设施一应俱全。床沿下还铺了块厚厚的地毯，就是为了防止滚落受伤。

然而，今天这一觉却睡得格外的沉，就连波涛中的摇晃都不再有任何影响。

她似乎已经渐渐归属于这片蔚蓝。

王航出去时落了锁，一路上没有任何人来敲门或打扰，直到船舶到港的轻微撞击将她晃醒。

迷迷糊糊地从床上爬起来，许衡扒开窗帘，发现已近日暮时分。

灰蓝的天空下，太阳化作一团火球缓缓沉落。平静的海面上波光粼粼，如同熔金，如同流彩。几只比翼飞翔的海鸥交错而过，原本雪白的羽毛也被映照成橙黄色，就像乐谱上灵动的音符。

不知不觉间，金色的火球已有一半沉入了海平线以下，剩下的一半倒映在水面上，随波纹时时变化。

最后，它终于彻底坠进黑暗中，只剩下一丝残留的光芒直射苍穹。

深沉的蓝从天边渐渐浸染上来，伴随着密密麻麻的星辰布满夜空。

舱门上传来微弱的敲击声："醒了吗？"

许衡听出来是他。

房间里已经变得漆黑一片，许衡用脚划拉半天都没找到鞋，最终还是直接踩在地板上，晃晃悠悠地开了门。

海盐味道伴随着浪涌的声音，和那个人强烈的存在感一起，瞬间侵入门缝，占领房间。

"饿了没？"王航端着饭盒和汤盅，往前递了递，"趁热吃。"

刚从床上爬起来，许衡的头发还乱糟糟的，她顺手捋了捋："谢谢。"

王航抬抬下巴，示意让道，两只手上都有东西，他行动不方便。

许衡直接接过温热的饭菜汤水，堵在门口没有移动。

王航表情讶异，问："怎么了？"

她低着头，吐字清楚："我自己来。"

吃了闭门羹的王航在过道上站了许久，直到甲板亮灯，方才紧抿着嘴唇离开。

驾驶室只有张建新值班，"长舟号"在港口抛锚后，装卸工作都已经交给货代公司，王航勉强偷得浮生半日闲。

王航顺着舷梯爬上来，坐在舵机旁发呆。

“怎么了？”张建新从兜里掏了根烟扔过去，砸在船长头上。

王航很少抽烟，但熟人都知道他会抽，只不过没有瘾。

王航低头借了个火，他望向窗外漆黑的海面，继续目光发直。

张建新抬眉：“王董那边又有什么动静？”

王航苦笑：“能有什么动静，他那驴脾气……”

张建新最开始当水手就在老王船长的船上，对王允中的性格十分了解，听到这里忍不住笑起来。

两人又各自抽了几口，张建新叹了口气：“别怪老大哥多事，你到底怎么个想法？”

“人在我船上，我肯定要负责到底。”王航眯着眼睛，猛吸一口，任由烟雾迂回在胸腔里。

张建新抽得快，一根烟已经见底，他用力将烟蒂按灭在烟灰缸里：“听小宋讲，是你带她去那个地方的？”

王航没吭声，皱眉将烟雾吐出来。

“先前接到公司传真，说他们律所借小高那事儿找茬，要求签长期顾问合同，说实话，我也挺反感的。但这事儿怨不得许律师，她做的就是这一行，按照规矩办事可以理解。你如果看不惯、嫌麻烦，可以让她下船，反正现在总办也不会提反对意见。”

王航低下头，一点点弹掉烟灰。

张建新叹道：“人家毕竟是一姑娘，你带着她去那种地方，又被警察抓了，这样的事情传出去，任谁都会说你王航不厚道。”

王航咬紧后牙槽：“我没有，我们只是路过而已。如果真是这样，犯不着再把人捞出来。”

“我知道你没有，可你怎么想没用。关键是她怎么想？旁观者又怎么想？别总觉得你爸爸是老古板，你就不喜欢买他的账。人年纪大了，多的就是些经验阅历。学着点，没错。”

第 9 章

银　河

王航那天晚上抽完烟就回去了，洗漱时听见隔壁传来开关舱门的声音。

他含着满嘴的牙膏泡沫，盯着镜中的自己许久。

昨晚整夜没睡，眼眶下已经出现明显的黑眼圈。

在船上工作，需要充沛的精力和能量，疲劳和倦怠就像隐形的杀手，对于载重过万吨的巨轮来说，是致命的危险。

理智告诉他，应该尽快休息。

穿过马六甲海峡后，“长舟号”就要进入印度洋，靠泊马来西亚的槟城装载原木。

往后走的港口多为经济不发达的国家和地区，通信及交通条件只会越来越差，如果想离船，当下是最佳选择。

他必须尽快做出决定。

许衡白天休息太久，夜里睡不着觉，索性裹着披肩在甲板上看星星。

槟城的纬度不高，属于无风带。“长舟号”停泊在港口外锚地，除了水面上起起伏伏的航标灯，肉眼可见之处再无半点光亮。

漆黑的夜晚，海和天都黑成一片，站在甲板的栏杆旁边，根本分不清自己是在天上还是在海上。

眼睛渐渐适应黑暗后，从最亮的那颗星开始，天空开始变得明亮。南北方向上，一条淡淡的纱巾似的光带跨越整个苍穹，延绵无尽，辉映成片。

许衡想，任何麻烦、困扰，一旦被放大到宇宙的级别，兴许就没那么难过了。

熟悉的脚步声响起，她把披肩又裹紧了些。

王航身强力壮，散发的热量在夜里更加明显，即便只是靠近站着，也能让人感觉到他的存在。

他隔着一段距离停住了步伐。

夜很黑，潮水正在上涨。

两人并肩站在浓稠的黑暗中，不约而同地保持沉默。

头顶的星空璀璨瑰丽，王航伸出手指比画投影，最终定格在银河西边，低声道：“氐宿一。”

他将拇指与食指分开，平行地画出一道弧线，顶向另一侧：“氐宿四。”

最终，两只大手以夜空中的某点为轴，对称展开：“天秤座。”

许衡眯着眼睛看了半天，终于还是放弃。天上乱糟糟的星星一大堆，根本看不出来哪是哪儿。

王航不着急，向前跨几步绕到她背后，将长臂伸过女孩肩头，一双大手直接在她的眼前出现。

带着清新牙膏味道的气息吐在耳后，许衡感觉全身的血液已然倒流：“对着三角形的顶。”

即便下一秒就会晕过去，她却依然凭借意志力强撑开双眼，气若游丝地“嗯”了一声。

男人侧首抵在她的太阳穴上，让两人的头以相同角度偏移：“底边上的蓝白色星看到了吗？”

“看到了。”她的声音细若蚊蝇。

“氐，至也。有星四，定点氐宿四落于黄道。角亢下系于氐，若木之有根。”他顿了顿，“你是天秤座，对吗？”

最后半句话，王航几乎是含着许衡的耳垂说出来的。那濡湿的触感与低沉的嗓音，将她的负隅顽抗统统融化。

乱糟糟的已然不再是星星。

她闭上眼，没有动，而是轻声反问：“你怎么知道我是天秤座？”

“护照、身份证上都有登记出生日期。”男人的手缓缓下滑，紧紧地锢在她的腰上，暗暗用力，“你不是唯一一个别有用心的人，我们都会想办法保护自己。”

他的试探、他的拒绝，只是想让她主动地把一切都说出来。

许衡咬牙：“什么时候？”

什么时候怀疑？什么时候求证？什么时候开始心存戒备？

“最开始就跟公司联系过了。”王航将人扳转过来，强迫彼此面对面，“我要对船上的每一个人负责，不能不明不白地带你漂洋过海。”

“……负责？”许衡声音沙哑，根本不像自己。

他的动作始终轻柔舒缓，就像一个胜券在握的猎人，逗弄着已经落入陷阱的猎物：“你想我怎么负责？”

身后是摇摇欲坠的栏杆与无穷无尽的大海，身前是男人灼热的身体与不可磨灭的欲望。许衡肩头的披巾散落，被他牢牢攥在手里。他结实的胸膛带着急促的心跳声靠近，伴随着那一声声诅咒般地质问：“说啊，你想我怎么负责？”

他是故意的，故意将彼此逼至极限，拒绝任何暧昧或试探。

张建新说得对，这种事情自己怎么想没用，关键是让她明白，让她懂。

王航从小就跟着爸爸跑船，他知道一条船上力气最大的是舵手：越是大风大浪、越是左摇右摆，越是需要用最坚强的意志、最固执的力量去较量。

人类永远无法战胜自然，尽管如此，依然不妨碍我们探索征服自然的能力极限。

绵长而湿润的吻将所有的解释、借口、理由统统封印，只剩下千真万确的决心和稳若磐石的信念。

他将许衡整个儿抱起来，脚步坚定地往船舱里走。

“长舟号”就像是他身体的一部分，即便看不清前面的路，他依然记得船上的每一处转弯、每一级台阶。

许衡抱得很紧，确保自己不会滑落，她将注意力集中到亲吻上，手肘撑住男人的平直的肩膀，紧紧攀附着，心甘情愿地沦为俘虏。

离开左舷甲板就是许衡的房间，王航没费多少力气便扭开舱门。走了两步便将人狠狠抛在床上，倾着身子压了过来。

王航的动作干净利落，没有任何拖泥带水。许衡手中的触感层次鲜明：他的身体紧致而结实，透着微薄的汗意，散发出热量。

他不爱说话，只在极致压抑时发出闷哼的声音，就像用羽毛挠过女人的心尖。

许衡死咬住嘴唇，不敢发出任何声音。

舷窗上的窗帘被拉开，两人的身体沐浴在星光下。

这种时候，语言原本就是多余的。

过往的一切统统被超越，头顶银河如泻，湮没了整个人间。

第二天早上，王航先醒来。

他在船上作息规律，生物钟向来很准。无论前一夜睡得有多晚，醒来的时间都是早上六点。

天已经亮了，此时的海面上浓雾正在散去，听得见远处有海鸥啼鸣。

船行海上，视野会变得极其开阔，如同进入了另一个世界。特别是在外锚地停泊时，面对与世隔绝的蔚蓝、海天一色的壮丽，某种无拘无束的自由感会油然而生。

在王航看来，自由是一个很高的要求。自由并非散漫之义，只有自律者，才能够得到真正的自由。

许衡是他给自己破的例。

看着身边人的睡颜，感受着船体随波浪晃动，他突然觉得这样也挺好。

女孩睡得很沉，昨晚翻来覆去的折腾已经让她筋疲力尽。王航轻轻抽出自己的手臂，又悄声地摸下床。

他从逃生通道绕到甲板的另一侧，在没有惊动任何人的前提下回舱。

遥远的海平线上，一轮红日正冉冉升起。

许衡起床时只觉得腰酸背痛。

床单被褥一片狼藉，罪魁祸首已经不见踪影。

餐厅里已经不再供应早餐，小四川翻箱倒柜找出一个面包递过来，说是先垫垫肚子，反正很快就能吃午饭。

甲板上，宋巍正带着人跟马来西亚当地的工头吵架。

“舱里还空那么多位置，不能堆到甲板上！”年轻的二副难得脸红脖子粗，“这样会影响船舶的稳定性！”

“……”工头又黑又瘦，口音极重，说起话来像只恒河猴，手舞足蹈、唾沫飞溅。

“说了不行就不行，我们必须在提单上批注。”

猴子工头连忙摆手，又是一通英语不像英语、马来语不像马来语的辩解，他身后的工人开始骚动。

王航从驾驶室的窗户里探出头来：“小宋，让他们自己弄吧。”

他声音清朗，听起来心情很不错。

猴子工头猛拍巴掌，哇啦哇啦地说了很多，一边说一边冲驾驶室鞠躬作揖。

甲板上的宋巍愣了愣，抬头确认道：“王船长，行不行啊？”

“反正他们是货方请来的，最后要负责平舱。”他停顿了一下，似乎在笑，补充道，“再不行就算超重呗。”

猴子工头的脸顿时又垮下来了，转身开始指挥工人们干活。

宋巍带着水手退开一段距离，转身却看到许衡，连忙凑过来打招呼：“许律师，休息好没？昨天听说你被抓了，我们都吓了一跳。”

许衡咬着面包，心不在焉地点点头：“还行，主要是没见过那么大阵仗，有点蒙。”

宋巍笑起来：“大伙都说了，你这一路简直是各国警察局观光之旅……”

一口面包呛在喉咙里，许衡咳得上气不接下气，把宋巍都吓到了：“许律师，要不要紧？等着，我给你倒水！”

年轻小伙儿手脚麻利，三步并作两步便爬进了驾驶室。等王航端着杯子从舷梯上下来的时候，许衡已经调整好，只剩下满脸不自然的绯红。

修长的手指托住杯沿，他将水递过来，没有讲话。

许衡仰头就喝，喝完了连忙调转视线。

两人并肩扶在栏杆上，看马来西亚工人正装着原木。

上船的工人有工头、吊杆操纵手、驳船上穿钢丝的、解钩的，以及一位厨师。

厨师带着厨具、蔬菜和鱼肉上到“长舟号”的甲板，已经在船尾搭起家伙，兢兢业业地准备做饭。

“他们是华裔？”许衡目不斜视。

“怎么可能，长得那么黑。”

好像自己就有多白净似的，许衡在心中默默吐槽。忍不住好奇地追问道：“那你们来来回回讲话听得懂吗？”

王航笑：“听不懂，只能勉强猜个大概，尽到承运人告知义务就行了。”

想到猴子工头的手舞足蹈，许衡由衷感慨：“真是鸡同鸭讲……”

“说谁是‘鸭’呢？”他脸色不变，语气严肃却带有明显的喑哑。

许衡差点又是一口气没喘上来。

装原木通常都需要等货，这次“长舟号”船期晚，大部分的货物已经运到。即便如此，装载过程也需要大半天的时间。

槟城是座华侨城，是出了名的美食天堂，可以采购到符合中国人口味的食材。

午饭时，大厨向三副申请经费，准备下船买菜补充给养。

如果只是大厨和三副下船，叫辆黄包车就能去菜市场。小四川也想跟着出去逛逛，于是撺掇许衡一起上岸：“从槟城到海防还要四五天时间呢。这边物价很便宜，去耍耍，不亏的。”

她原本想在房间里补觉，听到这里没好意思直接拒绝，搭腔问道：“有多便宜？”

“比国内二线城市便宜，榴莲更是论堆卖，很划算。”

许衡笑：“我不吃榴莲，我又不是太子妃。”

小四川没听懂她话里的梗，眨巴着眼睛：“什么‘太子妃’？”

船上生活闭塞，船员们一签就是大半年的合同，对于岸上的流行事物反应比较慢。当红网剧什么的更不可能关注，许衡意识到自己这句话说得有歧义，连忙解释：“我开玩笑的。”

“去转转吧，”坐在对面的王航放下碗筷，“我也很久没来过槟城了。”

船长亲自出马负责买菜，伙委会主簿退位让贤，三副被留在驾驶室值班。

一行人先到了菜市场，大厨下车后等在路边。原本还雀跃兴奋的小四川看看许衡，又看看王航，耷拉着脑袋推开车门。

王航坐在副驾驶座摇下车窗：“你们买完了可以先回去，升旗山往返车程比较久，不用等。”

道路两旁绿树成荫，槟城人的生活节奏很慢，大街上连个按喇叭的都没有。

沿途有众多英式建筑，尽管外观破败，但还能看出是殖民时期的产物。佛庙、教堂、清真寺和宗祠间或排列，各种信仰和平共处。

目的地到了，王航替她开车门，若有似无地问了句：“你行不行？”

许衡瞪他一眼：前天在牢里担惊受怕就算了，昨天晚上几乎整夜没睡，也不晓得是托谁的福。

王航轻笑：“精神倒挺好。”

他下船前换了身白衬衫，干干净净的，一副少年模样，更显器宇轩昂。

王航去买票，她背包里的手机开始振动。许衡连忙掏出来，却见屏幕上显示着“赵秉承”三个字。

许衡没有直接挂断，而是等着振动结束，准备直接关机。

不是周末，游客很少，王航很快买好了票。转身叫人时，才发现她在对着手机发呆。

“怎么了？”

许衡猛抬头，将尚未停止振动的手机扔进包里：“没事，看看时间。”

上山的缆车修建于1923年，前后两次改造，最近已换成瑞士产的空调车厢，号称东南亚爬升速度最快的缆车，十分钟便能到达山顶。

许衡趴在窗户从上往下看，发现缆车的原理大同小异，终归还是要靠绳子往上拉。

王航探过头来：“这里以前用的是铝制车厢，中途要换乘，速度也慢得多，但比现在有味道。”

许衡问：“香港太平山那种？”

王航想了想：“差不多。”

“真可惜。”

王航看向她：“你去过香港？”

许衡愣住，小声道：“我看起来就那么没见过世面？”

“不……”王航摇摇头，又说，“应该见过一点。”

他的气息温润，靠近她的侧脸吐在耳垂上。

许衡再次起了满身鸡皮疙瘩。

就在此时，背包里的手机再次振动起来。

缆车上没几个人，空调车厢的密闭性很好，嗡嗡的振动声清晰可闻。

王航坐正身子，给许衡留下接电话的空间。

“小衡？”赵秉承打招呼的声音听起来就像坐在她隔壁的办公室。

“赵老师，”许衡清清喉咙，“我刚到马来西亚。”

赵秉承明显松了口气，又问了些不痛不痒的问题，终于忍不住抛出重磅炸弹：“确切消息，D.R公司要来了！”

许衡忍不住手抖了一下。

“小衡，你听到我的话没有？D.R公司！”赵秉承的声音因激动而变调。

“听到了。”

“通知的草案已经出台了，正在征求意见：超标船舶进港需要由交通部核准审批后即可靠泊。”

许衡咽了咽口水，故作轻松道：“只是草案而已，即便通过了，真正进港还需要办手续，能不能批都不一定……”

“如果铁板一块，倒没有咱们什么事了。”赵秉承故弄玄虚地停顿几秒，“现在狼群就在门口，你说港口急不急？船东协会急不急？”

毕竟还要在华海所做下去，许衡没有驳赵秉承的兴致。奉承几句之后，终于挂了电话。

王航坐得笔直，眼睛看向窗外的植物。

车厢里很安静，许衡手机的收声功能一般，两人隔得这么近，刚才的通话内容他肯定全都听见了。

缆车到站，王航坐在靠近走廊的一侧，率先站起身来："走吧。"

正是午后最热的时候，山上却没有山下那样咄咄逼人的阳光。走在绿树成荫的小路上，远处的马六甲海峡若隐若现，许衡忍不住探头探脑。

王航揉揉她的发："观景点在前面。"

他高她一个头，每次都能凭借先天优势占足便宜，让人忍不住咬牙切齿。

形状古朴的游客中心旁，一条蓝色栈道蜿蜒曲折。沿路分布着几座风格迥异的宗教建筑：装饰华丽的印度教寺庙、矗立着四座宣礼塔的清真寺、拱门高耸的基督教堂。如果再加上升旗山脚下的极乐寺，这座海拔830米的小山简直就是槟城人文氛围的最佳浓缩。

转过一个弯，眼前景色豁然开朗。

郁郁葱葱的热带植物丛林铺泻而下，远处是密密麻麻的老城区。建筑物像仿真玩具般排列组合，一直蔓延到海岸边。

狭窄的蔚蓝海峡对面是威斯利省，再往北走，就是马来半岛上的中央山脉。

一座细长的跨海大桥将槟郎屿和威斯利省连接起来。

王航的手臂越过许衡肩膀，顺着她的视线指向码头方向，沉声道："'长舟号'。"

许衡眯起眼睛试图寻找，却被海面上大同小异的船只弄晕了，最终不置可否地"哦"了一声。

他听出她心里没底，好气又好笑："旁边都是集装箱船，你再找找。"

集装箱船的形状和结构跟常规货船明显不同。

它们外形狭长，舱口宽敞，上层建筑位于船尾以让出更多甲板面积堆放集装箱，但吨位往往没有散货船大。专用的码头上配有大面积的堆箱场和吊机，因此从远处看起来才一目了然。

许衡发出一声惊呼："我看到了！"

黑乎乎的驳船正围着"长舟号"过驳原木，原本硕大的木材远看就像一串省略号。

"5.8万吨，中速柴油发动机，总长197米，最高航速20海里，全自动无人机舱。"他凑在她耳边说，"2010年下水，是目前集散船里最好的。"

冷冰冰的工业数字从男人嘴里说出来，显得特别有韵味。许衡感觉对方介绍的不是船，而是他的情人。

“辽宁号航母满载也只有6万余吨，总长304.5米，吃水10.5米。”那双大手游移到许衡腰际，若有似无地触碰着：“你猜D.R公司的船有多大？”

她的身体在不知不觉中绷紧。

“40万吨，360米。他们一家，就占了全球运力的4%。”

D.R公司不是船公司的名字，而是位于巴西的世界第一大铁矿石生产和出口商。近年来，为控制其向中国销售铁矿石的运输，他们着力打造了一支由新式巨型散装货船组成的船队，对全球航运业造成了巨大冲击。

为求自保，国内船东联合抵制巨轮入境，D.R公司的船队一直无法在中国靠岸。

王航显然听到了赵秉承刚才的那番话。

两人牵手漫步在山顶公园里，周围尽是些殖民时期的老别墅，营造出穿越的错觉。

他的语气里充满怀念：“我以前上过D.R公司的船。”

许衡踢了一脚地上的石子：“什么时候？”

“AMC毕业那年。”

AMC即澳大利亚海事学院，是全球排名前列的专业海洋类学院。毕业生可获得澳大利亚工程师协会、造船工程师皇家学会、海洋工程科学与技术学会的会员资格，就业率特别高。

“我那时候着急换证，”王航笑着挠了挠头，“暑假申请外派出海，巴西航线时间最长，往返一趟就是三个多月，跑四趟二副证就到手了……”

外派意味着船上不会有几个中国人，作为实习生难免受到排斥甚至欺负，可从他的表情看，根本没有把海上的辛苦放在眼里。

许衡想，这个人果然是天生属于大海的。

“他们的船怎么样？”

“大。”王航由衷感慨，“是真大。”

与其他国家出口到中国的铁矿石相比，巴西矿砂最大的劣势就是运输距离。只有建大船、跑长线，才能摊薄成本，巨无霸的40万吨轮正是在这种背景下出现的。

今天升旗山上的游人不多，山上的猴子四处游荡，看到他们走近，渐渐聚集成群。

许衡有点紧张，忍不住抓紧了王航的手。

男人宽慰道："别怕，这里的猴子跟国内的不一样，你不理它，它不理你。"

许衡贴在他身边，小心翼翼地走出了猴群的包围圈，果真没有遭到袭击，拍拍胸道："还是好吓人。"

"事儿都是自己给自己整出来的。"王航一边笑道，一边用手指顶了顶许衡的额头。

对他来说，这种程度的亲密已经是公开场合能够做到的极限了。

昨晚之后，许衡意识到新加坡的那场表白并非失败，而是王航对界限的坚持。喜欢，要说清楚；为什么喜欢，也要说清楚。

船上只有她一个女性，即便两人捅破了窗户纸，身为船长，依然要考虑其他船员的观感，不可能肆意妄为。

想到这里，她又回忆起星光下男人紧致而修长的身体。

简直要命。

对方没有留意到她的这份绮念，而是有感而发地叹道："国内的船公司跟你刚才的心态一样，光看阵势就先输了三分胆气，怎么可能斗得过D.R公司那样的资本巨鳄？"

许衡费力地把思路拉回来："全球的货运量就那么大，运力过剩已经是不争的事实，40万吨巨轮一旦靠泊，航运复苏就更看不到希望了。"

"我知道，"王航捏了捏她的手，"指望靠堵住别人的嘴让自己吃饱，这种想法本身就不现实。"

每当航运市场疲软，闲下来的船东们就开始内斗。律师在这种时候总是很吃香，难怪赵秉承会莫名兴奋。

升旗山上有座植物园和飞禽园，各式各样的热带植物和花花绿绿的飞鸟，点缀起整座山的灵气。

王航显然不是第一次来这里，带着她东绕西绕，沿途介绍些景致趣闻，很快便迎来了夕阳西下的绚烂时分。

另一侧的观景台上，山峦临海，沿岸人烟稀少，一轮红日正渐渐坠入海平面之下。

山顶的建筑物被霞光笼罩，像是镀上了一层金，显得愈发富丽堂皇。

与在“长舟号”上独自所见的日落不同，这片金色的霞光带给许衡格外温暖的感受，就像灵魂与身体都沐浴在天国一般，整颗心除了平静还是平静。

王航与她并肩而立，目光始终定在天边，轮廓鲜明的侧脸显得格外坚毅。

天上的云以奇妙的姿势堆叠，被晚霞晕染得层次分明。有的像高塔，有的像绵羊，还有的什么都不像，只是悠然地飘在远空，可望而不可即。

送别最后的余晖，两人又回到最初的东面平台。

山脚下的灯渐次亮起，景象蔚为壮观：成片的灯光如宝石般璀璨，远处的槟威大桥灯火通明，遥遥连接起海峡两岸。

原本就不多的游客早已趁天还亮下山了，如今的升旗山观景台上，只剩他们两人。

王航无声地将许衡圈入自己怀中，双臂交握于女孩身前，下巴搁在她的左肩上，若有似无地磨蹭。

许衡恨自己不争气，又被激起一身鸡皮疙瘩，偏偏对方贴得紧，躲都没地方躲。

“你看那桥，像不像一串项链？”他轻轻说道，唇齿在她耳边呢喃，“送给你，好不好？”

许衡的视野早已模糊，只能勉强看到海面上闪烁的光点，连成细细长长的线，坠挂在马六甲海峡的颈项上，装点出一世繁华。

第 *10* 章

同　舟

下山时已过晚上七点，王航问许衡想吃什么。

她的脑子里还放着焰火，整个人完全不在状态。

和明确关系后的肆无忌惮相比，之前那些暧昧、挑逗都只能算是小巫见大巫，王航这人的撩拨技能简直满点。

许衡不是白纸一张，更不是情窦初开的小姑娘，对于男人那些手段技巧，就算没有亲身经历，也多多少少有过耳闻。

但王航不一样，他看着你的时候，就像心里也有你；他说的那些甜言蜜语，就像情到深处的自然流露。

许衡虽然知道两人认识时间不长，也不至于让彼此情根深种至此，但还是忍不住踏入这温柔的陷阱，无法自拔。

不过一个普通的拥吻，到现在腿都是软的，更没有力气讲话。

“去Gurney Drive（新关仔角）吧，”王航替她做出决定，“本地华人夜市，想吃什么都有。”

目的地位于老城区的东北海边，从山上下来还要坐车过去。这里出租车司机没有打表的习惯，王航只好先跟他们讨价还价。

一边是吐词清晰的英语，一边是连比画带猜的马来西亚口音，之前在甲板上的那一幕再次发生。许衡看着看着，终于渐渐回过神来。

围在旁边的人力车车夫也想招揽生意。笑眯眯的老大爷，也不说话，只是冲他们招手，示意自己身前的座位。

这里的人力车很有特色，像倒骑驴一样，乘客的座位在前，没有遮挡，车夫就在后面蹬推。车座两侧被装点上假花、彩带，显得十分热闹。

有的车后座上还绑了被褥床垫，头顶打着一把伞，颇有几分以天为庐以地为席的豪气。

王航和出租车司机终于达成一致，绕过来招呼许衡：“走吧。”

她连忙冲人力车车夫们歉意地鞠了个躬，拉开出租车的后门。

王航却停下脚步，有些意外：“你想坐黄包车吗？”

“不是，”许衡弯腰上车，等他也坐好后才说，“看他们那么大年纪，还要赚这种辛苦钱，总觉得过意不去。”

“既然同情，就应该照顾生意啊。”王航的目光里有一丝玩味。

许衡摇头：“可能我比较伪善吧，坐上去恐怕会更难受，还是别给人家添乱了。”

王航的手伸过来，握住她的手，感慨道：“你这样的性格，怎么会去做律师？”

“人为财死，鸟为食亡。”许衡将头靠在车窗上，不再讲话。

一下车，海风迎面吹来，空气再次变得清爽新鲜。华灯初上，满街飘着一股特殊的东南亚韵味。

店铺一家紧挨着一家，霓虹灯闪烁着五颜六色的光芒，夜市中央的舞台上，还有演员唱歌助兴。简易的圆桌、塑料凳密密麻麻，排在雨棚下显得十分拥挤。

与升旗山上看到的宁静璀璨不同，这里是真正的人间烟火。

从娘惹美食到油饭、炒粿条及槟城叻沙，各类小吃的品种丰富、原材料地道，看起来与东南亚其他地方有着明显差别，更接近于中国人的胃口。

王航安排她坐好，然后从不同的档口陆陆续续端来杯瓢碗盏：酥炸鲜虾、杧果鱿鱼、芋头饭配肉骨茶，荤素搭配、颜色鲜艳，看起来就令人食指大动。

吃好喝足后，许衡这才想起招呼对面那人，抬头却见他正直勾勾地看着自己。

“怎么了？”她有点不好意思。

“我买的两人份。”

许衡咬住唇，脸烫得能煎鸡蛋：“我不知道……”

王航轻轻吹了声口哨：“在船上没见你这么好胃口。”

许衡赌气站起身来：“想吃什么？我去买。”

他仰头看着她，笑得像个恶作剧得逞的孩子，眼睛里亮晶晶的，比四周的灯光更加夺目。

许衡很没出息地消气了。

在岸上，这个年纪的男人，经过岁月的磨砺，很多都已经变得市侩、功利。或许是因为近海，或许是因为环境单纯，王航身上有股难得的少年气息，与作为船长的说一不二相比，反差明显。

他站起身来，端起桌上的碗筷扔进餐具回收处：“走吧，一起。”

许衡含混地“嗯”了声，乖乖牵起面前的大手。

这里的摊主之间多以粤语交流，夹杂各式客家话、潮州话，听起来让人以为身在国内的大排档，而非某个未曾造访过的异国他乡。

王航身上带着令吉，许衡也不再跟他假客气。两人这次没有买什么主食，走一路吃一路，直到肚子再也填不下了，方才要了两杯果汁，晃晃悠悠地打道回府。

最后一批原木没有运到，“长舟号”今晚还得继续等货。

船上的人趁夜钓了不少鱿鱼，接下来的几天，餐厅里的冰箱彻底被鱿鱼占领。无论小四川做几遍清洁，依然到处都是黑乎乎的。

许衡一开始嫌脏，只吃洗干净的鱿鱼。王航教她把鱿鱼放到电磁炉里一块儿煮，虽然吃完了嘴巴不好看，但那味道确实鲜美，连方便面也变成了珍馐。

再后来，鱿鱼实在吃不完，大家便想办法清理出一小块甲板，将剩下的全都晒成鱼干，绝对新鲜无污染，号称远洋轮上的最佳手信。

从槟城往海防航行的过程中，许衡更加深刻地体会到船上生活的艰辛。与驾驶室里一成不变的风景相比，她更愿意跟着水手上甲板，跟着老轨下机舱。

毕竟只有在船上，才能真正明白什么叫“同舟共济”。

每天夜里，她都会趴在枕头上，兴致勃勃地告诉王航，今天又看到了什么、学到了什么。

没过几天，“长舟号”便进入了越南海域。

海防港是越南的第二大港，也是越南北部的门户。随着越南经济的发展和进出口贸易的增长，出入该港的船只日益频繁，泊位紧张、航道狭窄、水深不足、缺乏维护的种种弊端便更加凸显出来。

进港当日，越南方面的引航员不太认真，一边指挥船舶航行还一边看报纸，甚至点名要喝中国绿茶。

王航最后连水都没给端，亲自从三副手中接过舵柄，没管引航员的指令，直接从轻载航道抄近路，将满载的“长舟号”驶向目的港。过弯时以一两度的舵角调整航向，最后稳稳地靠泊在了码头上。

越南引航员不是傻子，刻意的轻慢让他感觉受到了侮辱。用生硬的语气命令“长舟号”掉头，却被直接无视。他气得将报纸扔在地上，吹胡子瞪眼等着看船搁浅，最终却等来了成功靠泊，甚至连拖轮都没有用。

引航员只好生生咽下这口气，下船时，那原本就不白的脸更是黑如锅底。

张建新见势不妙，连忙点头哈腰地跟上去，一直送对方下了船、出了码头，还不敢松懈，坚持要请客吃顿饭，这才连蒙带劝地将人架走。

驾驶室里只剩王航、三副和许衡。

她犹豫着开了口：“……王船长。”

男人的手停在海图上，一言不发，明显还余怒未消。

三副害怕被波及，冲许衡拱了拱拳，偷偷溜出驾驶室。

“王航。”

他深吸一口气：“什么事？”

“干吗发那么大火？在釜山也没见你这样。”

“不一样。”他摇摇头。

许衡奇怪："怎么不一样？"

"韩国的引航员只是脾气坏，但他们尊重海。"

她回忆起来，越南引航员的眼神里空荡荡的，确实缺乏敬畏。

"那也不至于……"法律从业习惯使然，许衡更倾向于退让，而非对抗。

他打断："至于。"

许衡没再反驳，而是走上前去拍拍他的脊背，如同安慰一只大型犬类。

王航睨过来一眼，眸光中有火在烧。

昨晚两人折腾到很晚，许衡记不得自己最后是怎么睡着的，只知道反反复复叫着他的名字，似乞求似求怜，却只换来更加彻底的征服。

许衡移开视线，假装什么都没有看到。

"喂。"

她咬牙："'喂'什么'喂'？不知道我的名字吗？"

"知道。"

"……"

"今天晚上记得锁门。"王航说。

许衡眨了眨眼睛，一时回不过神来。

"这里鱼龙混杂，你要小心。"他轻轻握住她的手，在驾驶室的窗台之下，外面没人能够看见。

许衡张着嘴，却不知该说什么好。

王航没有多解释，只嘱咐她这几天尽量待在舱室里。等船上的进出港事宜办完，两个人再抽时间去下龙湾转转。

"不去。"许衡负气转身，"我又不是出来旅游的。"

晚饭后，船员们开始陆陆续续地上岸，一个个足下生风，满脸兴奋难抑。

许衡憋着满肚子气，认认真真地把舱门反锁，连旅行箱拉链的密码锁都用上了。一边扭紧，一边暗暗诅咒。

她听见隔壁关门上锁的声音，感觉心也被簧丝锁死，卡在半空晃晃悠悠，又痛又痒。

想起还没去过王航房间，每个欢愉的夜晚都像做贼，偷偷摸摸地生怕被人发现，许衡愈发为自己感到愤愤不平。

枕头边还扔着一件他的海魂衫，棉质衣料柔软吸汗，散发着淡淡的汗味。

许衡很奇怪，明明是同一个人，在房间的表现和平日里怎么有如此大的差别?

王航穿着白色制服，戴上大檐帽，一脸不苟言笑的表情，会让人以为他是块冰，贴满“生人勿近”的标识；月夜下，在炙热体温和疯狂的欢愉中，他又变身成一张网，将所有试探捕获、深掘、占领、吞噬。

轻微的敲击声将许衡吓了一跳，她连忙冲向房门，手忙脚乱地试图开锁。

海上的日落总是特别突然，刚才明明还有血色残阳，转眼间室内漆黑一片。没来得及开灯，她凭借记忆拨动锁上的密码，正要向门外人解释，却听见一个意想不到的声音。

“老板，开门嘛，便宜得很，随便你挑。”

生涩的普通话，娇滴滴的口气，吓得许衡一个激灵：她这辈子还没被女人挑逗过。

许衡手握住锁头，嘴巴抿得死紧，大脑一片空白，身体也无法做出任何反应。只有保持静止、沉默，坚信以不变应万变的策略，祈求对方知难而退。

女人又等了一会儿，可能以为房间里没有人，终于走开了。

许衡踮着脚回到床铺上，紧紧抱住王航留下的衣服，缩成一团躲进被子里。见过失足妇女、被人误认成过失足妇女，即便与孙木兰聊过天，也比不上刚才真刀真枪的短兵相接。

印象中的越南女性柔弱娇小，与中国人相貌相似，却有一股独特的异域风情。她们戴着斗笠、穿着奥黛、踩着高跟鞋、蹬着自行车，穿梭于法式建筑间的大街小巷。

整整一晚上，许衡的门板响了六次，每次都是柔弱的低声试探，确定房间内并无回应，方才离开。

高级船员的房间在第七层甲板，爬上来很费一番力气。如果她们是一间房一间房地试过来，更不知道要花多少时间。

许衡像只惊弓之鸟，自登上“长舟号”以来，还从来没有这样心神不宁过。明知道门已经锁好，还是会被走廊里的动静吓醒，直到人走远了才敢松口气，继续闭上眼睛小憩。

在没有受到骚扰的时候，她会默默估算今晚船上还剩多少间“单人房”。除了隔壁的王航，其他船员听到这样的敲门声会如何选择，真的是一个很难确定的结果。

船员们常年漂泊于海上，很多生活习惯、思维方式均与国内的一般人不同。如今越南女孩送上门来，难说谁还能把持得住。

第二天早上起床时，许衡发现自己因为失眠脸色很差，憔悴、枯槁简直不堪入目。

特意迟一些去餐厅，却见船员们没有任何不好意思，反而纷纷主动地冲她打招呼，然后很快精神抖擞地去了各自的工作岗位。

王航还是那张没有表情的脸，坐在他固定的位子上不紧不慢地吃饭，像是在等谁。

若非亲近的人仔细观察，恐怕很难发现那眼眶下淡淡的黑眼圈。

许衡犹豫片刻，最终还是坐到他的斜对面。

王航没抬头，淡淡地问了句：“没事吧？”

许衡咬住唇，柔声道：“还好。”

他听出她中气不足，眯着眼上下打量一番：“门锁了？”

“锁了，但还是有点担心。”

王航用纸巾擦擦嘴：“锁好了就不用怕，没人应声她们自己会走的。”

许衡叹了口气：“我哪知道，你又没讲清楚。”

王航的目光从她脸上移开，刻意朝向窗外：“这种事情，不好讲。”

许衡眨眨眼，确定对方是在不好意思，心里也稍稍平衡些：“食色，性也，很正常的。”

“正常的不一定就是对的。”

他终于把视线掉转回来，声音低沉，听不出任何情绪：“你对这种事很看得开？”

许衡皱眉道：“你吃错药了？”

王航显然没料到她是这般反应：“怎么？”

“跟我争个什么劲？”喝了口水，将嘴里的食物咽下去，许衡看着他，满脸莫名，“就事论事而已。”

从昨天的进港不顺，到夜里的频繁骚扰，再加上对许衡的担心，王航自觉状态糟糕，遂收声道：“有点烦。”

许衡愣了愣，追问：“烦什么？”

他别过脑袋，含混地回答：“没什么。”

咬一口面包，又慢慢嚼咽进去，许衡噙着眸，字斟句酌：“不好意思？为‘食色，性也’的事情？”

王航抬眼，抿紧了唇。

潜意识里，他不想让许衡知道船上生活的阴暗面，只愿意将光鲜亮丽的形象展示出来，特别是两人挑明关系之后，这种傅粉涂脂的倾向就更加严重。

许衡微微调整坐姿，侧身靠近了一些，视线朝向别处，话却依然是说给他听的：“我是不是该感觉荣幸？”

王航没搭腔。

她笑起来：“能让你为了一棵树放弃整片森林。”

“就算没有你，我也不会……”

“那就更荣幸了。”许衡清清喉咙，“岸上的男人不一定就比海上的强，人性在哪里都一样。”

王航用手抹把脸，听她继续说。

许衡开始讲她那些彪悍客户、听说过的极品案例、法律援助时遭遇的奇葩……在成为真正的海商法律师前，许衡少不得在这些麻烦事中打滚：收费低廉、手续烦琐、沟通困难，唯一的优点就在于有听不完的八卦。

两人一直聊到餐厅开始做清洁，才不得不起身离开。

“喂。”

甲板上海风轻拂，他双手戴上大檐帽，低头看着她。

许衡停止滔滔不绝，带着笑意回望那双眼眸：“怎样？”

王航勾着嘴角，几乎忘了之前是在为什么烦恼。

“谢谢你。”

“就这啊？”许衡挑眉反问。

王航听出话里的调侃之意，用手指了指她的眉心，不再言语。

不知道是不是因为得罪了引航员，这次“长舟号”在海防港的手续特别不顺，临到出发前，王航都没有机会离船。

许衡跟着大厨上岸买菜，在市区里走马观花了一圈。

靠泊码头的这几天夜里，每晚都有人敲门。自从第一晚的惶恐过后，许衡也渐渐适应了。到后来，门外人敲她自己的，床上人睡她自己的，互不相干，倒也省了麻烦。

离开越南的那天晚上，船员们卸完货早已筋疲力尽，熄灯时间没到就纷纷回舱室就寝。

王航从驾驶室出来后，直接敲开了许衡的房门。

夜里的北部湾风平浪静，女孩刚一开门便被直接扑倒，后背紧贴舱壁，丝毫不得动弹。

过了一阵，欢愉过后，许衡小心翼翼地爬下来，与他并肩而卧，像只小猫似的蜷缩进对方的臂弯：“好了？”

他低头轻啄她的头顶，声音沙哑地回应道：“什么‘好了’？”

“我是说你的心情好了没？”许衡解释。

王航牵过毯子，把两人卷在一起：“你怎么知道我心情不好？”

“我又不瞎。”

“哦。”

许衡探出手指在男人赤裸的胸膛上画圈：“我也不喜欢越南。”

王航没有问她那个“也”字是什么意思。

“我爸上过老山前线。”

这是她第一次主动提起自己的家庭，王航伸手将她搂紧了些。

许衡吸吸鼻子，继续道：“他在我很小的时候就去世了，也没留下什么。我只知道他有这段经历，然后就先入为主地不太待见越南，是不是很幼稚？”

“人总有自己的喜乐好恶，但不一定都有原因。”王航说。

“从事法律工作，还是要尽量保持客观公正。”

“你这样就很好。”

她又往男人怀里钻了钻：“以前还有几张他年轻时候的照片，后来搬家弄丢了，我哭了很久。”

想起那时候不懂事，还冲妈妈乱发了一通脾气，许衡的眼眶有些发涩。

她深吸一口气，叹息道：“其实人走了就是走了，没必要追求单纯形式上的寄托。”

王航顺着她的头发：“有寄托是好事。”

“也许吧。”许衡勉强应道，转换话题，“你为什么不喜欢越南？”

王航哽住了。

就在她以为他不会回答的时候，男人哑着嗓子出声：“不许笑。”

许衡翻身俯撑起来，亮晶晶的眼睛里充满好奇：“保证不笑。”

“我第一次独自上船，是大三那年。”他不自觉地锁紧眉头，似要摒弃彼时的厌恶之情，“船长是个老光棍，很好色，每次靠岸都拉着大家一起去‘找乐子’。”

许衡缓缓躺下，将男人的头按进自己的怀里，轻声问道：“然后呢？”

“他们总喜欢叫我，我不去，船长就让我替别人值班。”王航微合双眼，“后来船到胡志明市，他们说不‘找乐子’，只吃饭，我才跟着一起下去。”

“着了道？”

“那时候酒量小，整个人彻底喝断片……醒来的时候已经完事了。”王航将脸埋进许衡胸前，“就跟死过一次一样。”

“倒霉孩子。”许衡捏捏他的耳垂，在黑暗中浅笑，平声道，“早点睡，你今天也累了。”

王航抬头：“其实……也不是那么累。”

感受到那股卷土重来的热情，许衡已经来不及躲避。

接下来的航程一路向南，气温越来越高，海水越来越蓝，目标定位在印度尼西亚的三宝垄港。

进入赤道无风带后，海面上一丝风都没有，“长舟号”行驶得更加平稳。

每天清晨，许衡起床后都会去甲板上站一会儿，沐浴在清新的空气中，享受太阳升起前难得的凉爽，堪称人生一大乐事。

眺望远方，海平如镜，这份湛蓝堪比最纯粹的宝石。偶尔有一两座小岛掠过视线，上面孕育着郁郁葱葱的茂密雨林，那种蓬勃旺盛的生命力，几乎随时都要溢出来，在海面上散落开来。

这种与大自然合为一体的感受，对许衡来说是种全新的体验。

她发现越往南，就越有一种与世无争的宁静，和国内那种快节奏的生活方式截然不同。

在自然环境比较优越的地方，人们靠山吃山靠水吃水。即便不蝇营狗苟，也可以活得舒适惬意，于是也练就了相对和缓的生活态度。

孟德斯鸠的地理环境决定论就是这个逻辑。居住在寒带地区的北方人体格健壮魁梧，但不大活泼，较为迟笨，对快乐的感知力很强；居住在热带地区的南方人体格纤细脆弱，但对快乐的感受性较弱。

其实，哪有什么感知力的强弱之分，无非吃饱了肚子的人比较容易开心罢了。

第 11 章

赤　道

三宝垄港的坐标在南纬6.97度，“长舟号”抵达目的地前，还需要跨越赤道。

在航海业尚未发达的年代，跨越赤道的机会很少。所以，船上每逢此时都会举行庆典或祭祀，感谢海神保佑，更祈求海神赐福，让航海者平安吉祥。

如今，对于大多数远洋轮来说，跨越赤道已经不再是什么稀奇事，也无须举行专门的祭典。但对于新出海的船员来说，依然会有一个纪念仪式。

“长舟号”上都是老水手，只有许衡和小四川从未穿跨越过赤道。前一天晚饭时，大厨出面建议船上意思一下。

许衡听到这话吓了一跳：她是跟船实习的，只想别给大家添麻烦就好，哪敢奢望什么纪念仪式。于是连连摆手道：“没必要，真的没必要。”

斜对面，王航睨了她一眼，视线又转向小四川：“你怎么想？”

瘦瘦小小的男孩子摸着后脑勺：“算啦，我也觉得没啥子必要。”

许衡用力点头表示赞同。

王航问身旁的张建新："老张，纪念章还有吗？"

埋头扒饭的大副停下来，皱眉想了想："好像还剩几个……"他坐在许衡正对面，咧嘴笑道，"你别瞧不起，咱们公司定做的，可漂亮啦。"

许衡和小四川对视一眼，都没再作声。

"行吧，"王航敲敲桌面，一锤定音道，"明天中午过赤道的时候，在甲板上给你们俩热闹热闹。"

许衡回房冲完澡，推开洗手间的门，发现某人已经不请自来地躺在床上看书了。

她一边擦头发一边坐过去："这么早，不怕被人看见？"

王航眼皮都没抬："老张还在准备明天的仪式，宋巍他们今晚在驾驶室值班，机舱集控室有点状况，老轨忙着抢修呢，整层甲板只有咱俩。"

许衡好气又好笑，不知道该夸他心思缜密还是色胆包天。从越南出港后，王航越来越忍不住劲儿，有几次天没黑就摸过来，简直令人无语。

"信不信？"许衡调侃，"你总有一天会被人捉奸在床。"

他将书放到枕头上，倾身靠前，从她手里接过毛巾："求之不得。"

虽然明知道对方说的是假话，许衡还是唰的一下脸就红了，只好生硬地转移话题："明天要我干吗？"

王航擦拭头发的动作生疏，却显得很有耐心，说起话来有条不紊："船上自有安排，你找双鞋出来就行。"

"鞋？"

"嗯，穿过的。一只扔进北半球，一只扔进南半球，从此就成为脚踏南北半球、真正走南闯北的人了。"

无论何时，仪式性的行为总能赋予生命别样的精彩，许衡听到这里也忍不住有些向往："寓意真好，谁想出来的？"

"老规矩。以前还会有人扮演海神，专门捉弄你们这些新人，船上就跟过节一样，可热闹了。"

"你第一次跨越赤道是什么时候？"许衡好奇。

王航轻哼一声，颇为得意："小学。我每个暑假都是在老爸的船上过的，上大学之前就走完了环球航线。"

“啧啧，真能耐。”

“怎么，你不信？”

“信。”许衡双臂搂住膝盖，想象个头不足自己高的少年，在碧海蓝天间与父亲共度航海时光。那种与父辈之间的亲密体验，是她一辈子的向往。

融洽的气氛在舱室内蔓延，暖黄色的台灯点亮床头，两人一前一后地坐着。丝丝缕缕的长发从他指尖滑落，复又被毛巾包裹住，仔细而轻柔地擦拭干净。甜蜜的气息晕染，微妙的电流涌动，将这方小小天地凝固在永恒的记忆里。

第二天中午，小四川来敲许衡的门：“许律师，赤道快到了，船长让我来叫你。”

她提前化了点淡妆，又特意换上裙子，整个人看起来既正式又精神。如果不是脚上那双简陋的拖鞋，简直可以直接去见客户了。

因为简装出行的缘故，许衡没有多带鞋子。挑挑拣拣半天，终于把新加坡警察局监守室里的那双拖鞋翻出来，这鞋扔了既不会心疼，还能借机赶走霉运，绝对是最好的选择。

开门的那一瞬间，小四川完全不敢认人，目瞪口呆地问道：“许……许律师？”

这样的反应让许衡十分受用，她在对方眼前招招手，唤回那所剩无几的神志：“走吧。”

“长舟号”的甲板上，除了当值的船员外，所有人都正装而立，表情严肃地面朝大海。

王航看到舷梯上下来的人，表情明显一愣。

站在他身旁的张建新冲驾驶室打了个手势，船上的汽笛随即响起。那声音悠远而绵长，昭告着一场祭祀的开始，向大海表达出最诚挚的敬意。

船头临时支起的餐桌上，密密麻麻地摆放着各种食物：红酒、瓜子、糖果、卤肉，厨房里最后的几个水果也被拿出来凑数，显然是把家底都算上了。

如果再摆个猪头，许衡想，这简直就是场完美的宗族祭祀。

船舷边，深蓝色的海面被劈开一道道白浪，古老的海洋即将见证这激动人心的时刻。

随着汽笛声的尾音渐渐消失，王航为两人分别佩戴上铜质的赤道纪念章，很快退开半步，大声命令道：“水手长，把人给我拿下！”

许衡和小四川都被吓了一跳，还没等他们回过神来，便有水从头到脚地浇下来，将他们淋了个透湿。

盛装出席的许衡未能幸免，精致的裙摆全都遭了殃，幸好衣服不贴身，否则恐怕会更尴尬。

小四川咿呀乱叫了一番，仰起头来傻笑道：“船长，现在过赤道了？”

王航依旧板着脸：“把鞋子准备好。”

顺着他的目光，许衡看见宋巍在驾驶室里招手。

“到了！”

一声令下，许衡和小四川同时脱下一只鞋，用尽力气扔向大海。明媚到刺眼的阳光里，鞋子划出干净的曲线，直直砸进了大海。

原本还在踮着脚眺望的两个人很快接到新命令：“还有一只鞋，扔下去！”

许衡连忙赤脚站好，将另外一只鞋扔出去。她这次没扔那么远，慌慌张张地，差点滑倒在湿漉漉的甲板上。

先她一步的小四川将鞋扔出去后，大咧咧地走到王航面前，看起来就像只骄傲的小公鸡。

“好小子，你现在脚跨南北半球，成为一名真正的海员了！弟兄们，大家庆祝他第一次过赤道！来给他变个脸！”

原本还绷得直直的一群人蜂拥而上，大呼小叫地把小四川围起来，压在地上用油墨涂脸。

尖叫声、鼓掌声、嬉闹声，“长舟号”的甲板变身欢乐的海洋，就连平日里不苟言笑的张建新也被船员们拖着，参与到已然混乱的“涂彩大战”中了。

许衡是女孩子，没人冲她下手，只有王航递了张面巾纸过来，轻声道：“擦擦。”

她的笑容十分真诚，一如日光下的大海般明亮：“我没事，谢谢你。”

隔着纸巾，男人无声地捏捏她的指尖，暗示自己收下了这份谢意。

半天的欢声笑语过后，参加“赤道祭”的船员们一起把桌上的食物瓜分干净，又去餐厅里好好吃了顿大餐。酒足饭饱，人人尽兴，方才拍着肚子各自离去。

许衡算是活动的半个主角，之前晚饭时终于没挡住船员们的轮番敬酒，来者不拒地喝了个痛快。

王航夜里摸过来的时候，便见她趴在床沿上，蜷着身子缩成一团。

他大步上前，毫不费力地将人抱起来，却意外发现对方睁开了眼睛。

微弱的灯光下，那双玻璃珠子似的眼眸反射着皎洁的月光。被酒气晕染成绯红色的双颊上，两瓣朱唇晶润欲滴地开开合合：“嗨，船长。”

王航倾身将她放置在床上，责备道：“醉成什么样了，还有心情开玩笑。”

“你猜啊，猜猜我是真醉假醉？”许衡扑闪着睫毛，用一双玉臂环搂他的颈项，娇嗔着不肯松开。

男人被她挂住，不得不微弓背脊，身上肌肉紧绷，撑出流畅的线条：“真醉怎么样，假醉又怎么样？”

“真醉，就真的把你吃了。”

许衡以迅雷不及掩耳之势翻身，将他反制在自己下方。

如果这也算是“赤道祭”的一部分，他想，真该带她走环球航线。

三宝垄是印度尼西亚中爪哇省的省会。

许衡地理不好，概念里只有那句“扔到爪哇国去”的老话。

古时候，对于身居大陆的人来说，南太平洋上的岛国就是莫须有的存在，根本无法想象。

如今世界变成地球村，咫尺天涯也不过弹指一挥间。

望向岸上那片郁郁葱葱的青翠山林，许衡恍惚觉得是绿宝石镶嵌在了蓝色镜面上，娇艳欲滴，同时又焕发出蓬勃的生命活力。即便只是远远看着，也能为灵魂制造出无数正能量，这样的岛屿几乎与天堂无异。

王航在驾驶室督航，“长舟号”马上就要进港了。

在三宝垄，他们会卸空所有的越南大米，然后再取道菲律宾、泰国，抵达本次航程最终的目的地：印度。

屈指一算，在海上漂泊已近两个月，她却始终看不够这片海，唯愿永生永世直坠这片深蓝。

“呜——”

头顶汽笛发出长鸣，将许衡唤回神来，这才发现船竟然已在不知不觉中靠岸。

散货卸载相对容易，只要没有明显变质，在港口工作人员的监督下逐一过磅即可，王航很快便办理好相关手续。

当她看到王航身着西裤衬衫，衣冠笔挺地准备下船时，整个人都愣住了：“你要干吗？”

“拜三宝庙。”他皱着眉将许衡上下打量一番，不容辩驳地命令道，“回去换身衣服。”

许衡低头看看自己，T恤短裤加拖鞋，与某人的郑重其事确实大相径庭。可她一路上都这么打扮，也从未遭受过任何非议，如今却被莫名嫌弃。

尽管心中腹诽不断，许衡还是乖乖换了身及膝连衣裙，默默安慰自己不跟他一般见识。

为了避免其他人的怀疑，他们有意错开一段时间离船。许衡走出港口时，王航已经叫好了出租车。

三宝垄背山面海，是块典型的风水宝地。老城区里各种风格的建筑混杂，越往南走，中式建筑越多，人群的肤色也明显较浅，许衡估摸着他们已经进入了华裔聚居区。

车停在一座宽敞幽深的庭院前，古木参天、花草葱茏、香烟缭绕，大红色宝殿若隐若现，无声地昭示着某种庄严。

王航替她拉开车门，又转身整理好着装，方才低头走进庙。

许衡跟在后面，被这阵势吓到。

没多远，一块三米见方的巨大石牌挡住去路，其上用金漆彩绘“三保洞”三个汉字，伴有祥云腾龙纹饰，显得格外肃穆。

“这个‘三保’就是‘三宝垄’的由来吗？”许衡好奇地发问。

王航的衣角被扯住，不得不停下步伐，敬重地开了口：“明朝有个三保太监，知道吧？”

虽然许衡的历史并不比地理强，听到这里却多少有些印象：“郑和？”

“对，郑和七次下西洋。”他指向远处一尊硕大的铜像，“两万多人，两百多艘船，六百多年前。你能想象吗？”

王航这人外冷内热，很少表现出明显的情绪，大部分时候都是张冰山脸。然而，身处这座庙宇，谈到被祭祀的伟大航海家，那种发自心底的敬仰与憧憬，却是真真正正、不容置疑的。

即便自诩思想独立的许衡，也难免受到感染，禁不住折服于先人的伟业。

他补充道：“船队先后到访过这里两次，并留人在此定居，后世便以郑和的官衔为城市命名。”

许衡喟叹：“真不容易。”

两人牵着手往庙里走，四周空空荡荡的，仿若一处被遗忘的妙境，孤零零地垂悬于远离故国的千里之外。

站在郑和的铜像面前，许衡仰起了头。

首戴幞头、肩披斗篷、身穿蟒袍、左手扶剑，堪称非凡气度，只有那光洁的面颊，透露出人物的敏感身份。

许衡一边看，一边若有所思地说：“你发现没有，中国历史上伟大的航海家，除了和尚就是太监。”

没等王航回话，她便扳着指头算起来：“法显、义净、慧深、鉴真，再加上郑和，几乎就是我们航海文明的代言人。”

“你说，你算什么？”许衡饶有兴味地看向对方。

原本还试图反驳的王航气得笑出声来：“我算什么你不知道？”

许衡狡黠地眨眨眼睛：“回头好好研究一下。”

王航深刻感觉自己受到了调戏。

南洋的中式建筑韵味特别，即便竭尽可能地模仿，依然和国内的原生态有所出入：鲜艳的色彩、夸张的结构、用力的角度……

但也正是这种求而不得的态度，彰显出侨民文化中深刻的思乡情怀，让人平添无限感慨。

三宝庙正殿上挂着“三保大人”的牌匾，穿过清幽的殿堂，便来到传说中的三保洞。

四周的墙壁镶嵌着等身壁画，默默讲述郑和当年远洋航海的丰功伟绩。许衡听王航一幅幅地讲解，留意到他神采飞扬中流露出的微妙自豪感，心都被融化，软成了一团。

说起来恐怕好笑，自己喜欢的男人居然会把太监当成偶像。

可当他指着三米高的铁锚讲解“宝船”构造，凭据藤蔓树上的枝丫证明祖宗显灵时，那种孩子气的天真与执着，又会让许衡忍不住幻想：多好啊，既像男人一样可靠，又像少年般单纯，自己对异性的所有幻想，几乎都在这个人身上得到实现。

最后，两人在殿前焚香叩首，这才携手离开了三宝庙。

三宝垄并不是一座传统意义上的旅游城市，坐车转进转出便能对其全貌有所了解。再加上天气炎热，许衡只想早点回去洗澡休息，便建议在港口附近找家餐厅吃饭。

王航没有异议。

港口区做的都是船员生意，各种风格的餐厅不一而足。其中一家店面收拾得相对干净，又是做中餐的，两人便走了进去。

老板娘是个40岁出头的妇女，会讲汉语，讲得不好，但笑容亲切。

店里摆着四张桌子，没什么人，厨师、服务员都只有她一个。

许衡不挑剔，在靠门的位置坐下来。

王航点好菜，却见老板娘满脸欲言又止的表情。

“还有事吗？”他直接开口问道。

老板娘摆摆手，钻进后面的厨房忙活起来。

三菜一汤，有鱼有肉，咸淡适中的味道，让吃惯了大厨手艺的两人得到解脱，直接清光了桌面所有的盘子。

已经过了饭点，餐厅里没来其他生意，老板娘守在一旁，笑眯眯地看他们大快朵颐。

印度尼西亚有给小费的习惯，王航结账时特意多留下一张大面额的印度尼西亚盾，算作感谢。

老板娘却给他退回来了，只用生硬的汉语问了句：“你们是从那艘中国船上下来的吗？”

“是啊。”许衡点头应道。

三宝垄的港口并不繁忙，可供靠泊的码头也很有限，除了“长舟号”，这里再也没有其他的“中国船”。

“船上的人都是从哪里来的？”中年妇女的目光中充满期待，仿佛在聆听命运的审判。

王航清了清喉咙，插嘴说：“我们的船员都是内地各省的。”

老板娘眼底的光芒瞬间熄灭，满脸失望的表情。

“阿姨，怎么了？”许衡连忙关切地问。

那一刻，似有晶莹的泪水几欲滴落。老板娘叹了口气道：“以前，有艘中国船每个月都会来这里。船上的轮机长是香港人，对我很好。”

王航一开始就猜到故事的结局，见许衡认真倾听的样子，终究没忍心开口打断。

“后来我怀孕了，船再来的时候，只知道他下船休假，从此再也没有见到过。”老板娘指着墙上的一张照片说，“那是我女儿，今年已经17岁了。”

顺着她的指引，许衡抬头看向相框里巧笑嫣然的少女，黑黑的皮肤，晶亮的双眸，与老板娘六分相似，却不知道和父亲有多像。

“我在这里开店，每次有中国人的船都会想办法打听，只想尽量找找他。”

许衡很想说，无论世界有多小，你都找不到一个想要逃避的人，就像无论世界有多大，你都躲不开一个真正爱你的人。

然而，她最终还是把话咽进嘴里，从王航手中抽出那张纸币，默默压在了餐桌上。

印度尼西亚虽然是千岛之国，但港口的设施并不完善。三宝垄的岸吊不够用，必须在船上反复绞缆绳，不断调整位置才能将货物吊出货舱。

许衡注意到，这里的工人普遍喜欢光着脚，一个个又黑又瘦，身上有股很奇怪的气味。

想起之前在新加坡海峡遭遇的就是印度尼西亚海盗，她忍不住有些后怕。

好在这里的物价便宜，不当班的船员们都下船活动去了。没有失足妇女上甲板挨个敲门，她总算不需要像在越南那样提心吊胆。

从其他进出港口的船舶来看，这里卖出的货物大多是煤炭、铁矿石和木材等自然资源，进口的则多为钢材、机械、汽车，以及“长舟号”所承运的大米，是个典型的资源输出型国家。

王航听到她的分析后，将长腿放上床沿，满脸不以为然："你以为他们不想赚钱？这不是产业结构的问题，就是简单的弱肉强食而已。"

许衡有些不服气："国际贸易很复杂的，丛林法则那套太想当然了。"

"你才是想当然。"王航翻了个身坐起来，挑眉道，"印度尼西亚也曾经是'亚洲四小虎'之一，二十多年的经济增速都较高，不比咱们国家差。"

说完，不待对方反驳，他继续补充："那时候雅加达港有多繁忙，你知道吗？我爸把船停在港外泊地整整一个月，愣是靠不了岸！满舱的水泥，最后全是用直升机，一架一架地吊走。现在想都不敢想。"

许衡知道后来发生了什么：1997年亚洲金融风暴，印度尼西亚虽是被"传染"得最晚的国家，但受到的冲击最为严重，并且直接导致了有史以来最严重的经济衰退。

她将下巴搁在膝盖上，蜷成小小的一团："……中国的经济也会这样吗？"

"你怎么听了风就是雨的，"王航忍不住用手揉了揉女孩的头顶，"全国的大老爷们这么辛苦地干活挣钱，还怕养不活一帮小老娘们？"

许衡"扑哧"一声笑出来，反手拍在他身上："什么乱七八糟的？唱二人转呢？"

喜欢和爱都是非常微妙的感觉，当局者往往不能够分得清楚。在青春年少的时候，许衡也曾听说过：喜欢一个人会为他笑，爱一个人才会为他哭。那时候她常想找到自己的宝哥哥，将满腔柔情和无尽热泪付与他。

后来长大了，遇见很多人，也错过很多人，渐渐发现了其中的真谛：无论是爱还是喜欢，都应该是快乐而愉悦的，眼泪不能代表深浅，正如时间不能证明长短。

即便与王航的相互吸引确有环境影响，也无法排除职业崇拜，但每当想起狭小舱室里，两人促膝相谈的这些夜晚，她都会庆幸自己做了最勇敢的选择。

几天后，"长舟号"再次进入菲律宾海域，这次的目的港是马尼拉。

船还在马尼拉湾外时，王航便直接命令水手长，把甲板上所有易于拆卸的阀门、零件、铜件、消防水龙带等，统统锁进储藏室里，美其名曰"防患于未然"。

与最初相比，许衡已经十分熟悉船上设备，主动申请去甲板部帮忙，顺便检验自己的实际操作能力。

水手长自然高兴，王航也没好意思阻止，只得用眼神警告她不许添乱。

这明显的不信任让许衡憋了口气，干起活来格外用心，虽然也没帮上什么大忙，却得到船员们的一致好评，至少没有添乱。

她累得满身大汗，赶忙回房间洗澡换衣服，出来时发现手机上有几通未接来电。

赵秉承半个多月没消息，如今突然用律师事务所的办公室座机找她，想来应该是有急事。

对于律师而言，将感情与工作分开是最基本的职业素养，许衡向来做得很好。

那一头，赵秉承正在跟华海所的其他合伙人开会，却依然很快接起了电话。

时间、地点、客户基本情况，搭档多年的默契使然，即便他没有把话说透，许衡也能猜出赵老师这番动作的用意："您放心，船一靠港我就出发。"

"务必见到本人。"赵秉承想了想补充道，"如果赶不上船期就直接飞回来吧。"

"马卡蒂离港口不远，赶得上。"许衡的态度很明确。

"随你。"向来风度翩翩的赵老师，竟然生气地摔上电话。

听筒里传来刺耳的蜂鸣声，许衡被吓得半晌回不过劲儿来。

但是，想到即将开始的任务，她已忍不住手指微颤：船东协会、港口协会、中钢协……你方唱罢我登场，没人能猜中这出戏里还会有谁。

只不过，华海所注定要在里面狠狠踩上一脚。

正午时分，"长舟号"终于缓缓进港。

马永火山远远屹立于吕宋岛最南端，俯瞰着平静的马尼拉湾。

这里的泊位很紧张，放眼全港也没看见几部吊车。他们只能在离岸边近一点的地方抛锚，码头工人用船上的吊杆，把货物吊到方驳上面，再一点点转运。

船上广播通知，交通艇下午一点到舷梯口接人，晚上七点再从码头送回船上，需要出行的人员可以照此计划安排。

许衡已经换好衣服，又将头发扎成马尾，看起来干净利落。

"长舟号"在这里要靠泊一天，她用手机查询了具体路线，往返只需要两个小时车程，算上找人加办事，时间绰绰有余。

只是来不及与王航解释了。

事实上，许衡不能把此行的目的告诉任何人，无论是大洋集团在船东协会里的地位，还是赵秉承未雨绸缪的算计，都要求她绝对保密。

即便是与自己最亲近的人。

驾驶室里应该正忙着迎接检查，现在过去只会增加麻烦，许衡想，不如先斩后奏，说不定还没被发现就已经回来了。

潜意识里，她还是不想对王航撒谎。

宋巍负责登记乘坐交通艇的人数，见许衡也站在队伍里，明显大吃一惊："许律师，你一个人？"

若非小伙子问得堂堂正正，她差点以为自己和王航的事情暴露了，连忙讪笑道："同学在菲律宾外派，知道我到这里来，特意约好见面的。"

年轻的二副没有怀疑，只是犹豫道："一个人去不太安全，你还是跟船长说一声吧？"

许衡摆摆手："就去半天，我带着电话呢。"

宋巍还没拿定主意，交通艇已然停靠在了"长舟号"旁边。许衡也不管他同不同意，顺着梯子便爬下船舷，连撒娇带耍赖地说："行了行了，别担心，保证快去快回！"

菲律宾不禁枪，港口保安都是荷枪实弹，看起来颇有震慑力。

旁边有座专门的客运码头，许衡持游客签证很容易过关，也不需要船上证明，更是乐得没给王航打电话。

路上的小巴招手即停，违规运营的私家车也很多，她没有委屈自己，而是在的士站拦了辆出租车，将手机上的地址出示给司机。

D.R公司的亚洲转运中心选址苏比克湾，办公室则位于马尼拉市中心的帝国大厦。这里是两条主干道的交接处，临近绿肺三角花园，周边顶级商务楼群环绕，交通十分便捷。

出租车司机熟悉市区里的大街小巷，在提前预付的高额小费激励下，他用最快的速度将她送到了目的地。

许衡下车时看了看表：20分钟，堪称生死时速。

这并非她第一次在没有预约的情况下拜访客户，也知道该怎么对付大楼里那些保安。简而言之，越是表现得理直气壮、目中无人，越容易被他们当成住户或客人，收获到意想不到的礼遇。

菲律宾的服务业享誉全球，首都顶级写字楼的安保措施必然也是顶级水平。

后来，被扣在保安室里的许衡想，难怪那么多国家都要引进菲律宾劳务，果然名不虚传。

受到美国殖民多年，菲律宾人的英语水平普遍很高，即便许衡很快解释清楚自己的目的，保安们依然态度礼貌，坚决地表示：没有预约就不能上楼。

“Call,just a call.（我只需要打个电话。）”她选择退而求其次，要求打个电话。

许衡相信，即便公司前台也应该知道，D.R公司转运分销的所有矿石，最终都指向一个目的地：那就是中国。

华海律师事务所，或者说它所代表的船东协会，是D.R公司大船直接靠泊中国港口的唯一阻碍。

第 12 章

向　南

许衡赶在七点之前回到码头，跟兴高采烈的船员们一起乘坐交通艇，依次爬上了“长舟号”的甲板。

工人们操作着吊杆继续过驳，船上繁忙依旧，她趁乱摸回自己的舱室。

窗外天还没黑，火烧云悬在海面上，化作一条燃烧的海平线。

王航站在房间的正中央。

刚刚还庆幸自己涉险过关，猛回头却被吓了一大跳，许衡强压住尖叫的冲动，心虚道：“你来了？”

“我来了。”王航回答，声音听不出任何情绪。

许衡心里瘆得慌，嘴上却不敢讲，只好继续打马虎眼：“挺早的啊。”

王航冷哼：“你也挺早。”

她这趟出去，除开找人办事，其他时候都跟打仗一样，最终还是撞在了枪眼上，心里着实感觉有些冤。

许衡干脆自暴自弃地踢掉高跟鞋："我就出去办了点事，没什么吧？"

"没什么。"王航的声音轻得几乎听不见。

许衡知道自己理亏，没再狡辩。

"你有同学在菲律宾？"

王航漫不经心地踱步："外派？"

许衡咬住嘴唇。

他靠近了些："是哪家中资公司？"

男人身体散发出热量，暗示着某种被压抑的情绪："问你话呢？"

"不是中资公司。"许衡还是很没骨气地开口了。

王航抱臂退开些许，饶有兴味地打量她，表情中有几分玩味。

见对方没出声，许衡干脆一股脑儿地说道："就去办了点事，没什么同学，跟宋巍懒得解释那么多，都是瞎编的。"

王航低头盯着她的眼睛："信口雌黄，张嘴就来啊？"

许衡"嗯"了一声，不愿讲话，一脸死猪不怕开水烫的表情。这种情况下说多错多，再来就怕兜不住。

她不想对他撒谎。

长腿交错，王航围着她慢慢转圈，在始终保持着微妙距离的前提下，越靠越近。

可大可小的一件事情，原本无须剑拔弩张至此。

空气中有焦灼的气味，两人之间展开了一场无形的拉锯战。

许衡觉得很委屈，却又不知道这份委屈从何而来，便将之统统怪罪到他头上。

王航感受到怨念，愈发来了兴致，就像嗅着血腥味道的鲨鱼，摇曳鱼鳍接近猎物。

他用手指捏起她的下巴，逼着两人双眼对视。

他像欣赏艺术品般，抵开了她的上颚："牙尖嘴利。"

许衡咬住那手指，威胁着用力。

王航没有反抗，而是眯起双眼："你敢？"

她松了口。

太阳终于落到海平面之下，房间里彻底黑了。

王航的那张脸依旧冷冽，看不出任何情绪。

两个人的眼睛都已经渐渐适应黑暗，将彼此看得十分清楚。

许衡眼底全是雾气。

王航的身形始终笔直，只有低头看向人的眼神，紧贴在每一寸肌肤上。

他不紧不慢地开口："说说看，你今天到底去哪儿了？"

许衡垂下眸子。

王航屏住了呼吸，过了片刻方才冷声道："能耐啊。"

许衡不出声，单单从下往上地望着他。

王航也没了继续问下去的耐心。

她的眼睛在黑暗中显得亮晶晶的，像某种小动物，可怜兮兮却又张扬肆意，就那么看过来，有着莫名的笃定，看得进人的心里。

她赌他受不了，他偏要把这祸害收拾干净。

她嘟起嘴："你怎么这样啊？"

两人之间明明还隔着距离，却仿佛已经被彼此占领。

她手上用力，猛然把他推倒，陷坐进柔软的椅垫里。

王航轻呵一声："美人计？"

许衡磨牙："试试。"

王航还是那句："说说看，你今天到底去哪儿了？"

许衡爱搭不理，半跪在他的腿侧，把玩船长制服的肩章："临时接到所里的通知，去马尼拉市区办了点事，就这样。"

"其实我也不是非知道不可，"王航笑得有点痞，"但你越是这样遮遮掩掩，越是逼着人刨根问底。"

许衡不着痕迹地皱皱眉。

王航翻身，将人钳制住，颀长的四肢变成牢笼，让她无处可逃。

耐心是最后的赢家。

许衡像条脱水的鱼，不肯服输地上下扑腾，却始终无法摆脱男人的钳制，徒劳无功。

最后只得气喘吁吁地说："你放开，我跟你说实话。"

王航眼皮都不抬道："我不信。"

"我保证说！"许衡反弓着身子，无可奈何地赌咒发誓。

"我不信的就是你的'实话'。"

王航未曾对他们之间的关系进行约束，但下午的突发状况提醒了他，凡事都得有个界限。

他说："今天这事儿，你迟早要告诉我，早说晚说都是说，为什么要弄得大家不痛快？"

"王航，"许衡求饶，"真不能说，跟当事人签了保密协议的。"

他挑眉："你凭什么以为我不能保密？"

"不是说你不能保密，只是我也有责任。"

"乖，告诉我，今天去哪儿了？"

低沉喑哑的嗓音，响在许衡的耳畔如同酷刑，折磨那所剩无几的矜持。

这场战役从一开始就注定了不公平。

到最后，他们都忘了为什么坚守。有吻，有拥抱，有最诚恳、最热烈的感情，这些，远比某个解释更真实。

他在眼前，在身旁，在可望可即的思慕眷恋、辗转反侧之中。而这，比什么都重要。

第二天清晨，许衡在王航怀里醒来。

海上昼夜温差很大，她到此时方才感觉有些寒意，只因身旁有个大暖炉。

王航依然睡着，双目微合，表情十分安然。

她仰头看他，长睫如翼，侧脸线条清晰，喉结随着呼吸轻轻嚅动。

像个孩子。

那双大掌还护在她的腰上，扣得死紧，令两人之间再无距离。这样的亲密，令许衡感觉安心。

看得时间久了，脖子有些酸痛，她终于还是换了个姿势，更深地将自己埋进男人怀里。

"醒了？"他的声音响在头顶，喑哑低沉，有股起床时特殊的慵懒气。

许衡再次抬头，发现对方还闭着眼睛，跟刚才一模一样，心想，脸黑的人果然比较适合装睡。

王航没等她回答，而是自顾自地绷紧身体，四肢舒展伸了个懒腰。

“天快亮了。”许衡提醒，应该趁早回去隔壁。

“不想回去。”他翻个身。

王航被推下沙发，揉着眼睛站起来，叹息道：“每次都像做贼似的。”

许衡俯身找鞋，没搭理他，却听那人一边穿衣服，一边问道：“你昨天到底干吗去了？”

但凡男人执拗起来，简直是头倔牛。

两人昨晚借着情绪，有来有往地放肆一场，原本以为就到此为止了。谁曾想，醒来后竟然还未翻篇。躲得过初一躲不过十五，许衡忍不住叹了口气。

他赤着脚，用手抬起女孩的下巴，居高临下道：“说。”

星辰般的眼眸中，清亮一片，不容许任何糊弄。

许衡舔舔嘴唇，吐出四个字：“D.R公司。”

王航这才明白她昨晚强调“保密协议”的意思，华海所是国内最大的海商律师事务所，也是船东协会的法律顾问。挑在这个时候与D.R公司接触，确实有当二五仔的嫌疑，先赚足中方船东的顾问费，再为巴西人铺路，还能就此垄断国内航运市场。

男人习惯了风浪，对这些尔虞我诈没多大兴趣，只是挑眉，语气中略带嘲讽：“姓赵的还没死心？”

“D.R公司在马尼拉有办公室，我只负责初步沟通。”

王航笑起来：“沟通什么？向D.R公司表忠心？顺便把船东协会给卖了？”

许衡就事论事：“40万吨船要进港，中方船东不会坐视不理，十有八九还要打官司。大洋集团作为会长单位，拖着不签顾问合同，又不授权我们去处理这件事……律师事务所也要生存，找对家谈合作很正常。”

“你的意思是让我也去跟公司沟通一下？”

许衡一掌拍掉他的手，埋怨道：“说了不跟你讲，偏要问，问了又冒出来这种话，烦人！”

“瞧瞧，还急了。”王航揉她的头顶，像在安慰小动物，“随口说说而已。”

许衡抬起头，目光中有不可动摇的坚定：“别插手、别问，工作上的事情我自有安排。”

王航扣好最后一颗纽扣：“放心。”

许衡瞪起眼睛：“记得保密！”

他不屑地冷哼，懒得做出回应，直接推门离开了房间。

“长舟号”的装卸工作已经进行到尾声，港口里有很多小筏子靠过来做生意。这里的人热情好客，但普遍缺乏安全意识。大船周围水流复杂，机械繁多，一不小心就有可能发生事故。许衡见他们一个个把筏子直接靠上“长舟号”的船体，高声叫卖自己的货物，忍不住为这些人捏了把汗。

大厨用绳子将买好的鱼从船舷边吊起来，笑话她杞人忧天：“他们就靠这个吃饭，练过身手的。”

看着海上那些皮肤黝黑、笑容灿烂的面庞，许衡依然眉头紧皱。

她心里有些堵，她昨天下船后直接打车去了市中心，沿路虽然有贫民窟也有富人区，但观感并不明显。

如今这些挤在“长舟号”下做生意的小贩，恐怕就是菲律宾的底层贫民之一——或许还不是赤贫，毕竟他们都有船，还能够谋生。这个国家自然条件优越，却存在着巨大的贫富差距，人在畸形的社会发展面前，总会天然地感觉不适。

没多久，“长舟号”的汽笛再次响起，提醒周围的船舶它即将起航。围在船周围的那些小筏子纷纷驶离，就像他们聚起来时一样，来无影去无踪。

许衡抬头看向驾驶室，一身白色制服的王航正在观察航道。那望远镜的物镜缓缓转向，扫过甲板时竟停了下来。

她原本就心思重，这会儿又担心对方的小动作被人发现，站在原地手足无措了半天，竟不知该如何是好。

最后，只见那人嘴角模糊地荡起一抹笑意，终于还是转开了镜头。

菲律宾和印度尼西亚一样，也是曾经的亚洲四小虎之一，如今存在的社会问题却有过之无不及。许衡想起离开印度尼西亚的晚上，王航那番简单粗暴的弱肉强食理论，渐渐明白他说的其实很有道理。

从吕宋岛西岸出发，“长舟号”选择的航线靠近海岸边。这座几近完美的火山岛上有丰富的热带植被，还有连绵起伏的山峦，从海上看过去非常养眼。

偶尔出现的白沙滩边会有成排别墅，掩映在绿树丛中如同世外桃源般恬静。

刚才那些乘着小筏子做买卖的人，恐怕一辈子都不会住进这样的房子里，许衡略微悲观地意识到。

可这样的现实，又应该由谁负责呢？站在甲板上临海吹风，她感觉很无力。

泰国的第一个目的港是曼谷。

与之前去其他国家的单纯兴奋不同，这次到港前，船上的气氛简直就像在过年，筹钱的、换衣服的、理发剃须的……

从菲律宾跨越南海，直抵泰国湾的最北方，短短一周的时间里，船员们忙着拾掇自己，整理物品，年轻人甚至在预支薪金。

消费刺激生产，大家就连干活都显得有劲儿多了。

只可惜晚上回到舱室里，船员们依然舍不得休息，纷纷聚在一起。讨论上岸了去哪里玩、买些什么东西，有时候甚至能聊半宿。

苦了王航，等所有人睡着才能偷偷摸过来，自是郁闷不已。

受到船员们的舆论影响，许衡也对曼谷的繁华充满向往：大皇宫、四面佛，附近的安帕瓦水上市场，得益于近年来的数部热映电影的宣传，曼谷已然成为中国人非常熟悉的东南亚城市。

某人着急熄灯就寝，见她还忙着策划行程，忍不住泼冷水道：“泰国好看的全是人妖，你感兴趣？”

许衡还在翻阅旅行手册，瞧都懒得瞧他一眼：“谁说我要去看人妖？满脑子都是些乱七八糟的，就不能是历史文化、传统风俗、建筑，那些美好的事物吗？”

男人动作敏捷地抓住她的手，放在唇边一点点亲吻，撒娇似的妥协道：“当然可以，上岸之后，你想多美好都行。今天先睡觉，嗯？”

许衡向来吃软不吃硬，见他这样，只能关灯。

黑暗中，王航又在毛手毛脚，她向床边躲了躲，却没有躲过偷袭，只好边笑边把对方往外推：“不睡觉了？”

“睡，过会儿就睡。”男人嘴上说着，手却不老实。

“你白天不是在驾驶室督航吗？累不累啊？”许衡裹紧被子。

王航扯住被角，力道大得认真：“这边用的是英版海图，换算个单位就好。”

“那我看宋巍他们都紧张兮兮的，为什么？”顾左右而言他，许衡打了个滚，再次将被角压在身下，整个人都变成粽子。

“泰国湾的渔民喜欢用芦苇草给渔网做标记，看起来就像驶入了浅水区，他们总担心船会搁浅。”

许衡怕痒，左右腾挪躲避那只大手，只好咯咯笑着求饶道：“别乱动，求你了，别乱动。”

王航占到便宜，愈发肆无忌惮，长手长脚地像只章鱼似的摸过来，简直避无可避……

曼谷港位于湄南河下游，濒临曼谷湾的北侧，是泰国最大的港口，也是世界二十大集装箱港口之一。

“长舟号”吃水深，这次又要卸载从菲律宾运来的化肥，因此只能在外锚地靠泊。许衡和大部分没有当值的船员一起，选择乘坐交通艇过驳到岸上去。

小艇刚停稳，便有黑黑瘦瘦的当地人拿着宣传册冲过来，咿咿呀呀地招呼船员们去看表演。

许衡也被硬塞了一张单子，上面印着各种照片，靓丽人妖顾盼生姿、柔美多情，比她更像女人。

按照和王航之前的约定，她在港口外找了间冷饮店，一边喝水一边等着他从船上下来。

冷饮店的店主是个老头，柜台上摆了不少招贴画，显然也经营着表演票代理业务。

老头看出许衡是游客，有心招揽生意，便用半生不熟的英语和她搭腔。

“Shemale? Renyao? ”老头手舞足蹈地指着招贴画，“Cheap! ”

除了老头，店里只有许衡一个人，她很想调头就走，可港口周边并没有其他地方可去。望着天上明晃晃的大太阳，她歉意地笑着摆摆手，示意自己没兴趣。

老头很会做生意，见此情景并没有任何气馁，而是留下一本漂亮图册，让她边喝边看。

时间还早，下一班交通艇半小时后才能靠岸，许衡无聊地翻开册子。

说实话，如果首页没有用各种语言标注身份，真看不出“她们”是变性人。

从前往后，册子里的照片渐渐不再那么光鲜亮丽，有些明显就是PS过度的产物，跟国内娱乐公司的年历一样，越往后的越是用来凑数的，真正的当红大牌全在前几页。

老头见她并未排斥，干脆搬了张凳子坐在对面开始闲聊，一副买卖不成仁义在的态度。

他的英语虽然不好，但肢体动作特别丰富，显然不是初次向游客推销泰国的人妖。

据老头介绍，人妖都是在十几岁时接受手术，然后用专门的仪器按摩胸部，辅以定期补充雌激素，确保成年后肤白貌美。

因为药物长期摧残的关系，这些人的平均寿命只有40岁，而真正的事业巅峰到25岁就结束了。

“After that?”许衡问，25岁至40岁之间，这些人又能去哪里？

老头耸了耸肩，告诉她有种叫“人妖村”的地方。年老色衰之后，这些不为社会常态所接受的人便会聚集起来，由年轻的人妖提供生活来源，抱团取暖了度残生。

这样以生命和尊严为代价的表演，许衡一辈子都不会去看。

老头摆摆手示意没关系，拿出另一本册子递过来，表情透出一种淡定。

刚扫一眼封面，许衡的脸便烧了起来。

有人在冷饮店的落地窗上轻敲，她抬头看见王航。

他又穿上了在日本时的那身浅色T恤，下身换成沙滩裤，显得随性而洒脱。站在人来人往的大街上，和周围的环境融合得特别自然，就连肤色也几乎黑得跟本地人一样。

老头发现来客，又低头看看许衡，神色了然，举起宣传画冲窗外晃晃，比着大拇指做广告。

王航一看就笑了，回敬一个“OK”的手势，显得很好说话。

许衡在店里坐不下去，赶忙留下饮料钱和小费，跌跌撞撞地跑到大街上。

王航扶住她，满脸幸灾乐祸的表情："难得主动要求'学习'，有觉悟。"

许衡磨牙："流氓。"

王航理所当然地执起她的手："其实那些表演也没你想的那么……低俗。"

许衡撇撇嘴："你怎么知道？"

王航抹了把脸，偏过头假装没听见。

"说啊，怎么知道的？"许衡捏他手心。

两人此时已经走进BTS站点，王航转去自动售票机上买了票，回头看见许衡还目光炯炯地盯着自己，禁不住笑出声来："你还真想听啊？"

许衡哼道："坦白从宽。"

"首先声明，我一开始并不知道那个表演的性质。"他正经地强调，"不知者不为过。"

"快说。"

"我当时还是三副。"王航牵她去乘电梯，一起上到候车厅，"那次船靠在芭提雅，以为是个正常表演性质的酒吧，才想进去坐坐……"

许衡皮笑肉不笑："明白，没有犯罪故意嘛。"

王航哑然："什么乱七八糟的，我真不懂！看到第一排位置空着，还傻兮兮地坐到了最前面。"

结果到表演结束的时候，目瞪口呆的某人被演员"请"上舞台，莫名其妙地宽衣解带，勉强充当了一次临时演员，甚至赢得场下观众的鼓掌叫好。

站在BTS的车厢里，许衡笑得前仰后合，很难想象像王航这种人，也有身不由己、被逼无奈的时候。按照他现在的脾气，恐怕得把那家店拆了，也不会允许别人对自己动手动脚。

两人的目的地是泰国的四面佛坛。

许衡对各种宗教都存有开放的心态。更何况泰国的四面佛已然超越了国界与教派，更像是一种文化，喜欢七彩鲜花与少女舞蹈的佛神，代表光明前途的花灯蜡烛，还有固定作息、只受玫瑰精油召唤的在岗时间……

参拜的信徒非常多，他们跟在人群后缓缓前行。王航见别人都拿着各式各样的贡品，只有自己空着手，提议道：“还是去买点鲜花蜡烛吧。”

许衡耸耸肩，表示无所谓：“随你，我先排队。”

王航离开队伍，扭头却发现周边的小贩都被人群围满，争先恐后地讨价还价。这里的香火之旺，足以养活半个街区的经济。

不远处，女孩跟在队伍末端一步一挪，还探出脑袋四下顾盼，像个好奇宝宝。

四面佛地处最繁华的闹市区，环绕在高楼大厦中间，马路上密密麻麻都是车辆。宗教信仰与世俗风物在此融为一体，彰显出泰国独特的文化魅力。

万千光景中，却只有那一人，那一幅画面，像蚀刻般烙印在眼底心尖，定格成永生难忘的记忆。

王航转身迈步走开，到马路对面的摊贩那里买贡品。

四根蜡烛、四串花环，每面佛单独的三根焚香。他掏钱时犹豫了一下，冲摊贩点点头，说了声：“Double.”

几乎就在话音落定的一瞬间，身后突然传出巨大的爆炸声，就像天地崩裂般震耳欲聋。脚下马路也在微微震颤，王航猛然扶住街边的路灯才没有被晃倒。

他本能地回头看向爆炸发生的地方，只见火光冲天、浓烟弥漫，滚烫的气浪扑面而来，夹杂着浓烟与碎石，遮天蔽日。

周围人群陷入骚乱，摊贩们连钱都不要了，争先恐后地四下逃散。

耳边持续嗡鸣，王航有些恍惚。他赶忙将手握成拳头，指甲陷进肉里，用疼痛提醒自己，确保身体能够及时做出反应。

很快，另外两声爆炸从极近的地方传来。火光自佛像环岛的出口处冒起，蔓延很快，不一会儿便烧到了上空的高架桥。漫天大火猛烈而嚣张，就像死亡之神张开双翼，笼罩着生灵涂炭的人间地狱。

头皮在一阵阵地发麻，身体止不住颤抖，脸上似有火烧火燎的疼痛。再也来不及等待神志清明，他失去了思考和判断的能力。一双长腿机械般地迈步，缓缓地朝佛像处行走，先后数次被人撞到都没有反应。

现场一片狼藉，犹如人间炼狱。爆炸产生的冲击波将防护栏震碎，周边路过的车辆也被悉数破坏，满地尽是黑色沙砾；佛像西面被轰出两米见宽的大坑，堆满断肢残体，血水肆意流淌，空气里充斥着血腥气；冲天火光持续燃烧，浓烟滚滚直扑天际，高架桥上有塑料玻璃在掉落。

哭泣、尖叫、奔跑逃命。

烟熏、火燎、断壁残垣。

金光闪闪的四面佛被压在废墟中，光秃秃的地面上再无虔诚的信徒。

王航的脚突然动不了了，低头一看，是个半裸的伤者，在拉着他苦苦求救。

爆炸的威力太强大，气浪直接燎尽了这人的衣服，皮肤像化了一般，稍稍触碰便会散开一大片。

他听不清这人在说什么，只有那求生的欲望支撑着濒死的极限。

王航很想帮忙，想把伤者送到安全点的地方去。然而，环绕四周的只有火与烟，除了地狱，还是地狱。

他甚至无法将这人抱起，因为他发现对方的下半身已经不见了。

远处有警笛响起，整个世界再次回到真实的感觉。王航抹了把脸，在成堆的肢体中翻找，口中哆哆嗦嗦地重复着那个名字：“许衡……许衡……”

第 13 章

迷　信

据说，在某些特定的情况下，人类的记忆会被无限拉长，对时间的感知近乎永恒。

天空于瞬间变得通透明亮，原本斜阳西照的街景过度曝光，瞳孔被迫迅速收缩。

冲击波将一切夷为平地。巨响过后，地面也被震裂，汹涌的气浪扑面而来。

她不知道自己是在什么时候倒下的，只知道本能地将头抱紧。人们开始四散逃命，第二次爆炸很快发生。

更加猛烈的气浪将人一个接一个掀翻，层层叠叠的躯体在头顶堆积。周围全是火光，眼睛里冒着星星。

那一刻，眼前的世界以最诡异的形态静止。

后来似乎又有爆炸发生，制造出持续不断的震动。小火球不时落在地面上，砸出鸡蛋大小的坑。

世界末日吗？她想，怎么来得这么突然。

耳朵里听不见声音，灼热伤痛早已无法影响感知，所有的注意力都集中在指尖。

一、二、三、四……每逢紧张时，许衡都会一根根地掰弯自己的手指，凭借客观而固执的计数，强迫时间向前推演。

压在她背上的那个人应该已经死了，却仍然时不时地抽搐着。温热的血流从四面八方涌出来，那是生命流逝后的残骸。

头脑里只剩下空白。炽热的空气，漫天硝烟令人呼吸困难。喉间灼热的痛感蔓延，简单的吞咽动作也无异于登天。

只有在这一刻，许衡才意识到自己与普通人无异，迷信承诺，贪恋保护，奢望被怀抱裹起来的点点滴滴。

模糊间，她听见有人在喊她的名字，遥远得近乎梦幻。

喉咙沙哑，许衡无法做出回应，只能在心中默默祈祷自己被发现。

她松开手，任由时间从指缝间溜走，似乎已经无须再去计较生命与伤痕、自信与沉沦。如果有那么一瞬，疼痛和死亡证明了另一个人的意义，救赎也必将随之而至。

背上的重负被移走，一股极强大的力量将她从地上拽起。王航的呼吸急促，声音却格外清晰："许衡，清醒过来。快跟我走！"

她被他架在怀里，脚下全然没了劲儿，高高低低地踩在人堆上，整个身体都是无力的。

王航架不住她，最后干脆把人抱了起来，大跨步向前，朝火势不那么猛烈的出口处突围："别怕，我们马上就离开这里。"

爆炸发生后短暂的间隙里，随时有可能发生第二轮袭击。肇事者安放了多少爆炸物、留下了多少隐患，无人能知。

王航没有选择，只能用最快的速度冲出伤亡最惨重的核心区域。

四下里全是断肢残臂，伤者满头是血地匍匐呻吟，爆炸产生的冲击波引燃了马路上的汽车，整个四面佛广场彻底变成人间地狱。

呼啸的警车终于靠近，有人在用泰语大声组织撤离。他将许衡紧紧抱在怀里，找到最近的警察，还没开口便被指引到救护车上。

大批医护人员赶过来处置伤者，想要用担架将其抬上车时，却发现怎么放都放不平。已经昏迷的许衡，手中却死死抓着王航的衣襟。

再次醒来时，她意识到自己正处在一间陌生的医院病房里。头顶是浅绿色的天花板，冷气开得很足，吹得四肢冰凉。

只有手边那处热源，持续不断地散发着温暖。

王航趴在病床边，疲惫至极后，刚刚闭上眼睛。他脸颊残留着干涸的血迹，却没有明显外伤，而且呼吸平稳有力，应该并无大碍。

许衡尝试感受自己的肢体，嗯，都还在。

似是被她的动静惊动，王航缓缓清醒。一两秒钟的恍惚之后，脸上泛起温柔的笑意："醒了？"

许衡点头，并且试图抬手，想替他擦净血迹。蓦然发现掌心里还有东西，垂眸一看，竟是片浅色的衣角。

"扯不开，医生护士都试过。"他顺着她的目光看过去，"你自我保护得很好，又躲在最下面，只有轻微的脑震荡和皮外伤。"

她将衣角拿到眼前仔细辨认，发现果真是王航那件浅色T恤。铺天盖地的记忆瞬间侵袭：爆炸、硝烟、火焰、残肢、死亡、呼唤……

"你……"许衡一开口，声音沙哑得令人吃惊，她清清喉咙继续道，"你没事吧？"

"我看起来像有事吗？"他拨开她的额发，"别担心。"

"几点了？""长舟号"在曼谷港只是暂时停靠，卸完货后还要去普吉岛载运橡胶。按照之前的安排，当天晚上就应该全员回船，第二天一大早便要起航。

王航看得出她的担心，安慰道："不着急。你先养伤，伤好了再去赶船。"

许衡皱起眉头："你怎么办？"

"我等你。"

没有船长就不能开船，除非公司另外派人过来接班，可这显然不是一时半会儿的事。许衡连忙挣扎着身子坐起来："那怎么行？误了船期可不是开玩笑。"

"码头运力不足，船还在港口排期，我们的行程对船期没有影响。"王航解释完毕，一边无奈地笑一边摇头叹息，"你比我还像个船长。"

许衡勉强松了口气，回到最初的话题："广场上到底发生什么了？"

王航拍拍枕头，将病床调整好角度，扶着人向后靠倒：“爆炸袭击，可能是泰南的分离主义势力，也可能是别的政治势力，目前还没有组织宣称对此负责。”

许衡对这些说法嗤之以鼻。只有亲身经历，才能对事物产生最直接的感受——再冠冕堂皇的借口，都不是残害生命的理由。

她试图在脑海中搜索有效的信息，却发现根本无从下手，一切发生得太快、太突然，只有最后那声呼唤清晰无比，莫名其妙地令人心平气和。

“你怎么不先去找个地方躲起来？”许衡看向王航。

他挑眉：“我以为你会谢过救命之恩，然后以身相许。”

许衡没有笑，却从心有余悸的状态中慢慢恢复过来：“我会保护自己，你也不该这样冒险。”

“不冒险？你是让我找个防空洞躲起来？等警察清场再回去找你？”王航冷哼，“那还算男人吗？”

“暴虎冯河……”下半句“死而无悔者，吾不与也”卡在嘴边，毕竟是对方把自己救出来的。

王航听出她是在讽刺自己，也不恼，而是习惯性地揉了揉她的头：“睡会儿吧，如果你觉得没问题，医生待会儿查完房就可以申请出院了。”

许衡调整姿势，面朝着男人躺下，缓缓闭上双眼。

尽管嘴上说得很中立，她却不得不承认。在硝烟烈焰中，作为值得信赖的对象，去保护、守卫、拯救另一个人，确实挺爷们儿的。

泰国警方已是焦头烂额，医院里重伤轻伤一大片，许衡的出院要求很快得到了批准。

当天晚上，他们乘坐最后一班交通艇，回到了“长舟号”。

张建新和宋巍等高级船员都还没睡，留在餐厅等着。王航向公司通报消息的时候，也和船上取得了联系，安排好临时的应变措施。

不知情的众人只是感慨许衡运气好，船长恰巧也在附近。

心中有鬼的男女很默契地没有搭腔，而是用沉默和讪笑应对着关心。

就在此时，却见大厨端着一个火盆从厨房里钻了出来，“咣当”一声摆在许衡面前，态度严肃地命令道：“跨过去。”

大厨是个脾气和善的中年人，相处这么久，从未有过过激的言行。突然来这么一出，把许衡给整蒙了。

她眨了眨眼，疑惑地问道："这是要……"

中年汉子脸上并无任何松动，只是看了看王航："许律师这趟出来，走邪遇险的事儿就没断过，怕是得罪了什么东西，必须驱一下。"

在场的其他人都没吭声，表情各种复杂。

许衡感觉背上有股凉意，被大厨的郑重其事弄得不太舒服，却也找不到更好的理由拒绝，只好将求救的目光投向王航。

就在她以为对方会替自己拒绝这番"好意"的时候，却听见男人沉声道："也好。"

时间临近午夜，船停靠在港口外锚地，所有的装卸工作都已经停止。只剩下融入黑夜的深色海面，随着波浪一点点上下浮沉。

众目睽睽之下，许衡无奈抬脚跨过火盆，扭头看向大厨，问道："这样就行了？"

始作俑者没有看她，而是围着火盆绕了几个圈，口中还念念有词，将原本就阴森的氛围渲染得更加恐怖。

最后，只见他猛一扬手，将盆中残留的木炭统统掀向船舷外。星星点点的残火一点点熄灭在海面上，融入彻底的黑暗之中。大厨这才神色渐缓地回过身来："妈祖保佑，出入平安。"

许衡瞪大了眼睛，像看西洋景一样，对面前发生的一切目瞪口呆。

其他人的反应则与她完全不同，包括王航在内，全都近乎虔诚地重复着大厨的话："妈祖保佑，出入平安。"

有那么一瞬间，她怀疑自己穿越到古代的木制渔船上，而非燃油驱动、功率强大的先进远洋巨轮上。

原本偶然的意外遇袭，竟被生生解释成灵异事件，就连向来不信邪的许衡都开始心慌了。

已经准备散去的一群人，在这肃然的气氛中变得紧张。不约而同地围着桌子，再次坐了下来。

"许律师，你别觉得我是在搞封建迷信。"大厨用抹布擦擦手，"这种事宁可信其有，不可信其无。”

许衡哽咽：“我确实比较倒霉……”

大厨打断道：“概率都是一定的，太邪乎了就有鬼。”

“别吓她了。”王航终于出声，“以后各方面都注意点就行。”

“王船长，”宋巍怯生生地开口，“还是让许律师好好想想，有没有做什么犯忌讳的事情……兴许来得及补救。”

张建新和老轨纷纷点头表示赞同。

见许衡一脸无奈的表情，大厨语重心长地说：“船上的人，多少都供佛拜妈祖，这不能叫迷信。你想，在大洋里，再大的船，摇起来也只像片树叶子。人类和自然比，实在是太渺小了。”

听到这里，众人不约而同地点头称是，王航在桌布下面偷偷捏了捏她的手。

许衡的心顿时就安定下来，表情和缓地迎合道：“入乡随俗嘛，我懂的。”

“王船长火气旺，我不是拍马屁，全公司上下都知道，跟着大小王的水手都能保平安，对吧？”大厨的视线环绕四周，争取众人的支持。

出乎许衡的意料，上至张建新，下至三副，竟然纷纷点头表示认同。就连王航本人也只是轻咳两声，缓解尴尬。

大厨的意见得到了舆论支持，说话也更有底气：“你跟了他，还能接二连三地遇到晦气事儿，不得不小心点啊。”

这话听起来很有歧义，许衡不知对方所指为何，只感觉喉咙里更堵了。

“船上的事情，没谁说得清楚。”大厨从兜里掏出烟，又用眼神询问她的意见。确定没有遭到反对后，给众人发了一圈，自顾自地点燃：“我第一次出海，是老乡介绍的一条渔船。”

大厨平日里都在厨房里忙活，跟大家没什么交流机会，因此也没人听他说起过这段往事。很快，餐厅里彻底安静下来，所有人都耐心听讲。

“我这人虽然不聪明，但从小到大脑子没出过毛病，眼神也很好使。上那条船的第一天，我坐在房间里跟他们打牌。那时候年轻，啥事儿不懂，玩得也比较大，紧张得手心里都是汗，没顾上观察四周环境……大概两三圈之后，我感觉脖子有点酸，就想稍微活动活动，结果一抬头就吓傻了。”

刻意压低的男声响在舱室里，语速缓慢勾起悬念，突然戛然而止，将人的心都悬在了线上。

大厨环顾四周，确保众人都已经进入状态，方才吐了口烟圈道："全是死人。血肉模糊，你们想象不到，那场景太真实了。我老乡是那艘船上的大副，坐在我对面就这么死了。"

许衡从小胆子就不大，对那些鬼故事向来敬而远之，恐怖片更是沾都不敢沾。听大厨说到这里，早已冒了一身冷汗。若非王航在桌面下牢牢握住她的手，早就尖叫着夺门而出了。

"不怕你们笑话，我当时就吓尿了。"大厨狠狠抽了口烟，眯着眼睛说，"结果甲板上的情形更可怕：船长的脑门上有枪眼，二副躺在地上。"

他打了个激灵，像是沉入了当年的回忆中，声音也有些发颤："当时船没开出多远，我大叫着'杀人了，杀人了'，来回跑了两个多小时。船上的人被吵得没法儿，最后把我关进了船长室里。趁着看守不注意，我从厕所的窗户爬出去，游了整整一海里，才被站锚的船捞起来。"

三副抹了把脸，语气毕恭毕敬，道出众人心中共同的疑问："您是不是看花眼了……在船舱里待久了，确实有可能导致缺氧。"

大厨不屑冷笑："把我救上来之后，港口塔台招呼那条船返航，后来亏得大副老乡送我回家。"

王航和其他高级船员一样，谨慎地保持双唇紧闭。

"他们原本要出海两年，结果七个月后就没了消息。"大厨按灭烟蒂，笑容有几分诡异，"又过了一个月，渔政的船才把出事的船从夏威夷拉回来：33个人只剩下11个，最后5个被判死刑、1个死缓。"

许衡打了个激灵，记忆变得清晰无比：多年前，某市水产公司所属的大洋鱿钓船，因船员内讧，爆发连环命案，最终导致22人被杀。经勘查检验，船上发现了大量血迹和尸体碎块及人体组织。当年，该案曾轰动一时。

"我钓鱿鱼的手艺，就是跟着那条船出海前学的。"大厨最后说完这一句，再也没有出声。

老轨在钓鱼比赛中屡屡失利，每次输给大厨都难免心有不甘。如今听完这番话，虽然也有所触动，但更多的还是为输给专业选手感到憋屈，暗地里骂了好几句脏话。

张建新见此情景，用肩膀耸耸老轨，转移话题似的问道：“你还记得吗？”

原本郁闷着的壮汉侧了侧身，哑声回应：“怎么可能不记得？”

众人又将目光集中到张建新身上，却听他叹息：“那年我们俩搭班，跟着老王船长出海。我记得当时刮了场台风，卷跑不少船，港口电台成天都播着寻人启事。”

他瞅了瞅王航，补充解释：“你当时在船上刚过完暑假，已经回学校上课去了。”

见王航点头，张建新继续道：“离开码头之后，船突然就开不动了，一直原地打转。”

老轨抖抖肩膀，像是要抛却某份回忆，可惜没有奏效。只好压着声音说：“是我先看到的，有点不敢确定，就上到驾驶室去问你爸，是不是也看到了……你爸点了下头。”

张建新接过话茬：“那时候海水不冷，我们找了几个年轻小伙子下去。人捞出来的时候都泡肿了，只能放在船顶上。又请示了公司，这才更改船期，急匆匆地回港。殡仪馆的车等在码头上，用最快的速度把尸体拖走，勉强算是安置妥当。”

“然后船就起航了，一帆风顺，平安归来。”老轨简短总结。

王航的掌心持续散发着温暖热量，令人莫名心安。他捏了捏许衡的手，而后放开，拍拍裤腿站起身道：“在座各位都是前辈，你们看着办吧。明天出港前，用伙食费买点鞭炮纸钱，办场法事也行，我没有意见。”

整晚的围炉夜谈至此告一段落。大厨欣然领命，充当“长舟号”上的临时祭司，负责采买、主持、善后等相关事宜。

许衡浑身脏兮兮的，被这一整天的遭遇整得蒙头蒙脑，恍惚觉得自己是在做梦：火光冲天的爆炸现场、异国他乡的医院病室、怪力乱神的海上传闻……已然分不清其中的真真假假。

除了大厨，其他人一起回到七楼甲板，高级船员的舱室都集中在这一层。时间已近深夜，大家分别和许衡客气了几句，终于先后离开。

王航是船长，理所当然地留下来。

他语速很慢，简单的一席话直说到众人都进了房。眼见走廊上再无其他人，这才推着许衡进门，并且转身上锁。

还没回头，女孩便主动靠上来，两只手在他胸前环绕，彼此紧密相贴。

许衡的身体在微微轻颤，就连说话声都带着些抖：“王航，我怕。”

他口中呢喃安抚，缓缓转过身，坚定而不失温柔地将人搂紧，随后发出一声长长慨叹：“好不容易捡回条命，这下倒好，被他们吓个半死。”

许衡无意识地磨蹭着，似撒娇似眷恋，试图用行动缓和内心的惶恐。这一天发生的事情太多，信息太复杂，大脑已经没有余力继续思考。

王航吻着她的发，一步步将人带往洗手间。

房间里黑漆漆的，没有亮灯。他凭着记忆拧开花洒，任由热水注入浴缸。同时摸索着女孩的身体轮廓，不慌不忙地为两人宽衣解带。

浴缸还没注满，他们相拥着站在水流下，用体温为彼此取暖。

硝烟、伤痕、血痂，在黑暗中净涤干净，连带着沾染满身的风尘。

恐惧、怀疑、忧虑，在沉默里逐渐愈合，裹挟着无声滋长的信任依赖。

王航搂着她，就像避风港环绕着船只，一双长臂交叠用力，将人抱得死紧。在这近乎窒息的相拥里，许衡却渐渐找回呼吸的节奏，思维也终于恢复正常的频率。

第二天一大早，“长舟号”的船头挂上了红色缎带，简易餐桌再次支起来，摆满各种丰盛的贡品。

大厨不知从哪里找出来一尊妈祖像，小小的木雕，细节十分精致。放在船头显眼的位置，前面还供着个香炉。

以王航为首的高级船员排成队，先后作揖敬香，剩下的船员再一个接一个地跟上去，向妈祖祈求航行顺利。

许衡作为整场仪式的重头戏，被刻意留在了最后。

大厨首先端出一大盆水，浸泡成捆的柚子叶。示意许衡近身后，又跟着口令的节奏喷喷洒洒，直到把她淋了个透湿。

甘甜的柚子香味混着清水，洒在身上激起一片鸡皮疙瘩。湿衣服紧贴皮肤，令许衡颇为不适。然而，众目睽睽之下她也只能忍住脾气，任由大厨唱念做打，自我麻痹地安心当个道具。

扫尘之后，她又被引到祭坛前，三叩九拜行大礼。每次跪下前，还要遵照先例念一声“妈祖保佑，出入平安”。

额发上滴着水，许衡在心中暗暗叫苦：妈祖啊，如果神佛真有灵验，还是让人少受点折腾，开开心心地信仰你吧。

最后，大厨将长长的一串鞭炮挂在船头，又找王航借了火，纵手一扔，将其点燃在干舷上。

噼里啪啦的鞭炮随着船舶引擎的轰鸣声炸响，震得许衡头皮发麻，连带着被海风吹拂的寒意，接连打了好几个喷嚏。

王航递过来一张纸巾，不着痕迹地勾了勾嘴角，目光里有丝安慰的含义。

想起昨晚在浴缸里的那番荒唐，最后把整池水都洗冷了，还迟迟不肯散场。许衡怀疑自己的厄运没被驱散，感冒倒是会先上身。

鞭炮声渐弱，大厨引着她到船尾抛洒纸钱。外锚地周围没有其他船只，海面上干干净净的，许衡有些下不去手："这……环保部门不会罚款吗？"

大厨瞪她一眼，有些不怒而威的架势。许衡连忙乖乖接过纸钱，闭着眼睛向外一扔，做戏做全套，就算罚款也怪不到她头上。

大大小小的纸钱随风飘散，散落在蔚蓝色的海面上。一个浪头打过来，纸钱被压进深深的海底，就像神灵张开大嘴，吃进了人间的供奉。

许衡莫名地打了个寒战。

几乎就在那一瞬，云开雾散，海天之间顿时一片空明。冥冥之中，好像真有神明听到了人间的祈求，用这种方式肯定信众的虔诚。

大厨当场就差点跪下，连忙说了几声"妈祖显灵"，将剩下的纸钱全扔进大海里，指尖都在微微颤抖。

坚持无神论的许衡咽了咽口水，终于不再出声。

中午时分，货物到港，码头雇请了驳船和一批帮工，负责将化肥从"长舟号"上卸下来。

这里的工头是本地人，跟东南亚其他地方一样，长得黑黑瘦瘦看不清眉眼。他带着手下的十来个工人，到了码头没有急着开工，反而找了块空地围成圈，又唱又跳地一通忙活。

许衡在驾驶室里举着望远镜端看，这才发现他们竟然也是在办法事。

王航站在她身后，见女孩一脸惊愕，耐心解释道："泰国95%的人口信教，家家户户供奉神龛，和尚、作法都很常见。"

"他们这是在求什么呢？"听到男人的话，许衡的好奇心又被勾起来，远远地看着那工头燃香、烧纸、点鞭炮，有模有样、一丝不苟，显得很是熟练。

"卸货顺利……"王航顺着她的视线看过去，想了想又补充道，"人畜平安。"

"你才是畜！"许衡斜睨着对方，眼神凶狠地回敬道。

王航忍住笑转身，不再讲话。

或许是因为两场法事已向神明表达了足够的敬意，"长舟号"接下来的装卸工作十分顺利。

这一点确实很让人意外，因为这些泰国工人干活非常散漫。他们甚至会一手拿着可乐喝，一手操纵吊杆，急得水手长大呼小叫。

从始至终，许衡发现这些人都是慢悠悠的，永远一副老神在在的样子。那态度中，颇有几分"生死有命，富贵在天"的洒脱。

或许真是因为得到神灵庇佑，所以才能这样有恃无恐。

真是不服不行。

王航昨晚告诉过她，给走霉运的人做法事，只是船上的一项传统。大厨的提议，并非针对许衡个人。事实上，航海界还有很多奇奇怪怪的忌讳：鱼不能翻过来，只能从上吃到下；盛饭要叫添饭，因为"盛"与"沉"读音相似；筷子不能搁在碗沿上，否则船舶就会搁浅……

由于航海所面临的特殊环境，船员需要迎接恶劣的天气、海盗的侵袭、意想不到的灾难等挑战。这些行为貌似封建迷信，实则寄托了他们对大自然的敬畏、祈祷平安回航的美好心愿。

"你信吗？"许衡当时就问。

男人刮了刮她的鼻子，哄小孩似的回道："哪有那么多'信不信'？就当是体验某种特殊的航海文化吧。"

许衡偏执地认为，王航其实什么都不信。这样顶天立地的男人，只应该相信他自己。

曼谷港需要卸载的货物不多，午饭后，"长舟号"按时起锚，再次扬帆远航，直向深蓝大海而去。

临海吹风，许衡只觉得神清气爽，风轻轻拂过发梢，彻底带走了那一身晦气。

出港后，王航便不再当班。他昨天从早忙到晚，精力体力耗尽，安排好各项事宜后，便直接回房间里休息了。

许衡选择继续留在驾驶室里，饶有兴味地看宋巍设计航线。

由于马来半岛的阻隔，经印度洋去往东亚的船只必须通过马六甲海峡。“长舟号”的下一站在普吉岛，重走新加坡和马来西亚航道需要多花一周的时间。

歪着脑袋研究海图，许衡心中渐渐有了困惑，特别是发现去普吉岛要向南绕一大圈的时候，忍不住皱紧眉头，质疑道：“必须这样原路返回吗？”

“是啊，”宋巍咬着铅笔，心不在焉地回应，“泰国虽然地势狭长，但在南部跟马来西亚接壤，从海路通不过去的。”

负责掌舵的张建新也凑过来，插话道：“这段线路上的大部分货主都会选择多式联运。不然必须是像我们这样的大船，多走量才能摊薄运费和燃料成本。”

许衡若有所思地点点头。船舶大型化趋势近年来已经很明显，不仅仅是矿砂、石油等大宗货物，新建集装箱船的体量也在一次次地刷新着纪录。

她想起在马尼拉与D.R公司转运中心负责人的那番谈话，愈发为赵秉承的未雨绸缪所折服。或许是因为学术功底扎实，赵老师把握行业趋势总是快人一步，能够争取到各种最大化的利益，无愧为华海所的金字招牌。

跟着赵秉承的这些年，许衡学到不少东西，在海商法领域都是扎扎实实的干货。按照她目前的水平，到别的小所里已经足以独当一面了。但这也正是许衡愿意委屈自己，继续跟在华海所里当助理的原因，尽管赵老师有时候未免太过精明，比如特意安排她上“长舟号”这件事。

毕竟，对于律师职业来说，经营算计其实只是本分之一。

也许是大海带给人广阔的胸怀，以前迈不过去的那些坎，如今看来只是斤斤计较，许衡庆幸于自己的成长。

普吉岛位于泰国西南部，被誉为“安达曼海上的一颗明珠”，以其迷人的热带风光和丰富的旅游资源著称于世，是很多中国人第一次出国的主要目的地。

岛上植被丰富，盛产橡胶，“长舟号”此次靠泊，就是为了装载一批当地生产的乳胶垫。

天然乳胶垫的生产对季节和气候的要求非常严格，十月是普吉岛的雨季，船到港前这里已经连着下了三天的雨，空气中的湿度很大，乳胶垫的生产进度也因此受到了影响。

接到候港等货通知的时候，船员们都乐开了花。尽管船舶滞期很常见，但能在风景如此秀丽的度假胜地滞期，绝对是可遇不可求的幸事。

“长舟号”上当晚便有人申请下船，想要充分利用这意外的惊喜，体验一把海滩度假的感觉。

因为之前的一系列遭遇，许衡打定了主意不再离船。反正在她看来东南亚风光大同小异，见多了也没什么稀奇。

她想趁着船上人少，跟王航多相处些时间。

剩下的行程还有一个月，她走之后“长舟号”要继续亚欧航线。即便船员合同到期，王航上岸休假，两人也不一定有机会这样朝夕相处。

他从未主动提过将来，许衡自己也很少去想。海上的环境过于封闭，感情和思维都被无限放大，没人能够预测以后会发生什么，唯一能够把握的只有当下。

晚饭前，许衡的手机响了。

来电显示是赵秉承。

“你没在马尼拉上岸。”他的声音很平静，不带任何情绪，却依然能够对她造成影响。

许衡手扶舷杆，挺直腰杆道：“我已经见到了D.R公司转运中心的负责人，提出由华海所全面负责处理40万吨船进港的报批业务，他们对合作很感兴趣。”

回想起在菲律宾强闯写字楼，与巴西人当面讨价还价，她的手心里再次泛起潮意。第一次独立接触大客户，却是背着华海所的其他合伙人，出卖船东协会的利益，即便不违反律师的职业道德，良心还是多多少少地受到了谴责。

赵秉承留意到她的纠结，没有步步紧逼，而是在沉吟片刻后，尽量和缓地说：“你的前期工作很到位，他们的代理人已经联系我了。”

许衡没想到能取得如此突破，顿时振奋起来：“这么快？！”

“只是初步接触，”对方的语气中有掩饰不住的得意，“但确实很有希望。”

从某种程度上来说，船东协会拒绝续签顾问协议，反而逼着华海所另寻出路，在国际资本市场打开了局面。

律师的忠诚买不到，但可以租赁，只有按期续费，才不用担心背叛。

原本的道德困境让位于事业成功的快感，许衡不再纠结，挂上电话，放眼望向风光旖旎的热带岛屿，顿觉无比舒畅。

“心情不错？”

王航的声音幽然响起，在空荡荡的甲板上吓人一跳。

许衡嗔怪地瞪他一眼：“又偷听我打电话。”

男人毫不客气地夺过她的手机，垂眸划开屏幕，冷哼道：“又是姓赵的。”

“他是律师事务所的合伙人，我是他的助理，肯定会有所接触。”尽管说的都是实情，许衡还是字斟句酌，语速极慢，“但你不用担心我和赵老师之间的关系。”

王航满脸怪异表情，最终还是忍不住开口道：“你这话什么意思？”

“没什么意思，”许衡耸耸肩，“你在新加坡的时候就认定，我和他之间有事，还找知情人打听过，不是吗？”

女孩挑眉，自下往上看着他，挑衅的意思再明白不过：“即便我们曾经‘有事’，也是我一个人的单相思，没你想象的那么不堪……”

“来劲了是吧？”没等她把话说完，王航便直接打断，“你是单相思，我又是什么？凭什么就被放在了食物链的最低端？”

许衡听到这莫名其妙却又理直气壮的逻辑，哭笑不得，摆摆手道：“我不跟你说，我吃饭去了。”

下一秒，手腕被男人狠狠攥住，他假装恶狠狠地说：“吃饭？在我的船上欺负我，还想吃饭？”

“意思是……不在船上就可以欺负你了？”

看着那狡黠的目光，王航大笑起来：“走吧，普吉岛上多的是好吃的东西。”

两人坐码头的通勤车出去，很快便来到了攀瓦角。

目的地是一家度假村式的酒店，占地面积巨大、内部装修豪华，还有一整片私人海滩，入住者显然非富即贵。

站在门口，许衡低头看看自己脚上的拖鞋，难得踌躇。

“怕什么？”王航拉着她大步走进去，非常自然地冲侍者点点头，“We’d like a table with a view of garden.（我们想要面对花园的位子。）”

如果刚才没有听到他问路，许衡还以为只有自己是第一次来这里吃饭。

精心设计的庭院与沙滩相连，朝向正西面的海湾。海水微澜，金黄色的残阳斜挂天边，以极其缓慢的速度下沉，就连时间都仿佛静止在了这一刻。

“很贵吧？”趁侍者点菜的间隙，许衡小声问道。

“还好。”王航不以为意，扭头看向窗外的美景，“再说，就冲这环境也值了。”

在船上风餐露宿几个月，来高档餐厅吃饭还是第一次，许衡几乎忘了刀叉该怎么拿。她回想起自己刚到华海所当助理的时候，最初应酬客人、出入高档场所，似乎也是这样手足无措。

于是便顺理成章地开口闲聊了，从四岁时父亲去世，到母亲独自抚养她成人，再到后来母亲病倒时的天塌地陷；从考上政法大学，到保送海商法研究生，再到退学求职加入华海所；从给赵秉承当助理，到两人暧昧互生情愫，再到自己表白被拒。

晚餐结束，她的介绍也完毕，王航除了点头应和，很少打断，更没有做出任何评价。

“赵老师很聪明，也很有能力。只要他愿意，能讨到所有人的欢心，特别是女人。”许衡自嘲地笑笑，“可惜我一开始不知道，以为是自己最特别，所以才会冒冒失失地开口。被他拒绝后，我也想过要辞职，可妈妈那时候突然发病，正是最需要钱……”

“后来呢？”

淡紫色的霞光掩映下，王航抬眼看她，双瞳如星辰般闪亮。

抿抿嘴唇，许衡低声道：“律师事务所的新人都要参加随船培训，我为了照顾妈妈才一拖再拖，等到登上‘长舟号’，已经是两年之后。”

回忆起先前在新加坡，自己曾为她推迟上船一事起疑，王航心中顿觉五味杂陈。但他没有忘记先前的问题，清清喉咙解释道：“我是问你，后来为什么不辞职？”

许衡的表情略显意外，最终却无奈地摇摇头：“助理转正需要年资，海商法事务本身也很专业，离开华海所，我还能去哪儿？再说，跟着赵老师，确实能学到不少东西。”

看到对方想要反驳，她摆摆手，示意自己还没说完：“王航，不是每个人都家境优渥，当你想评价别人的时候，要明白他们不是个个都拥有你的那些优越条件。”

“我没有评价谁，我只是说出自己的想法。”

许衡垂眸：“事情没那么简单。”

“如果你愿意，就可以很简单。”

这轻飘飘的语气中，既有不满，更有批判，听起来令人极为不快。许衡没再说话，而是起身扯掉餐巾，冷冷看了他一眼，扭头走出了餐厅。

环境优美的餐厅，在身后陡然安静下来，人们似乎都惊讶于这场突如其来的爆发。只有许衡自己知道，她是想起了曾经的茫然、无助，那种在夹缝里挣扎求生的体验，没人愿意回忆。

刚走出大堂，便听见身后的脚步声，以及那急促的呼吸：“跑跑跑，就知道跑，下次拿根绳子拴住你！”

王航结完账，气喘吁吁地追上来，却发现女孩站在原地，始终不愿转过身来。

直到他伸手将对方揽进怀里，才被那满脸的泪水浸湿衣襟。

过了很久，许衡好不容易才平复情绪，眼前却依然模糊，只能任由男人牵引着，绕路走上一条小径。

这里离海很近，能够清楚听到浪花拍打沙滩的声音。

他边走边说：“每次从攀牙湾的奥玛坎码头出港，都能看到这片海滩，一直想来亲眼看看……果然很美。”

男人用指腹摩挲她的手背，默默传递着安慰人心的力量，许衡终于勉强开口：“想来就自己来，干吗拖着我？”

浓浓的鼻音中，夹杂了委屈、埋怨、不甘和撒娇的情绪，两人之间的气氛也缓和下来。

王航轻声道：“就要拖着你，印度洋、地中海、夏威夷……环球航线，走一辈子，好不好？”

无法辨析的情感、对船长权威的盲目崇拜、海事律师的职业操守，种种顾忌被抛诸脑后，只剩下擂鼓般的心跳，几乎令许衡窒息。

她不知道这番表白从何而来，也分辨不出其中的真假，只能任由对方将自己压在身下，全情投入那温暖而甜蜜的怀抱。

王航低头，噙住她的嘴角，彻底搅乱彼此的思维。

月光下，空荡荡的海滩上别无他人，头顶星光闪耀，脚下细沙顺滑，有海浪在耳边起伏作响，棕榈树的影子婆娑地映在身上，留下暧昧的光影。

从最开始的抵触，到后来的被动，直至最终的彻底妥协，许衡满腹的委屈不甘渐渐被填平，双手也不自觉地抚上了男人的背脊。

一吻终了，两个人额头抵着额头，过了好半天才缓过劲来。

王航没再说话，而是孩子气地拽住她往前走。两人一前一后地沿沙滩漫步，心绪随海浪高低起伏。

“你喜欢我什么？”许衡柔声道。

他轻声笑笑，似自嘲似无奈：“你想听我说什么？坚强？善良？长得漂亮？”

许衡站定。

“这种问题没有答案，许衡。”王航转过身来，面对着她，“你的自信也不该来源于我或其他任何人。无论船上船下，我们都要学会自己面对问题、解决问题。为什么今天在餐厅里，你会突然那么生气？不是因为我，是你对自己无能为力。”

顿了顿，王航继续道：“我是海员，一辈子都离不开大海，你以后还会遇到这样或那样的麻烦。到时候我可能正在海上，电话不通、传真也没办法回复，你怎么听我的意见？要我怎么帮你做出判断？”

许衡心中沉甸甸的，这些话，即便他不说，其实她也明白。

上前环住他的腰身，将头埋进对方温暖的怀抱，许衡闷声道：“当我什么都没说。”

王航感觉很沉重，却别无选择，这番对话迟早都会发生在两人之间，区别仅在于时间早晚而已。

无论身为船长还是水手，无论在海上如何呼风唤雨，回到岸上，依然要面对柴米油盐和各种问题。

他不是霸道总裁，也不能只手遮天地解决所有问题，脱掉制服，再伟大的航海家也不过是一介凡夫俗子。

船员的爱情，总是伴随着无法避免的悲剧。世上原本就充满了各种各样的不确定，朝夕相处的恋人都有可能反目成仇，更何况隔着汪洋大海。

如果说异地恋的救赎是沟通思想、交流感情，那么漂在大洋上、通信困难的船员们，则注定了永世不得翻身。

延绵无尽的海岸线，或许能够见证山盟海誓的爱情，却无法让生活永远随波逐流。

“许衡啊，许衡。”他念着她的名字。

希望她能更清醒，明白彼此的真实所想；希望她能更坚定，对这份感情做到心无旁骛。

静谧的世界，温柔的大海横亘在眼前。他们从未知而来，向着朦胧无尽的前路而去，却在当下牵着手、并着肩，站立于时空交错的瞬间。

不约而同地贴向对方，两个影子彼此交叠，没有人或事能够阻挠。

两人双双倒在了白色月光下的沙滩上。

大海变身为幕布，挡住男女纠缠的光影；月下的欢乐如同美酒，足以令人一晌贪欢。

时间、地点以及所有事物都被统统遗忘，月光魅惑的光芒包裹下，两人再次融为一体，在世界尽头不知疲倦地牵连着。

紧逼灵魂的瞬间持续焦灼，心脏如狂风暴雨般剧烈跳动。

每寸皮肤、每丝血肉都在融化，如同欲望本身一样，无穷无尽。

月光下，王航轻轻吻着她的泪，一点点烙印下心中所想：惟愿在没有我的地方，你也能够记住，坚强的模样。

第 14 章

恒　河

雨季的清晨总是格外冷清。

身侧的床褥上还有残留的体温，人却早已不知所踪。

许衡蒙眬着睁开眼睛，有些恍惚。又过了半分钟，听见船舱外已经开始忙碌，方才裹紧被子，懒洋洋地爬起来。

透过舷窗看出去，小小矮矮的码头驳船正在驶离，普吉岛当地的工人高举双臂，来回打着手势。

他们在这里已经停靠三日，即将于今晨涨潮时离开，驶往下一站——印度。

那也将是许衡此行的最后一站。

锚链从海里被缓缓拉起，水花自粗硕的铁环上滴落下来，哗啦啦的声音格外清脆，再次衬托出码头的沉寂。

紧接着，四周出现来自拖船的吆喝声，“长舟号”黑压压的船身开始渐渐移动，船桅杆呼噜作响，船旗迎风招展，似乎也在为崭新的航程而雀跃欢欣。

攀牙湾的海水很清澈，锚地又在海湾中央，从船上看出去，海水一圈圈地由蓝变绿，最后衬出白色的海底，连接着岸上的红树林，色泽明亮艳丽，彼此相映成趣，显得格外漂亮。

许衡回忆起在攀瓦角海滩上的那一夜，几乎是自己能够接受的疯狂极限，如今想来竟恍如隔世。

接下来的时间里，她与王航再也没有提过将来，两人默契地选择了短暂失忆。

在许衡的内心深处，很清楚上岸后必会发生不可预知的改变。无论感情还是冲动，都要接受时间、距离、隔阂的考验。

既然避无可避，索性脚踩西瓜皮，她自嘲地想，反正船到桥头自然直。

孟加拉湾是孕育热带风暴的地方，每年四到十月，这里的风暴常常伴随海潮袭来，掀起滔天巨浪。

尽管“长舟号”根据天气预报随时都在调整航向，但还是难免与暴风雨正面交锋。

那天王航亲自镇守驾驶室，船上的每个人都如临大敌，气氛紧张得一触即发。

许衡见此情景只能老实待在角落里，连话都不敢多说。

前甲板上的帆布罩被刮得哗哗乱响，视线里的天线没有一根是直立的，全被吹得东倒西歪。船身毫无规律地晃来晃去，各处都在发出令人心慌的响声。

海面不再是赏心悦目的蔚蓝，而变成绿中带黄，到处是白色的浪花，海浪连绵不绝，一个接着一个。

等浪被推到跟前，就会变成小山一样的巨幕，铺天盖地地砸下来，将船颠得起伏不定。不断有浪头盖过驾驶台，整艘船几乎成了潜水艇。

这时视线瞭望已经完全不管用，只能依靠雷达航行。自动舵也根本无法使用，身强力壮的宋巍憋着劲掌住手动舵柄。

在巨浪拍打之下，必须顶风航行，否则船体随时会被吹得侧翻。可往往一个浪过来，就能让船头的方向偏开十几度，只有反复调整舵角才能制造出转船力矩来抵消风压力矩。“长舟号”在不断扭曲的航迹中，勉强向风暴的外围驶去。

在风浪合力的作用下，宋巍红着脸、憋着劲，却依然时不时地报告：“船长，把不住了！”

王航早已明确地接过航行指挥权。他扫视一眼驾驶台上的各项数据，给机舱摇了个电话，告诉老轨：“风浪很大，即使是主机受损，也不能出现停船。”

许衡不清楚机舱里的状况，只晓得自己掌心里全都是汗，抓扶把手的胳膊都发酸了。确切地说，她已经不是抓扶，而是单臂吊挂在墙壁上，随着风浪左右摇摆。

舱室里早已无法安坐，也没人留在房间休息。船员们该值班的继续值班，不当班的就到处检查、排险。大厨照常准备晚饭，小四川抹桌子拖地。

在船上，不会有谁因为风暴而吓得无法工作或逃离岗位，越是情况紧急，越要做好分内之事，这样才有可能渡过难关。

毕竟，覆巢无完卵。

每一次，船头劈波斩浪直冲风面而去；每一次，大海在人力面前被划开缝隙。

滔天巨浪、倾盆大雨已经不能够给许衡制造恐惧。风声、雨声、波浪冲击舱壁的声音，全都是大自然愤怒的轰鸣，是它对人类挑战不屑的回应。“长舟号”则以更加顽强的意志继续，扭曲的航线、颠簸的船体都不足以动摇航海家坚定的决心。

在人与自然无尽的抗争中，人类永远也不会屈服。

那天晚上八点，他们终于驶离了风暴区，进入到风平浪静的海域。

船上的人也都安下心来，先后换着班吃饭、休息。张建新和宋巍留在驾驶室，许衡跟着王航下楼去餐厅。

路过黑暗的拐角处时，她被男人抵在墙壁上狠狠亲吻。这是一次没有铺垫的突袭，却能从那热切的需索、猛烈的动作中感受到难以言喻的激动之情。

许衡没有出声，像野兽般回应着他、迎合着他。

遭遇风暴、战胜风暴，在搏斗抗争中赢得胜利，正是航海的独特魅力。尽管其中的每一分、每一秒都充满了变数，却吸引着人心中渴望冒险的因子蠢蠢欲动。无数勇敢的先行者前仆后继，无数热切的后继者跃跃欲试，这项自古以来的伟大事业，必将持续而繁盛地蓬勃下去。

我的爱人，是个与海比肩的勇士——这样的认知，远比欲望本身更令人动心。

远离暴风雨之后，“长舟号”的航行越来越顺利。大海仿佛又恢复温顺的脾性，兼容并蓄地敞开胸怀，拥抱着航行其上的船只。

很多时候，途经线路上空旷无垠，四周一座岛屿都没有，一艘船也看不到。在那片湛蓝的空旷中，许衡真正体会到无拘无束的自由，总有想幻化成一尾鱼的冲动。

特别是白天，驾驶室上只有一两个值班水手，她就独自趴在舷墙上，看船行大海、云起云落。看着看着便会上瘾，一不小心便是半天时间。

王航常笑她中了毒，“蓝色鸦片”的毒。

许衡无从反驳，只想自己怕是真的魔怔了。

恬静的海上日出、从容的海上日落是美的造化，辽阔海面上各色云朵变幻无穷，柔和的天光与水面波纹相映成趣。还有那些清朗无风的夜晚，站在甲板上仰望漫天繁星。明亮的夜空中，银河如泻如倾，整个人都沐浴在星光之下，如同受到灵魂的洗礼。

她从未如此笃定，生命来源于大海，并且终将向海而去。

沿着孟加拉湾一路向北，连续航行五天后，“长舟号”终于来到了印度东部最重要的港口：霍尔迪亚。

这里距离加尔各答市仅50公里，是西孟加拉邦的进出口基地，主要经营散杂件，其中很多货物出口的目的地是中国。

此次卸货的同时还要装载一批矿石，转运至南部的杜蒂戈林港。考虑到印度惯常泊位紧张，原本预定的滞港期就很长。可按照王航的说法，实际耗费的时间只会更久。

海平线上出现了大陆，久未上岸的船员们纷纷兴奋不已。即便对“蓝色鸦片”上瘾的许衡，也有些期待古老印度的独特风貌。

然而，经过一段封闭船闸后，右舷首先出现了一片破败景象：一排排贫民窟伫立成片，褪色的广告招贴破破烂烂，老式汽车在坑坑洼洼的道路上飞驰，整个画面瞬间回到了几十年前。

这里曾经是英属印度的首都，独立后却陷入了长期的经济发展停滞状态。

刚刚抵达港口，面孔黝黑的印度海关便上船检查，一路上呼呼啦啦，没过会儿，垃圾桶、台灯、墙上的招贴画、航海日志统统被翻了个底朝天。

这番打家劫舍的做法，令许衡目瞪口呆，差点就要上前理论，却被王航拦住了：

“让他们搜，找不到自然会走。”

“找什么？”她站在舱室门口，压抑不住爆发的冲动——房间里遍地狼藉，黑黝黝的印度人还不甘心，正试图将床板掀开。

王航压低了声音：“找钱。中国船从马六甲海峡过来，为了防海盗打劫，报关时都只注明很少的现金数额。一旦搜到额度外的款项，便会当场没收。”

许衡恍然大悟，原来这帮人不是无事生非，而是在想方设法地替自己创收。

精明而不失狡诈，便是她对印度的第一印象。

“长舟号”之前靠泊过普吉岛，船上的人要么把钱花了，要么已经存入银行、汇回国内，剩下的也小心藏好。印度海关在他们这里并没有什么收获。

但靠在旁边的另一艘船就没这么幸运了。山东籍船长在给船代结算费用时，被港口官员看见放钱的位置，整整三万美金的现金就这样落入了豺狼的嘴。

接到消息，“长舟号”上的搜查当即停止，海关官员一个个笑逐颜开地离开甲板，留下一片混乱。

至此，船上的人方才松了口气，将自己的辛苦钱从各个角落里翻找出来，重新清点。

许衡大开眼界：马桶水箱、沙发套、衣柜垫板、楼梯扶手的中空管道……她从没发现船上还有这么多不为人知的角落。

就连王航都从进港指南里掏出几千美金，看得她眼珠子都快掉下来：“这么多？”

他没有丝毫避讳，笑着将钱在掌心里叠了叠：“给爷乐一个，重重有赏。”

“不乐？那爷给你乐一个。”说完，他笑嘻嘻地开始数钱。

许衡无语。

进港手续办妥后，驾驶室里没有别的事，宋巍和三副都已经回房去收拾残局了。王航的这番玩笑，也只敢趁着没人的时候放肆片刻。

许衡懒得理会他，倒对船员收入有了直观认识，心想以后代理劳动争议案件，千万不能把他们当成弱势群体对待。

对讲机里传出声响，水手报告旁边那条船上搭了条舢板过来。

不一会儿，倒霉的山东籍船长直接爬进驾驶室，开口便是一把鼻涕一把泪：“你说藏吧，他们又不查，不藏吧，他们还就查了。”

许衡看不得男人软弱，犹豫着开了口：“钱已经被收走，现在着急也没什么用。”

“你就是许律师吧？”船长抹了把脸，眼睛忽然亮起来，她抬起头，“加尔各答是大城市，肯定能找到地方说理。再不然还有咱们中国的领事馆呢……求求你，帮忙周旋周旋，把我的血汗钱讨回来吧！”

许衡正想解释两句，却见山东汉子“扑通”一声跪下，猛地磕起头来。她吓得连忙上前搀扶，慌乱道：“您别啊，我只是个助理……”

话没说完，王航将她拦到一边去，直接将船长架起来，沉声说：“大哥，小许是自己人，帮您是应该的，犯不着这样。”

山东汉子情绪还很激动，但听到这里明显松了口气：“老弟呀，我实在是没办法……这笔钱攒了大半年……”

见对方又要哭出来，王航偷偷踩了许衡一脚，示意她赶快表态。

“我只能尽力而为。”许衡撇撇嘴，不情不愿地说。

她并非冷血动物，看到大男人这样软弱无助，任谁都会想办法帮忙。但谁敢打包票把钱讨回来？身为律师，愈发不该让当事人怀有不切实际的预期。

王航又踩了她一脚，气得许衡差点跳起来，却见他背过身去，柔声劝慰着那位船长，竟与平日里不苟言笑的冰山脸判若两人。

送走了哭哭啼啼的山东大汉，许衡站在舷梯上抱着臂：“丑话说在前头，我连领事馆的门朝哪儿开都不知道。”

“我知道。”王航绕开她，直接走向七楼甲板。

探出头左右观望片刻，确定其他船员都不在附近，许衡跟着进入“长舟号”上的船长房间，转身关门：“你在领事馆有关系？”

“没有。”王航扯住制服衣领，开始换衣服。

只见男人身子半弓，小腹微微弯曲着角度，紧绷的肌肉纹路清晰。许衡咽了咽口水，问：“咱们自己去找印度海关？”

“试试呗。”他的手肘套在衣袖间，上半身已经完全赤裸，露出精壮的躯干，“也没说一定拿得回来。”

许衡觉得判断受到了干扰，却舍不得移开视线，只好愈发恶狠狠地说：“让人家白作指望，最后兑不了现，还不如一开始就别答应。”

王航把上衣甩进衣柜，探身捞了件T恤出来：“他老婆有尿毒症，孩子还在念书，家里没别的经济收入。三万美金不是小数目，恐怕真要攒半年。”

“你怎么知道的？”

“就那么几条船跑这条航线，去年船员协会还专门组织过捐款，有印象。”

许衡抿紧了嘴唇，不再说话。

王航低头开始解裤链，吓得她一个激灵，连忙转身面对墙壁。

他的声音里带有笑意：“还知道害羞呢？”

许衡假装打量房间的摆设，不理会对方明显的调戏。

她还是第一次进入船长室。

这里跟隔壁舱室的格局类似，就连陈设都大同小异。只是多了几部通信器和中控仪，整齐地摆放在角落里，代表了他在船上的最高权威。

整间房意外干净，显示出主人良好的生活习惯。除了各种各样的航行资料，桌上还有几架精致的船模。组装工具和一件半成品放在桌面上，似乎尚未完工。

“水线船？”许衡观察片刻后，惊讶地发现那模型的真面目。

这种船在战争年代用于沙盘推演，不可能做得很大，是公认的最精细、最高难度，也最折磨玩家的塑胶模型。由于模具小而粗糙，还需要用到金属蚀刻片，对粘接、分色技巧要求严格，做一条船至少需要几十个小时。

王航穿戴整齐走过来，挑眉道：“你懂这个？”

“读大学的时候做过兼职翻译，有家外贸公司是专营模型进出口的。”

“难得，”他一边扎衣服一边感慨，“勤工俭学还能增长见识。”

许衡没好气：“穷人就合该没见识？”

王航捏她鼻子：“少胡说。出发，去趟加尔各答。”

加尔各答的经济发展落后，中国人的面孔更是鲜见。许衡一上岸便开始接受各种注目礼，即便粗线条如她也感觉很别扭。

王航打电话叫来一辆黄色的大使牌出租车，两人一前一后地爬了进去。

这款车造型圆润复古，曾经是印度经济自给自足的象征。车厢内陈设老旧，开在颠簸的路上更是犹如过山车。

许衡庆幸自己还没吃午饭，不然十有八九要吐一路。

司机偶尔还来一两脚急刹，给路边蹿出的“神牛”让道。尽管沿途有印度半岛的独特风光，乘客却根本无心欣赏，只能牢牢抓住车内把手，时刻警惕路况，避免一不小心撞破头。

进入市区后的交通状况根本算不上堵车，事实上已经是在“堵人”。

这样走走停停两个小时，他们终于进入加尔各答市中心。

一推门，扑面而来的熏天臭气比车上的香料味道更浓，许衡差点当场呕出来。

他们迅速挤过人群，走到稍微空荡一点的街边喘了口气，方才勉强适应最真实的印度。

杂乱无章的建筑、曲折破败的街道，这里完全没有任何规划可言。古老的殖民时期建筑依然显眼，贫民的窝棚就搭在路边。各色垃圾堆成小山，最终混合出空气中刺鼻的气味。电线像蜘蛛网一样密密麻麻，仿佛随时都有可能掉落下来。日常运营的公交车根本没有门，乘客挤满后直接挂在车身上招摇过市。摩托、牛车和路人全都并行于机动车道上，夹杂着各式吆喝声、音乐声、喇叭声，响成一片。

之前在海上待了整整一周，已然习惯那片空旷蔚蓝的环境，许衡的身体感知一时无法适应眼前的状况。攀扶着王航的肩膀勉强稳住，又缓慢呼吸适应半天，最后才在喧嚣嘈杂与脏乱无序的街道上站定下来。

男人显然不是第一次造访印度，已经很快调整好状态。他个子比较高，踮起脚环视四周后，果断拉着许衡走向一家小店。

店铺外挂满彩色布料，迎风招展很是热闹。室内光线昏暗，有位老妇坐在角落里缝缝补补，见客人进门方才抬起头来。

王航与老妇比画了半天，对方很快心领神会。

她将许衡上下打量几眼，弯腰从成堆的料子里挑出一块碧绿的纱布来。

“这是要干吗？”见妇人摊开布料围住自己，许衡忍不住开口问。

“穿件莎丽，免得晒黑了。”王航道。

刚才被人围观的场景，想来他是看在眼里的，也晓得她的别扭和不适应。思及此，许衡心中的莫名怨气终于有所消散。

穿戴完毕，许衡被老妇拉到镜子前转了一圈。长及足踝的莎丽做工精致，妥帖地裹成筒裙状，末端下摆搭上右肩，内外分层良好地勾勒出女性的身体曲线，平添几分异域风情。

王航上前将头纱搭在她额前，仅留一双鹿眼露出来，愈发显得明眸善睐。

“真漂亮。”他附在她耳边呢喃道。

阵阵酥麻自脊背蔓延至全身，汗毛不受控制地根根直立，许衡意识到自己的脸在面纱下微微发烫。

从小店里出来，街上果然没什么人再盯着她看了。

王航找到路口指挥交通的警察，问清楚海关办公楼的具体方位。两人很快便来到了一栋维多利亚式建筑的大门外。

看门的是身着蓝色制服的保安，许衡跟他连说带比画地沟通半天，也没弄明白对方为什么不让他们进去。

最后是王航上前直接塞了张钱，那大腹便便的保安方才挪开步子，让出一条道来。

许衡目瞪口呆：“居然能这样公然索贿？！”

王航推着她前行：“人家可什么都没说，谁让你一看就是外国人。”

念及山东船长那三万美金，许衡只好咬牙忍耐，迈步走向大厅里的接待处。

办公桌旁坐着一位戴眼镜的中年妇女，翻阅过许衡的律师证之后，用口音很重的印度英语问她有何贵干。

许衡连忙将来意解释一番，顺便交上补报关的手续。

戴眼镜的中年妇女挥挥手，一边示意她到墙角等待，一边拿起电话拨通内线。

“怎么样？”王航用纸擦干净座椅，引她到自己身旁坐下。

许衡皱眉道：“不知道，先等着吧。”

大厅角落里有几排凳子，三三两两地坐着其他等待办事的人。

王航把她安顿好后，转身一个人出门。走了很远的路，才买来面包和瓶装水充当午饭。天气太热，许衡没有胃口，却还是勉强往嘴里塞了几个。

为了吃东西，她不得不脱下面纱，却很快引起长凳上其他等待者的注意。那些人直勾勾地看着许衡，毫无避嫌之意，就像围观动物园里的大猩猩。

好在经过这一路上的锻炼，她的心理素质已经很好，甚至可以与印度人对视，试图用目光将其逼退。

事实证明，她还是太天真了。

敌不过那些人肆无忌惮的打量，许衡终究把面纱重新戴上，安安静静缩回王航身旁。

室内光线很暗，头顶的吊扇有气无力地旋转，等着办事的人很多，却没有任何动静。整座海关大楼都像静止了一般，偶尔有人从门口进来，便默默加入到等待的队伍中，角落里越来越拥挤。

王航靠上墙壁，闭目养神，俨然已经接受现实，不再对那三万美金抱有任何希望。

许衡则在心中默默拿定了主意。

他们从中午等到下午，下午等到黄昏，直到海关都快下班了，依然没有任何消息。

下班铃响的时候，等待办事的人群也活动起来，和工作人员一起涌向门口。寂静的大厅再次变得热闹喧嚣，没有谁为整个下午的碌碌无为而埋怨、愤怒。大家似乎都很习惯这样的工作效率，只消在第二天开始新一轮的等待。

王航伸了个懒腰，侧首看向许衡："走吧？"

她垂下眼帘摇摇头："不。"

王航挑眉："什么意思？"

"等了这么半天，我不能白等。"

王航叹了口气："这里的政府机关工作效率低下，一年里两百天都在放假，你指望他们能做什么？"

"收钱倒收得挺利索。"许衡不屑。

王航笑："那是，有动力嘛。"

"反正我今天是不走了。"

"什么意思？"

许衡调整坐姿："让他们见识见识什么叫'上访'。"

王航瞪大了眼。

“反正咱们的船还要滞港几天，”许衡抬眸看向他，目光中意志坚定，“我都耗在这儿了。”

“……胡闹。”王航皱眉。

许衡往墙角里躲了躲：“是你要来的，拿不到钱我不会回去。”

王航压低声音呵斥道：“怎么拿？就凭你枯坐一个礼拜？咱们已经尽力了，船长那边我另有安排，别犯傻！”

“我偏不。”许衡抿紧了嘴唇。

海关大厅已经开始清场，保洁员拿着桶和拖布进来做清洁。看门的保安走向两人，用含混的印度英语要求他们尽快离开。

王航正要向对方解释，却听许衡扬声道：“No!”

这下，整个大厅里的人都注意到她了。

许衡不慌不忙，用清晰流利的英语说明诉求，将手中的补报关单扬了扬，朗声道：“I won't leave with the full refund.（没有全额退款我不会离开。）”

身强力壮的保安大步上前，怒气冲冲的样子像是要吃人。就在他试图拽起许衡的刹那，王航挡在两人之间，用威胁的口吻说：“You can try.”

或许是因为之前收了钱，或许是被这突如其来的阵势吓到，保安竟真的愣在原地，缓缓收回了自己的手。

接待处的中年妇女挪过来，不耐烦地扶了扶眼镜，开始噼里啪啦地长篇大论。内容无外乎公务繁忙、择日再办，请遵守公共管理规定，配合政府部门工作。

许衡一边认真听一边颔首，结论始终只有一个字：“No!”

保安腆着肚子来回转悠，像只被圈禁的斗兽，几次忍不住想要冲上来绑人，却被王航的视线逼退，老老实实地缩到一旁。

下班铃声响过三遍，大厅里的喧嚣依旧没有散尽。许衡等人被里里外外地包围着，海关公务员和前来办理业务的普通人混杂成群，都兴致勃勃地看起热闹来。

负责接待的中年妇女头顶冒汗，几次想要甩手离去，却被许衡挡住了去路。

中国姑娘的要求很简单：要么你把钱给我退了，要么你找人把钱给我退了，否则咱们今天谁都别想走。

王航抱臂站在外围，没有搅和到女人们的争执中，却警惕地扫视着围观人群，防范任何可能发生的异动。

大个子保安插不上嘴，又不敢贸然行动，只好挡在外围维持秩序。

于是现场彻底演变为女人和女人之间的战争。

许衡当然知道面前的中年妇女无权做出决定，她甚至可能都不是海关的正式公务员。但在这种情况下，若不抓住唯一的一根稻草，恐怕就真的得在大厅里枯坐一个礼拜了。

中年妇女每次想要走开，便会被许衡堵住去路。众目睽睽之下，两人竟上演起“老鹰抓小鸡”的闹剧，围观者已经在拍手叫好。

到最后，整个局势已经彻底收不了场：人群把海关大厅堵了个水泄不通，无人值守的大门外，还有路人不断地涌进来。保安想到要维持秩序时，发现自己根本就出不去——事实上，若非他们站在角落里，恐怕早就被挤成肉饼了。

海关大楼地处加尔各答的繁华地带，正是下班时间，马路上人来车往。

经过的行人并非都那么着急回家，看到别人往海关大楼里涌，也会有心过来凑个热闹。如此恶性循环之后，即便街上的人不知道大厅里究竟发生了什么，也会盲目从众地跟随过来，以至于人群越聚越多。

当海关负责人从电梯上下来的时候，见到的便是这样一幅混乱画面：人头攒动的海关大厅，束手无策的保安和接待员，被堵在楼道里出不去的下属还有从门口持续涌入的人流。

电梯口就在接待处旁边，被木栅栏隔起来，平日里只有少数幸运儿能够通过这里上楼去办事。因此，即便早已人多成灾，负责人还是很快赶到了冲突的核心地带，用一声断喝结束了整场闹剧。

许衡没有被吓到，她只是判断出眼前这人才是正主，并非谁都敢在海关大厅里耍威风。

负责人个头不高，目光有些狠戾。他穿着传统的印度长袍，仅仅环视一周，便将众人震慑得鸦雀无声。

之后，负责人扭头将中年妇女狠狠地数落一通。接待员低着头乖乖听训，根本不敢反抗，直到上司说完，方才断断续续地开始汇报情况。

海关负责人再次将视线转向许衡，神情显得颇为不耐烦。

他比中年妇女更熟悉海关规定，也更了解港口方面的行事作风，直接将补报关单退了回来，连解释都懒得开口。

如果说许衡刚才揪住接待员不放是在胡搅蛮缠，那么如今见到了正主，则对事情的顺利解决愈发有把握，暗地里反而松了口气。

她一边接过单据，一边不卑不亢地再次提出口头申请，并把事情的前因后果说清楚，明确要求退钱的时间地点："Right here, right now.（此时此地。）"

听到这里，其他人都已经躲得远远的，负责人则彻底黑下脸，开始狠狠地驳斥，偶尔还会将手拍在桌面上增强气势，似要以此强化表达效果。

许衡笑眯眯地点头，却像没听懂对方的话一样，再次重申了自己的请求。

四周的围观者爆发大笑，甚至有人开始起哄。海关负责人显然没有心理准备，对许衡的装疯卖傻无从应对，当场便有些下不来台。

他试图召唤保安，动用强制手段，却发现人群越来越拥挤，背后只剩下通往电梯的走道和栅栏，面前的女律师则步步紧逼，更不可能让他有机会脱身。

进退维谷的负责人气得牙痒，毫无风度地咒骂出声。许衡不以为意，愈发气定神闲地看着对方，一副"今天咱俩谁都别想走"的架势。

此时，先前躲到一边去的中年妇女靠过来，附在自己上司耳边说了句什么。但见那负责人大掌一挥，激动地与之争执起来。然而两人用的是印地语，即便许衡站在近旁也听不懂对话的内容。

她则正好趁此机会在人群中搜索王航的位置，见他离自己不远，顿时愈发有了底气。

男人发现她的目光，冲这边无声地点点头，表情很是淡定。然而，即便如此简单的动作，也足以抚慰人心。

大厅里人头攒动，许衡所在的位置早已成为关注的焦点，空气里混杂着热气和体味，整个环境充满了不安定因素。可就在两人四目相对的那一刻，她心中瞬间清明如许，好像顿时就安定了。

在国内跑业务，或是与人发生冲突时，许衡也从来没有憷过。身为律师，她已经习惯对风险进行预判，选择最优方案实现自己的目的。

如今，在遥远的异国他乡，被一群陌生的印度人包围，却因为王航的一个眼神、一个动作就激发出了“虽千万人吾往矣”的豪情。

她已经独立太久，久到忘记有人撑腰、受人保护是怎样的感受。

难怪那些攀权附贵者会忍不住仗势欺人，许衡想，享受庇护当然会更加勇敢，也难免肆无忌惮，只因身后有可以避风的港湾。

大厅里越来越热闹，聚集的人群越来越拥挤，许衡心中的胜算也越来越大。

俗话说，软的怕硬的，硬的怕横的，横的怕愣的，愣的怕不要命的，不要命的怕不要脸的。

最初入行时，赵秉承就告诉过她，律师就得拉下面子、放下架子，以解决问题为最终目的。

印度海关即便不在乎一两个中国人的诉求，也会忌惮群众聚众围堵的后果，害怕由此造成的社会影响。

许衡相信对方会低头，需要的只是时间而已。

海关负责人与接待员还在争执，声音却越来越小，两人偶尔看一眼许衡，又指指王航，不知道究竟打着什么算盘。

“So?”见这讨论终于告一段落，许衡气定神闲地开口问道。

小个子的印度男人扭过头来，恶狠狠地瞪了她一眼，示意跟着上楼。

许衡来回摆手，态度坚决地表示拒绝：收不到钱她哪儿都不去。

围观人群再次爆发出一阵哄笑。

王航上前扶住她的肩膀，主动开口问负责人意欲为何。

对方皱着眉，叽里呱啦地说了一大通，援引很多莫名其妙的规定，最后结论是：接受补报关申请，具体退款手续待涉案船舶出港时，再由专人办理。

许衡抬头看向王航，满脸不可置信。尽管对最终结果有把握，但印度海关这么容易就妥协，还是超出了她原本的预计。

负责人不耐烦地催促他们尽快上楼去办手续。

许衡压低了声音：“去吗？”

王航沉吟：“会不会是个坑？”

许衡想了想，说：“应该不会，当着这么多人的面呢。”

王航点点头："赌一把。"

许衡磨牙："敢耍我就咬死他。"

王航没搭腔。

木栅栏被拉开，电梯指示灯亮，两人跟着海关官员上了楼。

看印度公务员的行事风格，许衡只觉得大开眼界，海关负责人的办公桌上摆着一只小铃铛，摇铃之后竟有专职听差负责跑腿。就连表格打印完毕后，都是由这位听差将之从打印机里拿出来，再双手呈交给他们。

接过审核表，许衡仔仔细细地查阅一番，确认是真的办妥了手续，心里的石头也彻底放下来。王航凑过头来瞧了两眼，用中文说："这些条款可得你把关，我不懂的。"

许衡不动声色地"嗯"了一声。

负责人已经很不耐烦，皱着眉头在表格上盖好章，又将笔扔过来，敲敲桌子，示意他们赶快签字。

尽管印度海关如此痛快的妥协令人不解，但许衡也知道什么是"见好就收"。

走出办公室，她忍不住反复通读手中的单据，生怕有所疏漏。直到确认条款清晰无误，没有任何陷阱，方才长长地舒了口气。

王航停在楼梯口，说是要去趟洗手间，让她稍微等等。

许衡没有异议。

菱形的彩色玻璃窗外，胡格利河蜿蜒曲折，缓慢流淌在古老的印度这片陆地上。落入地平线的夕阳斜照，为加尔各答这座城市染上金黄色的光晕。

楼下大厅里的喧嚣渐渐散尽，只剩下旧式建筑的空灵与寂静在这温柔的瞬间独自绽放。

手中握着价值三万美金的单据，许衡感觉内心踏实无比。

这一路走来，她都是被照顾、被体恤的对象，无从证明自己的社会价值与存在意义。

相较于"长舟号"上其他人各司其职、各谋其政的岗位分工，随船律师只要不找麻烦、不添乱，就已经谢天谢地了。

若非与王航有段私情，许衡恐怕早就挨不住这废物般的地位，落荒而逃地回岸上去了。

在日本保释小高等人，却闹出假签名的荒唐；在韩国喝场酒，喝得水手长差点双臂脱臼；在新加坡被误认作失足妇女，麻烦了一圈人才得以脱身；在泰国则鬼使神差地遭遇爆炸，差点命丧黄泉……这一路走来，她都快要丧失自理能力了，更别说什么独当一面的海事律师。

尽管为山东籍船长讨回公道不是她的主意，但最后能争取到这样的结果，还是为许衡增添了几分自信。既然在异国他乡都能够尽己所能，保障当事人的合法权益，回国后又有什么借口怨天尤人，把责任推到背景权势的头上?

回港口的途中，许衡像只兴奋的麻雀，内心感慨着：上至两大法系的制度设计，下至谈判时的细节掌控，全都通过此次胜利得以巧妙证明。她甚至回忆起印度人颓败的表情，庆幸自己坚持得恰到好处，没有被对方牵着鼻子走。

王航很少插话，只是静静地听她慷慨陈词，目光很柔和，温柔得近乎宠溺。

“我替你把单子送到隔壁船去吧。”刚下车，王航便提议道。

许衡眨了眨眼睛，有些莫名：“你一个人？”

“餐厅快下班了，”他抬腕看看表，“你先去吃，给我带点干粮就行，也省得大厨他们一直等。”

两人出发前没有确定返程时间，这番考虑并非毫无道理。许衡很爽快地接受了王航的安排。

隔壁船是专门的集装箱船，装卸效率比“长舟号”高得多，早他们三天离开霍尔迪亚港。山东船长之后又过来了几趟，每次单找王航，遇见许衡只顾得上点点头，连一句多余的话都没有。

“他拿到钱了吗？”那船离港的当天，许衡终于忍不住开口问。

王航正在低头绘制海图，声音有些许含混：“拿到了。”

“是全部的三万美金？海关没再刁难吧？”她还是不放心。

“分文不少。”

许衡还想问什么，却不知该如何开口，站在原地手足无措。

王航放下笔，抬头看向她：“你有什么想法？”

“也不算是想法。”许衡绞着衣角，“船长每次遇到我都绕道走，像躲着什么……我又没找他要代理费。”

王航笑起来：“还想人家怎么样？再给你跪一次？”

“胡说！”她难得来了脾气，“我好歹出了份力，讨声‘谢谢’总可以吧？”

靠港期间，驾驶室里不需要人值班，此时只有他们两个。王航走近，亲昵地揉弄女孩头：“你又不是为了这声谢谢才出力。”

再冲动的争执，都敌不过被人理解的满足。

许衡的态度随即软化下来：“那倒也是。”

“傻丫头。”

骄傲如王航，当然懂得她骨子里的那份自持，任何付出都必然源于心甘情愿。

“长舟号”的下一站是杜蒂戈林。

这里是印度南部最重要的海港城市之一，其所在的泰米尔纳德邦工业产值非常高。和大多数基建业中心一样，当地的原材料需求缺口很大，“长舟号”此次装载的矿石便是悉数供应给钢厂的。

作为新兴市场国家，印度的贫富分化问题非常严重，区域发展也极不平衡：南部经济比北部强得多，各方面的水准都高出不少。

具体到港口建设上，杜蒂戈林港的吊机数量就是霍尔迪亚港的两倍，可靠泊的码头更是后者的三倍。

“长舟号”在此停靠半天，便卸空了整船矿石，效率和速度与印度北部简直不可同日而语。

进出港时间紧张，王航和船员们愈发忙得脚不沾地。许衡就算想帮忙，也苦于无从下手。

十几个小时之后，她就要在孟买港上岸，搭乘飞机返回国内。“长舟号”则将继续扬帆，向着接下来的欧洲航线进发。

尽管答应过彼此，会以最坚定的态度独立思考、勇敢面对，但当分离的时刻降临，心中还是难免惆怅。

直到那天晚上很晚的时候，隔壁却依然没有动静。王航在驾驶室坐镇，不到船出港闲不下来。

许衡早就洗过澡，行李也都打包完毕，环顾住满四个月的房间，感觉有些恍惚。

这里不仅埋藏了往昔回忆，还残留着另一个人的点点滴滴。

王航曾经说过，船是有灵性的。她永远处于忙碌之中，总是不乏男人围绕；她的线条流畅、玲珑有致，是造船师的女儿、水手的庇护、大海的伴侣。

正因如此，船被视作女性，同厂制造的船被命名为“姊妹船”，第一次下水则是“处女航”，远航也因此不再孤寂，相反却充满了浪漫情怀。

如果可以，许衡也希望自己能像“长舟号”一样，伴他远航、随他破浪，将这段美好的航程永无止境地延续。

是的，如果可以。

拿起几件男人留下的衣物，她走上甲板，推开了船长室的门。

王航早就给过她钥匙，只是许衡顾忌着旁人看法，从未私自使用。

在这个即将告别的夜晚，空寂和离愁同时袭上心头，再去计较些虚泛的事情，就显得特别无谓了。

王航从驾驶室出来，已经是晚上十点。

同时交班的还有三副，两人回舱路上聊了几句，又在船长室外道别。

王航掏出钥匙，发现锁是开的，知道房间里有人。他不动声色，故意磨蹭片刻，等三副走远了，方才推门进去。

房间里黑漆漆的。

许衡呆坐在书桌旁边。

王航适应了微弱的光线，探问道：“怎么不开灯？”

她不应声，也没有任何动静。

王航随手锁门，按下开关，头顶的白炽灯骤然亮起。

许衡背对着他，面前的书桌上摊开着一沓单据。

王航看了一眼，确定是自己收在抽屉里的补报关单，没再说话。

许衡的嗓子有点哑：“钱没退回来？”

王航“嗯”了一声，上前伸手抚上她的肩膀。

“为什么？”许衡抬头，满脸泪痕。

他赶忙将人揽进自己怀里：“别哭呀，哭起来不漂亮。”

许衡用手挡在两人之间，隔开一段距离："单子都签好了，为什么不退钱？"

王航退到床沿边坐下，目光却没有偏移地盯着她："单子是假的。"

许衡反应不过来："假的？！我亲眼看到印度人签字盖章，怎么可能是假的？"

王航解开领口的风纪扣，表情略显纠结："……海关那边配合演戏而已。"

"演戏？"许衡瞪大眼睛，"演什么戏？为什么要演戏？"

"我怕事情闹大，就跟接待员沟通了一下，让他们假装答应你办补报关手续，承诺不再找麻烦。"

胸中憋着口气提不上来，许衡质问："谁承诺？不找谁的麻烦？"

"我们承诺，"王航实话实说，有点破罐子破摔的意思，"不找印度海关的麻烦。"

她的指尖在微微颤抖，眼眶中酸涩感复起："……凭什么？"

王航没搭腔。

"你凭什么这样做？！"

他望着她，目光中有些不忍。

"凭什么承诺？凭什么代表我？凭什么放过那帮浑蛋？"许衡情绪彻底失控，一句接一句的怒斥越来越大声，毫不顾及是否会被人听到。

王航牵起她的手，仰头看过来，语气诚恳："我只是不想事情闹大。"

许衡咬牙："不闹大怎么拿得到钱？"

"拿不到就算了。"

"……明明可以算了，又何必拖着我去加尔各答？"

王航舔舔嘴唇："去一趟，对人家船长有个交代。"

许衡冷笑："更容易接受现实吗？你想得挺周到。"

"这种事，尽力就好，真的没必要闹大。"

许衡甩开他的手，抱着臂来回踱步，尽量稳定情绪、理清思路："你后来跟船长怎么说的？"

王航抹了把脸："照直说。"

"所以他才躲着我？"

"不是躲。"王航无奈道，"只是没想让你知道而已。"

“没想让我知道什么？”

他指向桌上已经过期的单据：“知道这些。”

许衡深吸两口气，不再激动，取而代之的是某种深深的无力感：“你是不是觉得我特别傻？”

“……不是。”

“特别没用？”

“……不是。”

“自鸣得意特别可笑？”

“……不是。”

脸颊上有温热的液体流下，许衡尽量稳住声音道：“我承认自己有时候比较情绪化，会冲动、会盲目。可我从没觉得自己多了不起，也不是那种听不进劝的人。”

“我明白。”

“你不明白。”许衡摇摇头，“你若明白就不会骗我。”

王航抿紧了唇。

“这种事，就算当场开不了口，也完全可以回来说清楚。王航，你有时候就是太聪明了。”

如果她今天没有心血来潮翻找工具做完那艘水线船，如果就这样一无所知地下船，两人或许还能维系表面上的平静。

可总有一天，总有一件事，会催生他心中过分强大的自高自傲，触及她内里敏感纤细的自怜自尊。

普通情侣相识一年，即便每个周末固定约会，每次共度两天，也无非收获一百多个日夜；他们相携走遍东南亚，共同见证了整整一条恒向线，有过在风浪中的相知相守，也愈发明白彼此的坚持与固执。

王航终于叹道：“我只想少些麻烦。”

“我不是麻烦。”许衡弯下腰，跪坐在他面前，看向那双令自己魂牵梦萦的星眸，“我是个人——有真实思想和感受，可以独立行为的人。”

“海关大厅那天太乱了……那里的治安很差。”

许衡轻声道：“我上船前花了半年时间，亲自办好沿途的所有签证，知道这些国家的基本状况。”

王航牵起她的手，侧首吻着掌心，目光却始终锁定着许衡，不再多做解释。

两人早已彻底熟悉彼此，也习惯了用身体做武器。

这场战役从最开始就不公平，王航骨子里的少年气，总能在不经意间挑动许衡最柔软的心房。即便只是一个眼神、一个亲吻，也足以令她迷失沦陷。

就像现在，许衡完全可以敞开怀抱，让欲望先满足，一觉醒来之后海阔天空，或许连为什么吵架都忘了。

可惜，她不能。

爱情里，什么都可以割舍，只有自己割舍不掉。

如果你不接受我的本来面目，那么你爱的根本就不是我。

许衡抽回自己的手："衣服都洗好了，挂在衣柜里。机票是明天晚上的，从孟买迪拜机场出发。船靠码头后，我自己坐车过去。"

王航再次将人往怀里带："我送你。"

她没有反抗，却也没有迎合，摇着头说："进出港手续那么多，你是船长，走不开的。"

"我送你。"

他像是没有听见，将脸埋进女人的怀里，三个字却重复得无比清晰。

许衡将手揉进那干净利落的短发里："我说了，我是个人，可以做出独立行为。"

"我就想送送你。"王航仰首，目光热烈而真挚。

"真没必要。"许衡吻上他干净的额头，"晚安，早点休息。"

说完，她挣脱那双长臂的环绕，将房间钥匙留在桌上，转身离开了船长室。

第二天下午三点，"长舟号"准时靠泊在那瓦舍瓦港。

这里于1989年兴建，是座现代化的集装箱码头，位于孟买以南70公里，处理着全印度一半的海上贸易量。

船上的副甲板固定隔断完毕，货舱也已经清扫干净，为即将载运的大型集装箱做好了准备。

从昨晚开始，许衡一直独自待在房间里。她反反复复地整理着行李，一开始只想给自己找点事做，后来则纯粹是为了转移注意力。

王航没再找她。

两人都很清楚之前那番谈话的分量，如果选择不以为意地一带而过，只能说明他们没有对彼此上心。

许衡的坚持与拒绝，恰恰是她爱的证明。

又或者，这适时爆发的冲突，只是两人体面告别的一个借口。

没人愿意承认自己滥交，正如没人愿意承认自己寂寞。

封闭的环境、荷尔蒙指数暴涨导致意乱情迷；时过境迁之后，只怕再难摆正各自的位置。

隔壁一大早便传出动静，洗漱、更衣、换鞋，男人有条不紊地处理好所有事务，直接上楼去了驾驶室。

彻夜未眠的许衡靠在舱壁上，终于缓缓合拢双眼。

她最后选择在餐厅与众人告别。

船员们知道许衡要走，午饭后没有散去，都聚在一起等着送行。大厨准备了好几袋零食，老轨用五金件做成个镇纸留作纪念，宋巍的通讯录上写满了各种联系方式……小四川原本替她拿着行李，却被水手长抢走，大家争着要送人上车。

绳梯顺着船舷放出去，在热带海风的吹拂下晃晃悠悠。近赤道的地区太阳高度角大，明亮的光线照得人眼睛都睁不开。

水手长用缆绳将行李箱捆扎牢固，招呼先上岸的小四川在下面接好。

张建新一直送到了外甲板，不忘替那些正在当班的船员代为致意：“其实大家都挺想来……”

“没事，工作重要，回国之后有的是机会见面。”许衡捋了捋头发，笑着看向“长舟号”大副。

张建新不善言辞，乐得有人替自己把话说完，也抚着掌哈哈大笑起来。

许衡用手搭成凉棚，眺望忙碌的港口作业区，不经意间看到驾驶室的舷窗边有个影子。

是王航。

他穿着笔挺的船长制服，带上了黑白分明的大檐帽，正一动不动地看向甲板。

许衡抬头仰望，被日光刺得流出泪来。

“船长要签提单，正陪着货代清点货箱呢。”张建新注意到她的动作，忙不迭地解释道。

许衡“嗯”了一声，却舍不得移开视线。

驾驶室里人头攒动，可以想象此时的繁忙程度。王航却笔直地站在窗前，就那样静静地望着她。

无声地，许衡向他挥手告别。

王航抬起右臂，将指尖搭上帽檐，动作标准地敬礼致意。

水手长已经顺着绳梯爬下去，时间已不能再耽误。她低头忍不住流泪，一步步地离开了“长舟号”。

孟买是一座由几个半岛构成的港口城市，其中最大的半岛就是老城区的所在。

阿拉伯海濒临城市南部，向北的道路如钩爪般延伸。高架桥和延绵的堤岸将新旧城区连接在一起，形成了这座印度的商业和娱乐业之都。

“四周都是烟雾、热气、杂音”，英国作家奈保尔在1988年进入孟买对这个城市表达的感受，如今依然应验。

时隔30年，许衡发现这座城市并无太大变化。数量几乎翻了一倍的人口涌入孟买，但它依然只有两条主干道、三条铁路和一个机场。

出租车停在路口时，隔壁的车几乎触手可及；双向四车道，被善于争抢的司机们生生开成了六车道；沿街建筑破败不堪，却没有任何修缮，甚至都不刷油漆粉饰一下；黑黑矮矮的平房中间，新的大楼在慢慢拔起；棚户与大厦交相呼应，却没有任何矛盾冲突。

许衡想，这恐怕就是印度特色的腐朽，腐而不烂，烂而不塌，各种文化兼容并蓄，互相支撑着蹒跚前行。

航班预定于凌晨起飞，许衡让司机把车开往市中心的克劳福德市场。

尽管已经在网上看到过无数次，但当这条黑漆漆的小巷出现在眼前时，还是很难让人相信。

毗邻孟买最大的商品集散中心，鳞次栉比的医药商店占据了整整一条街。

从大名鼎鼎的兰博西实验室到各式各样的手工作坊，百余家获得美国FDA认证的药厂，每天从这里将药品发往全世界。

打开手机地图里的预设路线，许衡按照攻略的指引走进路口的一家连锁店，将订单递给了导购员。

导购员最开始只是职业性地微笑鞠躬，待看清楚订单上的内容后，连忙回库房叫来了值班经理。

因为近年来国内需求量急剧增大，印度药企也针对性地聘请了华裔销售人员，这里的值班经理便是其中之一。

“许小姐？”经理的胸口挂着工牌，中文发音显得刻意而生疏。从外表上看，就是一位典型的移民的后代。

虽然两人曾在网上进行过沟通，但真正见到面前的中年男子，许衡还是愣了愣。反应过来之后，很礼貌地点头致意：“熊经理。”

“对不起，因为不知道您具体的到达时间，所以没有派人迎接。”熊经理一边把她往店里引，一边抱歉地解释。

许衡不以为意地摆摆手，直奔主题道：“东西都准备好了吗？”

五百盒印度版“格列卫”，几十位白血病人的救命稻草，上十万的交易金额，早在许衡此次造访前，双方已经就这笔“大单”来回磋商了一年多，货款则悉数汇入了药品公司的账户。

库房的一个角落里，花花绿绿的药片分装完毕，被塞进各式容器中，只待最后装箱。

许衡弯下腰，将随身行李一件件地拿出来，集中所有注意力开始清点：尽管价格便宜，但每一粒药都意味着病人能延续一天生命，容不得半点马虎。

熊经理在旁边做着记录，时不时地划掉货单上的名目。两人配合得井然有序，很快便将货物清点完毕，行李箱也彻底装满了。

许衡站起身来，捡起一件绿色的莎丽，指指地上被置换出的其他行李，略带歉意地问：“这些往哪里扔？”

熊经理吓了一跳：“都不要了吗？”

"占地方，托运的话容易被海关盯上。"许衡解释道。

熊经理从柜子里翻出个塑料袋："装这里面吧，下次来再带回去。"

"不用了，您看有谁需要就处理掉。"许衡摇摇头，"我不会再来了。"

对方显然没听懂她的意思："那就让其他人帮你带回去啊。"

许衡勉强扯出一抹笑："我是说，不会再参加团购了。"

慢粒白血病需要终身治疗，停药说明病人已经不在了。

熊经理很快反应过来，抱歉地说："对不起，请您节哀。"

"没关系。"

表面上还是一只箱子一个包，里面却装满了希望。这是她对母亲最后的承诺，也是以最直接的方式回报曾经那些帮助过母亲的病友。

在药房交接完毕，许衡拦下一辆出租车，直接驶往了机场方向。

从印度海关出境，需要登记随身物品。因为来时坐的是"长舟号"，她无须像普通游客一样办理申报手续，而是直接被分配到了免检通道。

这样一来，许衡携带的所有物品都不再是"进口"，而成为未登记的个人财产，只待国内机场通关，便可以合法使用。

登机后，靠着机舱椅背，她裹紧了那件绿色莎丽。低头将赤道纪念章别上领口，终于缓缓睡去。

同一时间的"长舟号"已经开出孟买湾，行驶在阿拉伯海宽广的海面上。

王航交接完驾驶室的相关事务，拖着疲惫的身躯回到七楼甲板。

推开门，他没有亮灯，而是让眼睛慢慢适应这暗淡的光线。

彻夜未眠之后，又和货代、船代、港口官员打了一整天交道，身体早已透支，精神却依旧亢奋。

从柜子里摸到烟和打火机，王航叼出一根低头点燃。

许衡在船上时，他很自然地就戒烟了。如今人刚一走，他便忍不住寻来填补空隙，似乎是向虚荣做出的无奈妥协。

呛人的烟雾尚未散尽，便完全进入胸肺，缭绕升腾着勾勒出黑暗的轮廓。

脱掉鞋，王航瘫倒在床沿上，眼前的书桌渐渐变形，好像还有个人坐在那里，满脸泪痕地斥责着他的骄傲与自大。

王航狠狠吸了一口，眯着眼睛忍受那浓烈的刺激。

明明已经很累，他还是不想睡，似乎以此就能将记忆、过往和时间无限延长。他不知道自己坐了多久，也不知道烟是什么时候烧完的，只是静静保持着同样的姿势，直到四肢僵直，依然不想动弹。

宋巍在敲门，声音有些焦急："王船长？睡了吗，王船长？"

王航打了个激灵，坐起身来朗声道："怎么了？"

"收到海关传真，许律师被扣在机场了！"

他连鞋都没穿，赤脚冲到门口，手忙脚乱地打开锁："怎么回事？"

走道里有灯，突然照亮的光线过于刺眼，王航单手挡着，另一只手夺过传真件，慌慌张张读起来。

"药品走私……查扣……"他猛然抬头，"谁发的传真？"

宋巍连忙递上另一张纸："机场海关。公司总办抄送转发，要求我们尽快确认。"

王航抹了把脸，有点回不过神。

"许律师家里是不是有病人？"宋巍磕磕巴巴地猜测道。

船员常年随船出入境，海关监管相对宽松，走私是不少人的生财之道。但凡被抓包，就需要船长签字作证，确认货物究竟是在哪里上的船。

"昨天送她的时候我们都看到了，那箱子里全是衣服，没有药。"宋巍努力回忆，"要怎么证明啊！"

王航咬牙："走吧，先回驾驶室。"

长长的舷梯还没爬完，便听见卫星电话特殊的蜂鸣声。王航和宋巍对视一眼，明白是公司打来的。

尽管半夜被吵醒，王允中的声音听起来依然中气十足："是咱们船上的人吗？"

"不是。"王航习惯了和父亲的这种沟通方式：海上通信价格昂贵，需要直奔主题。

"那就赶快给海关回话。"老王船长不耐烦地指示道。

王航换只手拿电话："我想……"

"你想什么没用。"王允中斥道，"以为海关是傻的？这么大的量，又不是开制药厂。"

王航没有接话茬。

“不许胡闹。”老王船长一锤定音，“如实把情况反馈给海关，就这样定了。”

电话那头已经挂断了。

宋巍站在传真机前，满脸纠结地看着他：“怎么办？”

王航不说话，低头拿起海图桌上的笔，很快写完给海关的回函，工工整整地盖上了“长舟号”的船印。

两个小时后，半个地球外的中国，正是太阳初升之时。

出机场的高速公路是东西走向，迎着朝阳驶往市区的路上，一大早的光线十分刺眼。

赵秉承打了个哈欠，翻下遮光板，单手掌着方向盘，头也不回地冲后座的人说：“回家好好休息，过两天再去所里报到。”

许衡没出声，萎靡不振地缩坐成一团。

“好了，幸亏是有惊无险。”赵秉承以为她还在为之前的事情担心，“船上出了证明，海关就没理由再追究你的责任。”

旅行箱和背包里的药品一件不少，病友们的生命得以延续，许衡知道自己应该高兴。

可她就是笑不出来。

如果没有那份传真，即便神通广大如赵秉承，恐怕也无法把她保出来。

原本以为印度机场清清白白的报关单足够保险，没想到入境时还会遭遇专门盘查，箱子被打开后，许衡的大脑一片空白。

赵秉承是事务所的合伙人，又为她出国做担保人，很快便接到消息赶来机场。

律师故意犯罪是会被吊销执业证书的，他们没有太多可以选择的余地，唯有将希望寄托在大洋集团身上。

“反正也不打算跟他们合作了，”赵秉承当时果断决定，“死马当活马医吧。”

只是许衡没有想到，王航真的会愿意帮忙，即便代价是把责任都揽到了他自己身上。

第 15 章

靠 岸

办公桌蒙上了厚厚的一层灰。

回到华海所上班的第一天，除了坐在隔壁的几个同事，没人注意到许衡。

生活就是这样，我们习惯于把自己当主角，可少了谁地球都一样会转。四个月的旅程对她来说是脱胎换骨，对别人来说却至多问一句：“咦？你回来了？”

面对电脑屏幕修改文书、整理资料，慢慢赶上团队里的进度。许衡好像又变成格子间里的一颗螺丝钉，机械地重复劳动，干着任何人都能做的工作。

一上午的时间很快过去，她起身去茶水间洗杯子。

她眼神发愣，脑袋木木的，咖啡机里冒着泡。身后有人伸手，替她按下开关，醇香的咖啡味道立刻溢满小小的房间。

“中午又不吃饭？”赵秉承侧开一步，从橱柜里拿了包糖。

许衡回过神来：“材料还没看完。”

茶水间是半开放式的，装着玻璃门，从办公室里能看得一清二楚。赵秉承将糖包递给她，退到椅子上坐下。

“晚上没事吧？一起吃个饭。”他拍拍裤腿，貌似随意地说。

许衡抿了口咖啡，思索着如何拒绝。

赵秉承调转视线，望向在格子间里忙碌的精英男女：“认识一下D.R公司中国区的代理人。”

“好的。”关系到两人今后的事业发展，许衡没再反对。

她其实早已习惯对方的行事方法：一切行动都带有目的，跟任何人都不会单纯地吃饭或者闲聊。华海所的律师咨询费以分钟计，合伙人级别的多说一句话都能换钱。

肯这样花时间带她入局，已经是天大的抬举。

赵秉承没有沉默太久，单刀直入地问：“他们亚太中心的负责人怎么样？”

许衡沉吟片刻，将思路整理清楚，有条不紊地说：“陆易思，德国裔巴西人，曾经在普华永道工作十年，加入D.R公司后历任首席财务官、监事会监事和副总裁。先前转任亚太中心负责人，应该是为日后进入董事会铺路。”

赵秉承点头：“他们的中国区代理已经接到调令，今天吃饭有部分原因就是为他饯行。”

许衡有些紧张：“你认为陆易思会来直接负责业务？”

赵秉承撇撇嘴：“谁来都一样，这单生意我们吃定了。”

端起咖啡杯，许衡不再忧虑晚上的饭局，相反还有些隐约的期待。

走到茶水间门口时，她回头道：“跟你说过没？我有男朋友了。”

男人没有应声。

晚餐地点定在市郊的一处会所，确保不会遇到熟人，赵秉承向来行事谨慎，特别是在这种敏感时期：任何风吹草动，都有可能让D.R公司或船东协会起疑。

下班后，许衡特意晚了半个小时出门，在拐角处的公交站坐上赵秉承的车。

到达目的地的时候，离约好的见面时间还有一刻钟。会所经理非常热情，预留了最大的包房，还安排专门的服务员负责引座，确保万无一失。

“今天喝红酒，就赤霞珠吧。”

待服务员复述完菜谱，许衡又确认了佐餐酒，抬头看到赵秉承还在打电话：“我们已经到了……都是自己人，慢慢开，不要紧的……”

说着说着，他突然拔高调门，显出异样的热情：“那就请他一起来嘛！”

男人将视线转向许衡，得意地笑道：“正好我今天把小许也带来了，还能让他们叙叙旧。”

许衡愣了愣，有点不知所谓。

“嗯，就是马尼拉的那个小许。”

赵秉承挂上电话，大步走过来拍拍她的肩膀：“陆易思刚下飞机，中方代理把他顺路接过来了。”

40万吨巨轮进港后，D.R公司中国区的生意势必要和亚太中心合并，陆易思作为集团副总裁，原本就日理万机，绝无可能突然临时起意参与饭局。

今天或许是双方正式接触前的一次试探，许衡意识到，赵老师和之前的中方代理之间的关系，想必已经足够到位。

客人的车刚刚停好，赵秉承便带着许衡走到门口，刚好看到巴西人迎面走来。

陆易思还是那副模样，棕色皮肤、身材矮胖，有一种中年人事业成功后的特别气度，银色卷发紧贴头皮，眼睛里充满了算计。

他穿着一套休闲装，状态很随意，衣服甚至有些皱巴巴的，看起来真是刚下飞机。

之前的中方代理是个姓杨的高瘦男子，中文说得结结巴巴。他与赵秉承果然十分熟稔，称兄道弟地招呼了半天，还没开席便已经搅热了气氛。

陆易思没带随从，整个包厢里只有主宾四人。

许衡在马尼拉硬闯办公楼，向D.R公司提出的合作条件又足够诱人，陆易思对她印象很深。

今天这顿饭，名义上是为杨总饯行，便由赵秉承出面推杯换盏，谁也没有贸然开口谈论公事。

可席间的每个人却都知道前因后果，只是静待窗户纸被捅破后，再来认真地讨价还价。

“许小姐的旅程顺利吗？”陆易思用英语发问，口气和蔼可亲。

两人在马尼拉见面时，许衡提到过跟船的事，没想到对方还记得。她连忙回答：“之后还去了泰国和印度，前几天刚回国。”

“你走之后，我正好有机会看到港口的调度记录，那艘船叫‘长舟号’，对吗？”

尽管是翻译过的船名，熟悉的发音仍然令人亲切，许衡差点走神，甚至感觉闻到了咸腥的海风味道。

陆易思怀念道：“十几年前，我也跟过货船，在海上漂泊半年，那段回忆非常珍贵。”

默默估算了一下，许衡意识到那是对方从普华永道离职、加入D.R公司的时间，遂向其确认自己的猜测。

“没错，”巴西人笑起来，“你也知道船上的规矩，那帮海员谁都不怕，根本不把我这种‘空降部队’放在眼里。”

聊起海上生活，她和对方就有了共同语言，任由另外二人喝得天昏地暗，这边照样聊得热火朝天。

直到饭局告一段落，陆易思突然话锋一转：“‘长舟号’是大洋集团的船，对吗？”

许衡立刻噤声，扭头看向桌子对面。

“华海律师事务所常年担任船东协会的法律顾问，大洋集团作为会长单位，自然也是我们的客户。”赵秉承放下酒杯，尽管面色微醺，目光却依然锐利，“实不相瞒，先前游说政府下达行政命令，阻止贵公司40万吨巨轮进港，就是我们的业务之一。”

“哦？”陆易思假装惊讶地扬扬眉毛，示意他继续解释。

于是，赵秉承从国家法律法规开始，详细介绍超大型轮船靠泊的审批流程。

许衡和杨总都没再说话，他们明白，这才是今天这顿饭的真实目的。

即便华海所和船东协会续签顾问合同，依然存在基本的竞业禁止义务。在对手亟欲占领中国市场的当下，赵秉承不能公然招揽D.R公司的生意，只能以这样的方式，证明自己的实力。

陆易思也是有备而来，每个问题都问得很细。四个人围坐在餐桌旁，直到所有菜肴都冷透了，也没人再端杯子。

起身送客时，赵秉承和巴西人紧紧握手，再也没有最初的拘谨。

许衡打电话叫好代驾，又躬身送客人们上车，在收银台结了账，方才回到包房。

赵秉承正在洗手间里给自己催吐，酒渍和食物残渣弄得满地狼藉，空气中充满了浓烈的刺鼻气味。

许衡递过去一条毛巾：“所里其他人知道吗？”

“这笔大单敲定之后，我们就不需要船东协会了，以后海运市场必然是外资的天下。”赵秉承抬起头，从镜子里看向她，“你跟我从所里出来，再找个发起人。咱们合伙创设一家新所，专门给外商做代理。”

赵秉承始终不甘心寄人篱下，但当他明确表示要自立门户时，许衡还是有点吃惊。

明眼人都知道，像D.R公司这样的资本巨鳄，绝非船东协会可以阻挡。

2008年金融危机之后，国内航运市场就一直不太景气。即便为首的大洋集团成功上市，所募集的资本也不过杯水车薪，运力、产能至多能在内河航运里拔得头筹。放大到国际市场里，连波罗的海指数的百分之一都算不上。

既然如此，还有什么好犹豫的?

许衡明白赵秉承再次走在了所有人之前。

“反正也不打算跟他们合作了。”他在机场说的那番话并非儿戏。

尽管催吐及时，赵秉承还是没办法开车，躺在包房的沙发上昏昏欲睡。许衡在会所开了间房，又拜托经理照顾他休息，自己打电话叫了辆车回家。

途中经过沙滩浴场，冬日海风裹挟着巨浪呼啸而至，拍打在堤岸上制造出惊天动地的效果。

夜已深，天空在飘雨，又是一个风雨交加的冬夜。

司机打开空调，吹出的热风非常干燥，她感觉脸上立刻就起皮了。

“长舟号”此刻应该浮沉在地中海蔚蓝色的波涛中，破浪前行。

在船上似乎总是感觉不到冷。

她竖起衣领，整个人瑟缩着躲进车厢的角落里，脑中一片空白。

事实上，“长舟号”此时刚刚在阿尔赫西拉斯办完进港手续。

王航看着手机上来电显示的号码，犹豫再三，最终还是皱眉按下了接听键。

船员走私要追究刑事责任，以整船名义携带违禁药物出入境也算违规，但后者只需要缴纳罚款。

传真机这几天收到不少函件，有公司的，有海关的，也有船员管理处的。卫星电话接了几个，但由于要经过航管部门转接，董事长大人也没好多说什么。

西班牙电信的网络覆盖很全，结果船还没停稳，王航自己的手机便有了信号。

“你想上岸？”老王船长劈头便是这么一句。

王航找张建新要了根烟，将电话夹在肩膀上，低头点燃：“谁说的？”

王允中的声音顿时高了八度：“现在行情这么差，能跑的航线就那么几条，被海关盯上以后怎么跑海船？全公司多少双眼睛盯着？你拿着甲级证，以后就在长江里运煤吧！”

听筒没堵在耳朵上，漏声严重，就连西班牙籍的引航员都扭头过来看他。

王航摆摆手，示意没问题，转身出了驾驶室。

“航航，我是妈妈。”老王船长挨了一巴掌，电话那头变成女声，“不跑船了，咱们这次回来正好上岸。公司总办还有合适的岗位，早点学着做管理转型。别像你爸，大半辈子漂在海上，傻帽！”

王航抽口烟，对电话那头说：“我不是要下船。”

王妈妈愣了愣：“那你瞎闹个什么？”

他将烟灰弹掉，眯着眼睛开始讲。讲许衡，讲自己，讲这一路上的点点滴滴。

王妈妈一直听，到最后才说话：“想结婚了？”

王航将烟蒂按灭，远眺着直布罗陀海峡：“没想那么远，就是帮帮她。”

王妈妈冷笑：“帮忙帮得把自己都贴进去？”

“反正这趟跑完也该休假了。”

电话那头发出一声长叹：“你自己拿捏轻重，别让家里人操心。”

“嗯。”王航点点头，“我爸呢？咋没声了？”

王妈妈哼了一声：“嫌我打疼了呗，躲阳台上呢。”

“你别太欺负他。”王航想了想，嘱咐道，“好歹是个董事长。”

王妈妈哈哈大笑起来：“放心吧，我从不当着外人的面动手。”

王航不说话。

笑声渐渐小了，王妈妈有些支支吾吾：“刚才听见他骂你，我有点着急……”

当儿子的这才正色道：“我爸下船后，已经在努力弥补了。你别总是翻旧账，这样不对。”

王妈妈不耐烦：“十几年来当爹又当妈，生个儿子也让他送海上去了，我就不能有点意见？”

“所以才说海嫂伟大嘛。”

“你要不是我儿子，”王妈妈慨叹，“我真不想让姑娘嫁给你们这帮跑船的。害人害己！”

王航笑起来：“恐怕由不得你。”

母子俩又聊了些家常话题，直到手机电池发烫方才挂断。

张建新送走引航员，凑过来又递了根烟：“你爸的？”

“跟他哪能聊这么久？说三句就不对付，早吵翻了。”王航叼着烟偏过头，就火点燃，“是我妈。”

张建新将打火机放回兜里，字斟句酌道：“趁此机会转管理岗也挺好的，没谁愿意永远漂在海上。”

王航睨了一眼自己的大副：“张叔，想让我退位也不用这样吧？”

张建新的脸顿时就抽搐了：“臭小子，胡说什么！”

“开玩笑的。”他吐了口烟圈，“我这趟上去，恐怕就不会再留在大洋了。”

“……为什么？”

王航无奈道：“公司上下都知道我和我爸的关系，瓜田李下的避不干净，总有人指指点点。我想换个环境，重新开始。”

张建新哑然失笑：“你和你爸的关系整个航运界都知道，未必你以后都不跟船打交道了？”

“怎么可能？”王航撇撇嘴，“总会有其他办法的。”

张建新没再说话，两人面朝大海，抽着剩下的烟。

驾驶室里的传真机又开始“咔咔”作响，公司方面不断发函，要求“长舟号”进行全面调查，彻底排除非法物品的出入境隐患。

事实上，如果不是被这样死死咬住，王航甚至怀疑整件事情的真假，许衡离船后再也没传回过只言片语，即便她被安全释放的消息，也是通过向海关旁敲侧击而得知。

王航试图推测对方的想法：怕欠人情？还是怕徒增压力？是不是真的走投无路？为什么杳无音信？

船行海上相隔万里，人与人之间的关系就变得特别脆弱，即便是无心话语、无意之举，都有可能造成不可挽回的结局。

王航决定耐着性子再等等：他已经做了自己该做的，接下来故事能否继续，取决于另一个人。

这段时间，许衡忙着北京上海两头跑，真真正正的“脚不沾地”。

40万吨大船要进港，除了主管部门允许，相应的硬件设施也得过关。这种巨无霸吨位的船舶，从来没有进入过中国港区，各项技术指标一片空白。如果申请报上去，被专家以配套缺失的理由打回来，对船东就不好交代了。

想当D.R公司的代理人，就得用实际行动证明自己的价值：把问题解决在萌芽状态，甚至连麻烦的种子都要挖出来。

交通部的港航专家就那么几个，在公开网站上都能查到。按照既定的安排，许衡分别拜见了参与规定起草的各位专家。对他们的意见进行总结、反馈，结合40万吨船本身的结构属性，就码头改建提出要求。确保最后提交的申请有理有据，从形式上排查一切漏洞。

赵秉承则负责与港口方面联系：和船东协会不同，各大港口都希望船能停在自家门口，几十万吨的卸载费、物流费、管理费绝对是财报上的新亮点。

因为一切活动都在暗地里开展，他们平时也十分注意保持距离，华海所其他人全被蒙在鼓里。赵秉承手下大部分的团队成员，还在按部就班地处理船东协会的日常咨询事务。

许衡加班成了习惯，偶尔晚走不会有人觉得奇怪。赵秉承往往是在正常下班之后，过几个小时再转回事务所。两人单独碰头交接，彼此交流进度，商量着安排下一步的工作。

“船东协会那边有消息了。”赵秉承刚从饭局上回来，因为酒精过敏而面色微红，却依然兴奋地来回踱步，“他们主动提出续约顾问合同，各项条件不变，也没有增加竞业禁止条款。”

许衡从电脑上调出专门的文件夹，其中分门别类整理着各种资料。她一边检视历年顾问合同的文本，一边条理清晰地说：“我们每年都在11月至12月之间签合同。对方应该只是为了避免空窗期，没有别的意思。”

赵秉承走到她身后，俯下身子摸住鼠标，双击打开电子档案，放大查阅落款日期，确定许衡所言非虚。

“其实这也是好事，说明我们跟港口方面的接触依然保密，否则船东协会没有必要养虎为患。”许衡想了想，回头看向自己的导师，很快抓住重点，“只要没有竞业禁止的要求，就算到最后转投D.R公司，也不过是正常行使代理人权利。”

长舒一口气，酒香在格子间里弥散开来，赵秉承略带赞许地颔首道：“很好，明天你就把合同拟出来。按照正常程序传给船东协会，接下来就看他们的了。”

两人隔得太近，女孩的发梢扫在他的颈项上，勾起几分绮丽的遐思。

赵秉承有片刻失神，弯腰固定着姿势，舍不得打破此时的气氛。

许衡盯着电脑看，过了一会儿才察觉出尴尬，连忙站起身来，清清喉咙道：“给你倒杯水去，醒醒酒。”

“坐下。”男人喉咙沙哑，用手掌压住她的肩头，不着痕迹地用力。

许衡愣了愣，犟着站起身来：“你醉了。”

茶水间里传来叮叮咚咚的声音，玻璃杯、漏勺、搅拌棒相互碰撞；电水壶很快加热完毕，里面的水翻腾起来。

赵秉承望向玻璃门后那娉婷的身影，感觉胸口在一寸寸地坍塌、陷落。

他以为自己已经足够精明，却总是在不经意间变成蠢蛋。

糖茶水的味道香浓适宜，嗜甜的赵秉承一直喜欢以之醒酒。尽管材料简单、制作方便，这些年来却只有许衡会弄。

男人低头喝了一口，心跳渐渐恢复平静，眼神里也多了几分清明：“我刚才有点累。”

“嗯。”许衡给自己倒了杯咖啡，没多说话。

“你那个男朋友……是王允中的儿子？”赵秉承假装随便地问。

许衡垂眸用小勺缓慢搅拌咖啡，语气轻柔如梦：“他叫王航，是‘长舟号’的船长。”

“跑船的？”赵秉承不以为意，“这是要守活寡的节奏啊。”

“不关你的事。”

他挑挑眉：“我说的是大实话。”

许衡假装没听到，任由对方表情戏谑地看着自己。

过了一会儿，赵秉承抹把脸，有感而发道：“小衡，还记得咱俩第一次见面吗？你说你出生、求学都在本地，律师证也挂在所里，所以借了钱肯定跑不掉。”

那是她最狼狈的时候，无权无势、无依无靠，就差卖房子给母亲治病。骄傲如许衡，一辈子都不会忘记。

“我其实不怕你跑，只要还在海商法的圈子里混，大家迟早低头不见抬头见。”男人靠坐在办公桌上，颀长的四肢舒展开来，伸了个懒腰，“咱们专业的理论性强，外行人来了搞不懂，内行人跳槽也玩不转。你一旦入了门，这辈子都只能吃这碗饭，跑船也是同样的道理。”

在华海所待得最憋屈的时候，许衡也曾经向别的公司投过简历。结果要么专业不对口，要么薪资过低，很难打开局面。若是去其他海商律所，又会违反竞业禁止协议，只能咬牙坚持。

正如赵秉承所言，海商法的圈子太小，扎进来了就很难抽身。

“这个姓王的，在海上可能是条好汉，下船照样要无所事事。你跟着他指望不上什么就算了，还要担惊受怕，有意思吗？”

许衡仰头饮尽咖啡，抽出纸巾抹了抹嘴：“你说完了吗？说完我先回去了。”

许衡独自走在空寂的马路上，一阵阵寒风裹挟而至，几乎将人冻得失去知觉。

她没有打车，甚至故意将衣服穿得松散些，试图用这刺骨的寒冷，转移自己的注意力。

迈着僵直的双腿，又往家的方向挪动几步，身体里终于灌满了铅，许衡有气无力地坐在了街心公园旁边。

接连有几辆出租车呼啸而过，她都没有伸手去拦，而是目光发直地看着街对面的路灯。

如此深夜，单身女子实在不应该再待在外面。可即便回家，依然只有她一人，对着空荡荡的房间。

这里好歹还有点动静。

这段时间以来，无数次地掏出电话，无数次地将通讯录滑至那个号码，却从未按键拨出去。

被设为亲情号，换上了独一无二的铃声，连头像也截成了他的制服照片。最疯狂的时候，许衡用百度、谷歌、好搜、Bing依次搜索他的名字，浏览了网上所有相关消息。

心里的洞却越来越大。

爱上属于大海的男人，意味着电话不通、网络不在线，一年中有大半年的时间，只能学着自己与自己相处。

许衡代理过船员离婚纠纷，海嫂们诉起苦来都是一把鼻涕一把泪。赵秉承所说的守活寡，并没有半点夸张。

如果不能忍受孤独，就不配拥有彼此。

理智再次战胜冲动，许衡咬牙站起身来，独自走完了回家的路。

就在她与赵秉承为D.R公司疏通关系的同时，大洋集团终于赶着年底前，在上交所挂牌上市。

庆功宴召开当天，国资委、证监会、交通部、海事法院先后到场，各家合作单位也受邀出席。王允中作为东道主发表讲话，感谢各方支持，表示将借此东风推动大洋集团的国际化、多元化发展战略。

身为小助理，她乖乖抱臂站在一旁，准备等众人都落座后，再找个角落把自己藏起来。

“你也是华海所的？”身后有人沉声发问，听起来中气很足。

许衡不经意地回头，惊讶地发现对方竟是大洋集团的王允中。他和王航一样身材颀长，除了那斑白的发色，两人的相貌几乎是从一个模子里刻出来。

尚未弄清对方的来意，她谨慎地开口招呼：“王董……您好。”

越是隆重的社交场合，主角越是姗姗来迟，王允中并不着急上镜。他屏退左右，抄着手在人群外围站定，眯起眼睛打量面前的女孩：瘦瘦小小的个子，清汤挂面的发型，一双水汪汪的大眼睛，身着职业套装，精明而不失干练，容貌虽无惊艳，却也十分耐看。

“你是不是姓许？”长者调转视线，貌似随口问道。

心中像是有几面小鼓在敲，许衡字斟句酌地回答：“我叫许衡。之前跟着‘长舟号’跑过一段时间，学到了不少东西。多谢您和大洋集团，给我们提供这么难得的机会。”

王允中哼笑两声：“确实机会难得。”

这话听起来别有深意，许衡却不敢妄加揣测，只好讪讪地点头。

“小赵是你师父？”

顺着王允中的目光看过去，赵秉承还在与众人攀谈，脸上的笑容很职业。许衡含混道：“嗯。”

听到这里，王允中饶有兴味地转过头来：“摊上这么个师父，也亏你受得了。”

他的语气毫无顾忌，半点不把赵秉承放在眼里。想来像大洋集团这种龙头企业，确实没必要高看某位律师。

“一日为师，终身为父。”许衡低声道。

这句话她说得真心实意，也很是理直气壮：无论赵秉承风评如何，这些年若非他提携，自己绝对不可能是如今的许衡。

王允中瞟过来一眼，不屑地说：“恪守不渝是好事，但也要学会为自己打算。他跟D.R公司那事儿，真当别人是傻子？”

许衡彻底愣住了，不为对方捅破的这层窗户纸，而是为了那与王航如出一辙的说话方式。

“大船进港，对国内船东来说既是挑战，更是机遇。”王允中冲赵秉承努努嘴，“你师父凭什么认为我们一定会输？”

许衡听出对方语气中的笃定，明白这并非莫名的挑拨离间，而是真心感慨。

她于是也沉下心来，认真回答道：“D.R公司的船队有35艘40万吨船，年运载能力就是7000万吨。全球矿企每年的新增运量也无非8000万吨。中国这么多船东，剩下的1000万吨连塞牙缝都不够。”

王允中侧耳听完，突然哈哈大笑：“不错，难为你们这帮文科生，数学居然没算错。”

胸口有血咯不出来，许衡明白自己受到了无情的鄙视。

笑声引起旁观者注意，秘书再次远远示意王允中落座。他挥着手以作回应，扭头看向许衡："来，我再给你出道题，如果35艘船里，有一半是我们自己的，这答案又该怎么算？"

答题者再次愣住了。

晚宴正式开始后，华海所的代表被安排和大洋集团的法务们坐在一桌。大家都是业内人士，喝酒耍赖的功夫不相上下，席间觥筹交错，来来往往不亦乐乎。

为筹备集团上市，法务部的经理被抽调到券商处督阵，如今还没有回来。现在当家的副经理姓李，四十多岁的女人，长得颇有几分巾帼不让须眉。

在她的带领下，占据人数优势的法务们一个个骁勇善战，轮番车轮大战后，早已将几位来宾灌得人仰马翻。

许衡自知凭一己之力难以挽回局面，赶早敬过一圈之后，话都没敢多讲，躲起来埋头吃菜。

"秉承啊，"李经理又喝完一杯，面不改色心不跳，冲自己的合作伙伴招呼道，"小许这么能干的姑娘，你成天让她打杂，真是太屈才了。"

"别，李姐，可别这么说。大洋集团的事情，向来是我们所工作的重点，哪敢交给年轻人？都是我亲自跑下来的啊！您还瞧不上……真是伤心死我了。"

一句普通的客套话，却被引申、发挥、再利用，人为制造成表忠心、套近乎的机会，许衡自叹弗如。

赵秉承一直很会来事，无论对方地位高低，总能找到恰当的方式吹捧、逢迎。从来没有青年才俊、高人一等的架子，这正是他人脉广的重要原因。

李经理显然很受用，却还是离席走到许衡身边，指了指赵秉承说："不行，你那张老脸我看腻了，这次偏要小许陪我出差！"

大洋集团的分公司遍布世界各地，年终查账、合规都是肥缺，相当于公款旅游。以往赵秉承陪着法务经理出去，都会借着这个机会改善关系、培养感情。

今年换了当家人，又是个异性，确实不方便一起走。按照律师事务所原本的安排，这么重要的客户，至少应该是合伙人级别的作陪。刚刚对方突然点名许衡，华海所这边的人都有点不知所措。

"李总，我没做过分公司的合规，还是别去添乱了吧。"见此情景，许衡连忙主动退出，"不过您放心，华海这边肯定会安排最合适的人选，保证给您提供充分全面的意见。”

“傻丫头，我这次要去的可是美国东部的分公司，能在纽约待半个月呢。没见过你这样把好事儿往外推的！”

许衡瞧了眼赵秉承。

她不想表现得太过迫切，又担心拒绝得太过生硬。这种情况下，作为当事人怎么解释都不对，最好的选择就是沉默。

“让小许去吧，”华海所的主任坐在赵秉承左手边，听到这里干脆解围道，“年轻人是得多见识点世面。”

船东协会的顾问协议还没谈定，赵秉承的目标虽然是D.R公司，却也不想让到嘴的鸭子飞了，李经理恐怕是因为异性不方便同行，所以才想避嫌。

许衡虽然资历浅，但好歹是自己的嫡系。思及此，赵秉承点头应道：“果然是但见新人笑，哪闻旧人哭。我这老腊肉不值钱喽，李姐，小许就麻烦你指点了。”

李经理笑呵呵地拍拍她的肩：“听见没，一条心回去打包行李吧。”

许衡连忙举杯致敬，衷心感谢领导和客户的栽培认可。倒酒时，因为过于激动，手指忍不住发抖，大半酒水都漏在了桌上。

纽约号称世界之都，有最好的天然深水良港，年货物吞吐量稳居全球前列。大洋集团的分公司就在曼哈顿岛上，常年为旗下商船提供各种配套服务。

更重要的是：按照之前的航行安排，此次她们抵达纽约时，“长舟号”应该正好在新泽西州卸货。

赵秉承喝醉了，醉得一塌糊涂。

热闹喧嚣过后，光鲜亮丽的酒席上杯盘狼藉，宾主尽欢的大厅里人去楼空。

只剩下三三两两的醉鬼，倒在桌椅间，或胡言乱语，或蒙头大睡。一场浮华过后，虚荣的美好黯然消逝，终究逃不过空欢喜。

李经理的酒量着实惊人，不仅干翻了赵秉承，还将其他来敬酒的同事通通挡了回去。甚至主动出击，在席间大杀四方，笑傲整场庆功宴。

她一边帮忙联系代驾，一边递了张名片过来：“身份证号、护照号，记得回去发给我，一起订票。”

许衡赶紧双手接住，贴身放好，认真地点点头：“麻烦您了。”

李经理没再看她，转而冲电话那头的代驾公司讲话：“对……我们在酒店一楼……有两辆车……”

许衡将赵秉承的车钥匙从包里摸出来，架着沉甸甸的男人往停车场走。

代驾师傅等在路边，见两人走过来，连忙上前搀扶。

好不容易爬进后座，许衡将钥匙递给司机，想了想道：“滨海别墅区，谢谢。”

赵秉承这两年身家大涨，在本地购置了不少房产。尽管他在政法大学的单身宿舍也有住处，但深更半夜与异性相偕而归，就算好说也不好听。

下了车，师傅又帮忙把他们送进门，这才接过报酬离开。

新装修的别墅富丽堂皇，却少了几分人的味道，即便开了暖气也显得冷清。楼上楼下都关着灯，许衡没顾得上换鞋，只好先将赵秉承扔沙发上，转身去厨房里烧了壶开水。

她很少见对方喝成这样，大部分时候他都很善于控制局面，避免让自己陷入被动。特别是在敌强我弱的情况下，赵秉承往往宁愿不端杯子，也不会醉得失去控制。

最近工作压力太大，许衡揣测，船东协会和D.R公司，哪边都不是省油的灯。

将绒毯搭在男人身上，电水壶正好发出蜂鸣，她刚要走过去，手却被人牢牢牵住：“……别走。”

赵秉承一只手遮着脸，另一只手散发着灼热的温度。

“水开了。”她干净利落地抽身离开，任由男人的手臂无力垂落。

家政工将一切都收拾得很整齐，许衡很快找到糖和茶包，按比例调配均匀后倒入玻璃杯，小心翼翼地端回客厅里。

赵秉承还保持着之前的姿势，像只受伤的小动物，将头埋在靠枕和臂肘之间，一动不动。

“喝点醒酒茶，”许衡将杯子搁上茶几，“不然明天早上又要头疼。”

男人干笑两声，嗓音沙哑：“难得你还记得我会头疼。”

许衡无奈：“赵老师，你最近到底怎么了？拿我逗趣？”

赵秉承爬起身来，双目赤红地盯着她，看得人胆寒发怵：“小衡，我后悔了。”

心中酸楚迅速蔓延，气氛变得微妙而尴尬，许衡如鲠在喉。

“你刚进律师事务所的时候就很努力，跟别人都不一样，我以为你会成为我最好的学生。”提及往事，赵秉承声音沙哑，在寒夜里显得特别寂寥。

她叹息：“生活所迫，不努力不行。”

“我其实……一直都很喜欢你。”

许衡愣住了。

因为律师的职业习惯，赵秉承为人亲和，特别是对异性，总有耗不尽的耐心、用不完的温情。许衡却认为爱就是唯一、笃定和相信，只能用表白逼他表态，男人却始终没有给出任何承诺。

一段暧昧的情愫就这样无疾而终。

就像先前告诉王航的一样，她也想表现得更加强硬些，比如说辞职出走、一刀两断什么的。但赵秉承从始至终都对她很好，即便在那场尴尬之后，依然以老师自居，没有让许衡感觉半点为难。

随着母亲突然发病，许衡彻底离不开华海所和赵秉承。

那时候的她，再也没时间去伤春悲秋，刚入院，许妈妈就几乎大势已去，医生们都建议家属放弃。

妈妈是她在世界上最后的亲人，许衡万万不可能放弃。

赵秉承知情后，找到北大医院血液科，牵线搭桥联系转诊，为许妈妈提供了最好的治疗条件。

尽管最后无力回天，许衡依然记着对方的鼎力支持。母亲去世后，她也愈发左右为难：辞职，有忘恩负义的嫌疑；留下，又害怕自己再次陷进去。

赵秉承应该也看出了什么，所以才会在保持距离的同时，给她安排更多工作，确保自己最得意的学生不会离开。

正因如此，许衡才会下决心参加跟船培训，希望能够提高能力，早日自立门户。

醒酒茶喝下大半，别墅的客厅里也渐渐暖和起来，两人各坐在沙发两端，难得开诚布公地交谈。

赵秉承还在借着酒劲剖白心迹：“我只想让你再等两年，真的，只需要两年。等一切步入正轨，我们足够有钱了，就再也不用担心生活、看病，也不用陪客人喝酒、讨他们欢心……”

待男人的情绪稍微冷静些后，许衡谨慎开口：“赵老师，恕我直言，你喜欢的不是哪一个人，而是想象中的某种生活方式。”

“有区别吗？”赵秉承头靠在沙发上，自嘲地笑道，“我想要跟你共同生活，这本身就足以说明问题。”

许衡垂眸：“不，这不是我想要的生活。”

“你想要什么生活？嫁给船员，一辈子守活寡？”

思绪飘向遥远的大西洋，那里有一艘名叫“长舟号”的万吨巨轮，驾驶室里站着她心心念念的爱人。

许衡感觉身体里注入了无穷的勇气，每句话都说得发自肺腑：“没错，他能给我什么，我就接受什么，这才是爱情和婚姻的意义。如果一切都要附加条件，生活和商务谈判、法庭辩论又有什么区别？”

赵秉承冷笑：“说这些不觉得太理想化一点吗？是的，你如今事事顺遂，没有遇到麻烦，当然可以追求更高层次的精神满足。但是将来呢？发生任何意外，你准备凭什么来保护自己？保护你的婚姻与爱情？”

许衡意识到对方是在隐射当年母亲病重，自己求告无门，像热锅上的蚂蚁一样急得团团转的日子。

她没有反驳，而是极为平静地回答道：“就凭我现在相信的这些东西。”

玻璃杯被重重搁下，赵秉承的脸色愈发难看：“你真心喜欢那个二世祖？”

“他只是名船长，不是什么二世祖。”许衡笑着摇摇头，“他父亲也没那么高不可攀。对了，你们今天合影的时候，王董……”

赵秉承摆摆手，不再看她：“这种人衔着金汤勺出生，自然不觉得财富有什么要紧。小衡，我只希望你明白自己要的是什么。”

意识到对方已经没兴趣继续谈话，许衡起身告辞。

赵秉承没有挽留，也没有送别，就连眼睛都紧紧闭上，整个人陷在沙发里，不再言语。

她穿上外套、换好鞋子，孤身站在走廊外，冲客厅里最后说了一句：“赵老师，谢谢你。”

而后，头也不回地走出大门。

深夜独自归家的路上，许衡终于感觉如释重负。

还记得在新加坡，她主动表白遭拒，以为王航认定了自己攀权附贵，接近他就是为了跟王允中拉关系，包括在新加坡监所里，向孙木兰倾吐心声时，她也曾经承认自己的动机不纯。

在贫穷和困苦中挣扎太久，似乎很容易忘记昂首挺胸的姿态。

从小到大，许衡虽然不是最聪明、最优秀的那一个，但也从未觉得低人一等。

求学期间，尽管没有太多情感经历，也收到过情书，被送过玫瑰花。拒绝对方的理由多种多样，却从来不是因为金钱或地位。

每个女孩都曾幻想过自己的白马王子，或英俊潇洒，或风趣幽默，不同的择偶标准就像天边的云朵，千变万化、各式各样。然而，不知从什么时候起，大家的标准开始渐渐趋同：稳定的工作、较高的收入、雄厚的家世、完美的学历……

他是怎样一个人，外貌性格如何，反倒成了最不被考虑的因素。

遇到心仪的对象，我们首先想到的是配不配，而不是爱不爱。

一直以来，背负着为母亲治病的压力和寄人篱下的委屈，许衡佝偻着前进，已经忘了自己来时的路。

华海所的确为母亲治病提供过经济援助，但她一直都在以努力工作进行回报；赵秉承曾经热心帮忙转诊治疗，但她也付出过同样诚挚的感情；王航或许家境优越、能力出众，但她又何尝不是真才实学、脚踏实地？

许衡，你并没有亏欠过谁。

如今孑然一身，再也没有可以失去的东西，又有什么值得恐惧、怯懦、徘徊、无助的呢？

深夜寒风凛冽，许衡却感觉无比坚强，自内而外跳跃搏动的火热心脏，永远激励着人奋勇向前。

第二天是周末，她睡到中午才睁开眼睛。

温软的冬日暖阳照射在窗台上，映衬出整整一室的宁静平和。不再逼着自己加班还债，放下无谓的提心吊胆，所有神经都松弛下来，随时间变成流淌在指尖的水。

许衡伸了个懒腰。

赵秉承还没有任何消息，不过也无所谓了。她将手机放在桌上充电，咬着牙刷开始琢磨今天该做什么。

母亲去世后，她甚少待在家中。环顾四周的家具，早已蒙了厚厚的一层灰。从海上回来，除了每日睡觉的床铺，这里的一切如同静止，始终固定在母亲最后一次入院的前夜。

潜意识里，似乎以为这样就能逃避现实，骗自己妈妈还会回来。

洗漱完毕，用冰箱里的食材随便弄了点东西吃，许衡扎起马尾、撸起袖子，开始大扫除。

电脑里放着欢快的口水歌，许衡在房间里爬上爬下，将用不着的东西分门别类地打包、装箱。家里越来越空，心却越来越满，这场告别来得恰到好处。

长期卧病在床，妈妈的房间里尽是些瓶瓶罐罐，真正的个人物品反而没剩多少。偶尔有些小件东西勾起回忆，许衡拿在手里看看，最终还是放进垃圾袋。

人生是一场有去无回的旅行，我们总要学会向前看。

几十年房龄的老式单元，小小的两室一厅，打扫起来也很快。最后只剩下几件老式家具，还有日常会用到的个人物品，显得空了不少。

夕阳西下时，许衡已经洗完澡，换好衣服，站在收拾一新的家中，成就感爆棚。

正想出门吃顿好的犒劳自己，却听见桌上的手机响了起来。

航空公司的短信，通知去美国的机票已订，姓名许衡，何年何月何日直飞纽约肯尼迪国际机场。

她连忙从换下的衣兜里翻出李经理的名片，又检查了手机发件箱，确定自己还没有将护照号等个人信息告诉对方。

原本想着周末休息，没必要为工作上的事情打扰客户。谁知道大洋集团的效率这么高，昨晚谈定的事情，今天就雷厉风行地落实到位。

许衡刚刚放松下来的精神再次紧张，这趟出差恐怕也要打起十二分的精神，才能应付巾帼不让须眉的女强人了。

出发前的一周时间，赵秉承都没来律师事务所报到。团队里的其他成员都落得清闲，纷纷开启节假日模式，乐得浑水摸鱼。

许衡算了算时间，如果加上年假，前前后后的出差、春节凑在一起，可以匀出大半个月来。就算碰不上王航，也能好好了解下繁华的纽约，简直机不可失。

思及此，她果断向人事部提交了休假申请，愉快地投入到摸鱼队伍中，乐颠颠地开始上网查阅旅游攻略了。

出发那天，许衡特意很早就赶到机场，换好登机牌才发现，大洋集团给自己订的竟然是头等舱。

上市成功果然财大气粗，她在心中默默咋舌，洲际航班中经济舱和头等舱的差价很大，恐怕翻了三番都不止。

李经理来得稍晚些，也没带多少行李，却背了个硕大的护肩枕。

按理说头等舱可以完全平躺，根本用不着这样。许衡原本还有些奇怪，随即想到可能是对方颈椎不好，需要特别防护，所以也没好多问。

孰料登机时愕然发现两人座位相隔甚远，她这才感觉到不对劲："李姐，您怎么坐这么后面？"

李经理尴尬一笑："经济舱当然在最后面。"

许衡手忙脚乱地翻出自己的机票："不对啊，航空公司弄错了吧？我怎么是头等舱？"

李经理叹了口气，有感而发道："没结婚都这样，舍不得孩子套不住狼。"

"结婚？"许衡眨眨眼，"这关结婚什么事？我帮您去柜台问问吧，肯定是他们搞错了。"

"不用问，肯定没错。"李经理摆摆手，"你快进去吧，空乘在催了。"

广播里果然在通知头等舱的乘客登机，许衡还想争辩两句，却敌不过对方那不耐烦的表情。只好满腹疑惑地走上舷梯，接受最后的安检。

登机后，她又去经济舱找到李经理，坚持与对方调换座位："姐，我年轻，个子不大，坐在这里正好。"

"你是说我胖？"李经理懒得睁眼，"去吧去吧，让我好好睡一觉，算我求你了。"

话说到这个份儿上，许衡完全不知道该怎么接，只好讪讪地回到自己的舱位。

十几个小时的飞行自西向东。吃过摆盘精致的餐点，又喝了杯红酒，她再次平躺着睡下。

头靠着鹅绒枕，裹着柔软的毛毯，航班在太平洋上空平稳飞过，就连引擎的巨大轰鸣也被隔离在舱室之外。

合上眼帘之前，许衡由衷感慨：有钱真好。

第 16 章

纽　约

波音747-8的引擎渐渐停止工作，许衡探头看向窗外。

作为美国东部地区的交通枢纽，纽约肯尼迪国际机场每天起降航班超过1000架次，是全世界最繁忙的机场之一。

此刻，窗外天气有些阴沉沉的，呼啸的海风夹带着北大西洋的潮气，持续地刮过跑道，红白相间的风旗被撑得平行于地面。

机舱广播里，中英双语播报着注意事项，头等舱的乘客被安排在最先离开。

她拿好随身行李站起身，向空乘微笑致意，稳步向外走去。

大洋集团有非常完善的船只管理系统，为方便客户订舱，会在网站上实时更新旗下各艘商船的航行计划。

出发前最后的查询结果显示，“长舟号”已于昨天晚上靠泊新泽西州的伊丽莎白港，距纽约只有一个小时的车程。

想到分别之后两人之间始终相隔千山万水，如今却在地球背面离得如此之近，许衡的心跳不由自主地就加速了。

见面了说什么?

怎么打招呼?

他是瘦了还是胖了?

要不要提印度海关的事情?

还有违禁药品入境的那纸证明，该怎么解释?

大脑里像是有一壶煮沸的水，不断冒出各种各样的想法，催得脚步也越来越快。

走进航站楼，许衡被熙熙攘攘抵达大厅的人群吓了一跳。许衡这才记起自己并非独自出行，连忙站在原地，规规矩矩地等候李经理。

十几个小时的飞行，吃的都是微波食品，全程连伸腿都困难。经济舱的乘客紧随而至时，大都蓬头垢面、精神萎靡。李经理走在最后，满脸疲惫憔悴，正按着脖子活动颈椎，眉头也紧紧皱成一团。

许衡上前接过她的行李箱：“李姐，我来吧。”

“你怎么在这儿？”李经理愕然道，“不是早就出去了吗？”

“反正我没有托运行李，还是等着比较放心，省得待会儿走散了。”许衡笑笑。

两人结伴踏上手扶通道，随最后的人流往外走。

李经理看她的眼神多了几分探究，随即叹息道：“得，反正都白瞎了。”

“姐，什么白瞎了？您说话我怎么越来越听不懂？”许衡迟疑片刻，终是开口问道。

“没关系，”对方伸了个懒腰，无所谓地耸耸肩，“谜底马上揭晓。”

许衡还在琢磨这话里的意思，两人行走间已来到入境关卡。同航班的大多是中国人，早已排成几条长龙，弯弯曲曲地堵了一路。在机场工作人员的指引下，她和李经理分立两队，没有继续追问的机会。

海关官员很友善，提了几个例行公事的问题，给她批了一段时间的滞留期。

许衡刚将护照收进包里，抬头却被接机通道中的某个身影定住视线。

他晒得更黑了，眉眼却更加清晰，在人群中格外显眼。目光交错的那一刻，脸上的笑容立刻放大、灿烂，像一抹阳光驱散了窗外的乌云。

层层叠叠的衣物很混搭，从夏天到春天，穿得四季分明。脚上居然还穿着双凉鞋，颇有几分嬉皮风范。

原本朦胧的泪眼在看清这番景象时，渐渐弯成一道新月。顾不上身后的李经理，也无视大厅里其他人，许衡隔着栏杆朗声问：“你怎么穿成这样了？”

王航低头看看自己的打扮，摸摸后脑勺，难得有些不好意思：“刚下船就直接过来了呗，哪晓得纽约这么冷。”

“买一件先应急也好啊！”终于走到他面前，她笑得满脸是泪。

男人没再说话，而是张开双臂，将人紧紧锁进了怀里。

熟悉的海盐味道扑面而来，许衡哭得再也抑制不住，在那方港湾中彻底放下了自己。

纷扰嘈杂的机场大厅，已经看惯了悲欢离合，这里的每一根立柱、每一扇玻璃窗都见证过不一样的剧情。又或者，世间所有的团聚都是久别重逢，迷失的人迷失了，相遇的人会再相遇。

王航搂着她，就像捧着一方珍宝，小幅度地晃动着身体，声音里也有些许沙哑：“来了就好……来了就好……”

那次告别对两人来说都算不上完美，可也正是因为不完美，才会拼了命也要再见。

“人我给你带来了啊，”李经理的声音在身后响起，听起来如释重负，“可别再弄丢了。”

许衡赶忙抹了把脸，略显惊讶地转过头去：“李姐……”

却听王航大笑着：“好姐姐，这还用你嘱咐？”

“臭小子！”李经理假装生气地一掌拍向他的后背。

王航提前租了辆美系的越野车，马力强劲，空间宽敞，加速性能尤其卓越，在高速路上加速向前，直朝纽约市中心的曼哈顿岛而去。

在路上许衡才知道，李经理的父母也供职于大洋集团，与王航家是世交。两人虽然隔着年岁，但因为长辈的关系，彼此之间情同姐弟。

“我怎么从没听你提过？”许衡坐在后排，拍了拍前排司机座位的靠枕。

王航一边开车一边头也不回地说：“人家等着在法务部上位呢，要注意避嫌。”

“狗嘴里吐不出象牙！”坐在副驾驶座的李经理被呛得差点喘不过气，“这种话也能乱讲？”

上市成功后，需要成立专门的投资者关系部，负责交易所公告、停复牌、年报等一系列事务。法务部原来的主管十有八九要留任新部门，这样必然会空出位置来，李经理作为副手有想法很自然。

只是在传统航运业，女性地位本来就不高，想要成为部门老大。即便是远离核心业务链的法务部，恐怕也没那么容易。

许衡闭上嘴，心下对李经理的尊敬已渐渐转变为钦佩。

大洋集团在美国东部的分公司地处曼哈顿上西区，毗邻中国驻纽约总领馆，是一栋战前兴建的三层小楼。

往前追溯得再久一点，大洋集团创办于清末民初，是民族资本主义在极其艰难的环境下创造出来的成果。有鉴于当时国内形势的动荡不堪，公司的所有人并未将鸡蛋放进同一个篮子里，而是在世界范围内广泛置业，既是投资也是扩大再生产。

分公司的办公地点在一楼，二楼三楼全是成套的公寓，供公司职员居住、中转，由专门的物业公司负责打理。

三人抵达时已是午后，王航将车停在地下室，熟门熟路地按下电梯：“姐，我跟小衡先上楼了，公司那边晚点再去打招呼啊。”

“去去去，”李经理不耐烦地挥挥手，“有事我会打电话。”

许衡还想多客气两句，却被人霸道地用力拽走：“电梯来了。”

厚重的铁闸门刚刚合拢，王航便将她逼到电梯内的角落里，隔着若有似无的距离，轻声问道：“你这么着急去查账啊？”

他双手撑在电梯墙的夹角上，形成一个小小的闭匿空间，令人无处可逃。

许衡简直不敢看那双眼睛，低下头柔柔地说：“我是来出差的。”

王航气得笑出声：“你干吗不说你是来考察的？”

许衡将头埋得更低了，脸上热得快要烧起来：“我……”

男人弯下腰，准确地吻住她的双唇。过电般的触觉在两人身上迅速蔓延，电梯里的空气被抽干，时间在此刻静止。

许衡双脚软得站不住，贴着墙就要往下滑，却被对方死死抱在怀里。

一双薄唇紧贴着她的头皮：“别动。”

电梯铃声适时响起，铁闸门再次滑开。

两人牵着手，一前一后地走进楼道。

许衡的腿还在颤抖，视线几近迷离，只见王航不太自然地弯着腰，步伐也失了稳健，几乎是拖着人往前冲。

房间的门禁就是大洋集团的职工卡，他抖着手从衣兜里摸出来，在识别器上刷了一下。

门刚打开，王航便连人带行李地将许衡推了进去，背靠着墙壁，紧贴而立。

许衡用手钩住他的颈项，不管不顾地攀附着、亲吻着……

半晌，许衡笑着伸手轻抚男人的脸庞，目光缱绻，声音轻柔："……我想你了。"

王航侧首吻住她温热的掌心："我知道。"

房间里的暖气开得很足。

许衡替他一件件脱下衣服：衬衫、背心、连体工装……简直是把能穿的全套身上了。

"怎么穿成这样？"她皱眉。

王航任由对方拾掇自己，享受着此刻亲密无间的氛围，淡淡笑道："一路走的都是热带，没有厚衣服卖啊。"

"出来时就没有多带点？"

男人耸耸肩："我原本在勒阿弗尔就该上岸了，听说你有可能来美国才暂缓休假。"

许衡愣了愣："你怎么知道我要来美国？"

他狡黠地笑笑："就是知道。"

从王航和李经理之间的交情来看，两人绝无见外的可能。许衡暗暗思忖，恐怕就是他点名自己来美国东部的分公司合规的，连忙问："机票呢？"

"什么机票？"王航瞪大眼睛。

"有没有人告诉过你，"许衡叹了口气，"撒谎的时候表情要自然。"

他拍拍脸："我觉得我挺自然的。"

"……傻瓜。"

王航再次笑起来："别这样，我妈就喜欢这么骂我爸。"

许衡愣了愣，随即想起另一件事：“这次大洋集团上市成功，王董跟我说话了。”

“说什么？”

“大船进港。”她正色道，“船东协会可能知道我们跟D.R公司联系的事情。王董问我……你干吗呢？”

王航解拉链的动作不停，回答得理直气壮：“脱裤子啊。”

在刚才的共同努力下，男人的上半身已经完全赤裸，人鱼线清晰地顺着小腹延伸，古铜色的肌肤色泽鲜明。臂长肩阔、腰背紧绷，精壮的躯干没有一丝赘肉。整个人在灯光的照射下，焕发出宛如希腊神祇般的美。

许衡咽了咽口水，清清喉咙道：“我在说正经事呢。”

“说呗，我在听。”他不以为意，将最后一条单裤褪至脚踝，“问你什么了？”

大脑里一片混沌，来来回回搜索几遍后，依然没能记起之前的话题，许衡暗地里骂了句脏话。下一秒，她整个人扑上去，把王航压倒在地毯上，双手撑住他的胸膛，恶狠狠地质问道：“说，你是不是故意的？！”

男人仰躺着大笑，点头称是：“我就是故意的。”

气氛瞬间发生变化，两人对视的目光中有无形的电流在噼啪作响。

异国他乡的老式公寓，窗外的凄风冷雨与室内的温暖如春对比鲜明。

在彼此怀中，他们找到了灵魂缺失的另一半。

王航撑起上半身，汗水顺着脸颊和发梢滴落，明亮的星眸在闪闪发光，疲惫的笑容中全是满足：“……真好。”

许衡伸手拂过那俊秀的眉眼，气若游丝地问：“什么真好？”

“我一直觉得大海才是自己的归属，现在却觉得岸上真好……有你，真好。”王航缓缓枕在她的胸口上，“一切的一切都很好。”

天空的云彩绚烂如花，与整室的温馨甜蜜相互映衬，抚慰了满心的漂泊不定。

从天明到日暮，从日暮到黑夜，两人不知疲倦地在彼此身上寻求安抚。直到门外传来李经理不耐烦的声音：“有完没完？还吃不吃晚饭啊？”

许衡吓得一个骨碌爬起身来，却被王航捂住了嘴。

“来啦。”他没有半点不好意思，反而高声回应道，“等我们十分钟，停车场见。”

下楼后，果然看到李经理抱着双臂，投向王航的视线尽是鄙夷：“啧啧……”

尽管没有明确评价，许衡依然被羞得满脸通红，埋头便爬上了越野车后座。倒是王航肆无忌惮地将车钥匙扔给对方：“不行了，头昏眼花的。安全第一，还是麻烦你开吧。”

李经理翻了个白眼，转身拉开驾驶座的车门。

晚饭定在时代广场旁边的一家意大利餐馆。三人先找地方停好了车，又就近给王航买了两件衣服御寒，到达时已经错过了用餐高峰期。

尽管没人排队，习惯夜生活的纽约客们却还没有散去。餐厅里热闹非凡，在昏暗的灯光照射下，有歌手和乐队在角落进行即兴表演。客人们则围坐桌前，或觥筹交错，或低声相谈，精致的餐具与古朴的装修相互映衬，衬托出满室的温馨，显出几分低调的奢华。

衣装笔挺的侍者将他们引至座位，送上了满是英文的餐牌。

许衡没来得及翻看，只顾着仰头喝水，却见王航正在与侍者小声争论。

她连忙看向身旁的李经理，却见对方摇摇头道：“他要点菜，人家建议减少两个，臭小子偏说自己能吃完。”

侍者是个拉丁裔中年人，衬衫浆洗得十分干净，头颅高昂得像只公鸡。最终，他还是犟不过负责买单的王航，只好依照指示写下了各式菜名。

“你心里有数吗？”待侍者走后，许衡方才小声问道。

王航似乎不以为意：“三个人三个菜，多加了份面包和汤，怎么可能吃不完？”

餐点被端上来之后，他们才意识到自己的想法有多天真：整份焗海鲜层层叠叠，光是奶酪就比字典还要厚；厨师沙拉五颜六色，堆得像小山一样高；意大利面更是直接用盆子装好，肉丸大得堪比拳头。这绝对是欧美人的饭量，三个王航都不一定能搞定。

侍者将餐桌摆满，还推了辆小车过来，面包和蔬菜汤分开两层堆放。

王航瞠目结舌地看着这一道道菜，最终苦笑地冲侍者妥协：“OK. It's my fault.（好吧，我的错。）”

拉丁裔侍者这才趾高气扬地踮着脚离开。

许衡和李经理相视一眼，不约而同地笑出声来。

酒足饭饱之后，桌上果然还剩下不少残羹冷炙。王航摇头道：“我在机场临时查的网上推荐，只说这家味道好，哪知道分量也这么实诚。”

许衡擦干净嘴，手伸到桌布下，偷偷握住他，解围道：“吃得好就行，剩下的打包也一样，不浪费。”

“小许，你就别替他找借口了。”李经理不留情面，一针见血地说，“以后吃饭还是要多听侍者的意见。在这里，他们的职业荣誉感很强，即便只是一个侍者，也需要在自己的职责范围内得到认可。”

“瞧瞧，咱李姐多认真。”王航冲许衡眨眨眼，半开玩笑半认真地说。

见李经理的脸又要黑下来，许衡连忙应和道：“本来就是这样的啊。你们感觉可能还不明显，我们在律师事务所工作的，永远都是乙方在上，除了求爷爷就是告奶奶，哪还有什么职业荣誉感？”

“话可不能这么说，”王航喝了口水，插嘴道，“甲方乙方是动态变化的概念：李姐是你的甲方，可面对货主，整个大洋集团都是乙方，无所谓谁高谁低。”

“得了吧，你们把船开出去就有了域外法权，谁的账都不买，当然说得轻松。”李经理冷哼一声，扭头看向许衡，“小许，这次带你出来于公于私都有原因，分公司的合规是一方面，更重要的是另一方面。”

说完，她很有技巧地停顿片刻，意有所指地看看王航，话却是对许衡说的：“明天早上陪我去个地方——如果你不想一辈子当乙方的话。”

华尔街。

位于曼哈顿下城区的这条街道，包括纽交所、摩根、杜邦、洛克菲勒……所有资本主义商业精神的代表，都云集在此。

这里是对美国，乃至整个世界的经济具有影响力的金融中心。

出发前，王航再次向她确认：“真的不需要我送？”

许衡一边看着镜中的自己，一边语气坚定：“不需要，坐地铁很快就到。”

纽约的地铁兴建于1904年，最早的站点便包括了华尔街，并且沿用至今。快步跟随李经理，沿着狭窄陡峭的楼梯拾级而上，许衡感觉自己经历了一趟时空之旅。

此刻刚过上午十点，路上除了成群结队的观光客，便是健步如飞的精英男女。偶有几个西装革履的男人站在路边，或抽烟或交谈，就像鲸鱼浮出水面，借着短暂的间隙透透气。

仅仅是走在这条街上，就能感受到紧张而刺激的商业氛围，令人不禁感慨：如果说在香港、上海人们追求效率，信奉时间就是金钱，那么华尔街的空气里恐怕都涌动着钞票的味道。

“材料都带了吗？”李经理穿着羊毛大衣，化着薄薄的淡妆，整个人显得精神不少。

许衡在脑海中检索了一遍对方昨晚提及的内容：“没问题，分公司的全套登记手续、董事会授权、交通部的规定副本……我都整理好了，翻译件也重新检查过。”

李经理点点头，迈着大步继续走在前面。

两人最终站定于ACM集团大楼外，这是座装修得很具文艺气息的摩天大楼，外形朴实无华，除了混凝土楼体外，还以白色的砖石覆面，对称排列的立面从其他方形窗户上凸显出来。

服务员替她们拉开玻璃大门，微微鞠躬致意。

仿佛听到了战斗的号角，李经理深吸一口气，昂首挺胸道：“走吧。”

许衡的神经在瞬间绷紧，小跑着跟了上去。

电梯停在23楼，秘书确认预约时间和身份后，将人引至融资租赁业务部的执行董事办公室。

米勒女士已经做好了准备，见李经理进门连忙起身相迎。两人热络地用英语互相寒暄，显得十分亲密。

许衡昨晚已经听过介绍，知道米勒此次得到ACM董事会的授权，负责整个转让交易。

她的重点是房间里的另一位客人：D.R公司亚太转运中心的负责人，陆易思。

巴西人见到许衡时热情依旧，咧嘴笑得满口白牙，居然能用半吊子中文打招呼：“许小姐，你好！”

“你好。”许衡点头致意，态度不卑不亢，也用中文招呼对方。

秘书端了两杯咖啡进来，办公室里的四人分别介绍完毕，落座在各自的位子上。

米勒女士金发碧眼，戴上银边眼镜后更显得气场十足。只见她翻开合同草稿，摊了摊手问：“Shall we?（可以开始了吗？）”

因为周期长、成本高等因素，很少船东有能力独自建船。ACM作为全球最大的船舶经纪公司，专门为企业提供融资租赁服务。租赁期满之前，他们是船舶的实际所有人。

D.R公司的40万吨巨轮也不例外。

由于无法靠泊国内港口，D.R公司的铁矿石依然需要在菲律宾转运，始终无法与必和必拓等澳洲矿企形成有效竞争。

D.R公司与赵秉承的沟通只是烟幕弹，ACM的本意只想借此机会提高价码，正好将大船的所有权脱手。

陆易思表态前，米勒女士已经念完了合同的说明项，对交易前提进行了全面表述。巴西人听过之后，颇为无奈地耸耸肩，依然试图对ACM的撤资进行挽回。

“No,we have told about it.（不，我们已经谈过这个问题了。）”米勒双手交叉在胸前，做出明显的拒绝姿态，转而看向李经理，“What′s your opinion?（你们的意见如何？）”

刚刚上市成功，大洋集团融资数十亿美金，理所当然地财大气粗。李经理点点头，表示并无异议。

陆易思只好转向李经理，心不甘情不愿地介绍那几艘巨型货轮的状况。

待他言罢，许衡按照事先的安排，依次提出几项可能的交叉持股方案。

彼之砒霜，吾之蜜糖，资本界的每一笔交易都是市场与心理的反复权衡。

大洋集团是买手，既要表现出对船队感兴趣，又不能让对方知道自己的兴趣究竟有多浓。作为律师事务所代理人，许衡适时地参与到谈判中来，既不显得突兀，又很好地掩饰了大洋集团的志在必得之心，是理所当然的最佳人选。

李经理并未见过陆易思，只知道他刚刚升任D.R公司中国区的负责人。然而，早在中国的铁矿石供应刚刚出现缺口时，陆易思便已经敏锐察觉到其中的商机，并且力主建造船队，自给自足。

时过境迁，当年雄心勃勃的青年人，如今已变成大腹便便的老狐狸。他漫不经心地听罢介绍，仿佛突然想起来似的，挑眉道：“Where is Mr. Zhao?（赵先生在哪里？）”

听对方突然提起赵秉承，许衡连忙打起十二分精神，解释说他还在国内，无法亲自到纽约来参与谈判。

陆易思点点头，没再追问。

所有人再次将注意力集中到对市场前景的预测中。

许衡不知道对方突然发问意欲为何，也没有多余的精力思考。即便赵秉承本人到场，也得向大洋集团履行顾问义务——无论他背地里与D.R公司有着怎样的牵扯。

走出ACM集团大楼的黄铜门，沿街而来的冷风吹得人阵阵哆嗦。许衡蓦然发现自己早已汗流浃背。

李经理将自己的羊毛大衣递给她：“披着吧，小心着凉。”

“姐，我没事。”许衡受宠若惊。

对方置若罔闻，直接将衣服搭过来，同时捏了捏她的肩膀：“你表现得很好。”

许衡这才勉强松了口气：“我看陆易思不表态，还以为没戏了。”

“巨额资产跨国的转让，不是一两次谈判可以搞定的。”李经理加快脚步，直朝着地铁站走去，“法务级别的沟通只是基础，能有今天这样的效果已经不错了。”

许衡眨眨眼睛，回忆不出另外两方究竟有何表态，所谓的“效果”更是无从知晓。

然而，就像李经理昨晚所说的一样，想要摆脱律师替人作嫁衣的乙方地位，必须主动参与到资本游戏中来——掌握了更高级别的话语权，才能在初级市场里兑现既得利益。

“你们和D.R公司的接触，还有谁知道？”坐在地铁上，李经理侧首问道。

许衡皱眉想了想：“应该没多少人。赵老师的保密意识很强，若不是上次王董提起，我压根没想到大洋集团会清楚这事儿。”

“傻丫头，你以为赵秉承有多老实？他才不会傻等着跟D.R公司签合同。”李经理撇嘴一笑，“到那时候再放炮就晚了！”

许衡转过头来，不太明白这话里的意思。

“国内航运业习惯了各自为政，听到D.R公司几个字就吓趴了。赵秉承扯着这面大旗，能唬到不少人。据我所知，东南沿线的港口都已经有了跟他长期合作的意向。”

“可是……”许衡停顿片刻，整理了一下思路，“如果代理合同签不下来呢？”

她选择了相对保守的提问方式，真正的麻烦在于：如果大洋集团收购成功，D.R公司势必要退出中国市场，那么赵秉承的承诺又该如何兑现？

李经理对此问题显然不以为意：“他如果真有本事，只是借机会减少了客户搜寻成本。与D.R公司合作的成败不会影响其他业务。”

联想到之前很长一段时间，赵秉承的应酬、交际活动都有增无减，而她只承担了最基础的事务性工作。许衡意识到自己依然被排除在核心交易之外，并未接触到实质性的客户拓展。

然而，许衡心中默默思忖，她必须尽快与赵秉承取得联系——至少不能让他再这么盲目地自作聪明下去。

刚走出地铁口，李经理便接到一个电话。她却回答得颇不耐烦：“到了到了……我们出地铁站了……你这人有完没完？挂了！”

收起手机，李经理目光复杂地看过来：“你怎么受得了王航这种家伙？”

许衡感觉脸颊发烫，低下头不敢搭话。

“哎，船员在感情上都是被害妄想症。”李经理意有所指地说，“你可千万不能惯着他，否则最后连人身自由都没有了。”

许衡“哦”了一声，没再出声回应。

两人刚绕过几棵行道树，远远便见王航身形挺拔地站在街对面。

萧瑟的街景里，他抄着兜，来回顾盼搜寻，像个亟待大人归家的孩子。

许衡顾不得身后的李经理，确认左右无车，便步伐交错着小跑起来。

她想，在陌生的城市里，能被人这样牵挂、惦记、守望……其实，也挺好。

尽管没有操作过类似业务，对资产跨国转让的了解也很有限，许衡依然打起十二分的精神。

船舶融资租赁是一种特殊的融资方式，简而言之就是船东借钱造船，船造好后分期还款。款项还清前，债主拥有船舶所有权，是法律上的船东。

大洋集团一旦与ACM签署合同，就可以掌控大船船队，王允中之前所说“如果35艘船里，有一半是我们自己的”，就真的成了国有资产。

到那时，不仅巴西人的矿砂要想办法进港，就连澳洲的矿企也不能再自行定价，中方船东与国内钢厂之间可以直接签订运输协议，垄断上下游业务。

但是，目前的交易仍然绕不开D.R公司，巴西人作为船舶经营方，有权提出各种要求，试探收购意向，将风险转嫁到买方身上。

如果不能在前期过滤合同陷阱，大洋集团很可能像ACM一样，沦为替人作嫁衣的冤大头。

诚如李经理所言，法务级别的接触对于整个转让交易来说，既是基础，更是前提。

回到住处后，许衡干脆搬进了隔壁房间，和李经理趁热打铁，撰写完整的评估意见、修改合同文本、设计收购的步骤安排。

原本满心期待的跨年长假，被突然的工作彻底打乱，许衡却心甘情愿：好律师的价值，并非赢得官司或追回损失，而是防患于未然，确保当事人没有麻烦缠身。

能够提前介入如此重大的资本转让，对她来说是绝对珍贵的经验，远比一两天假期更重要。

王航虽然口头抱怨了两句，却也明白其中的利害关系。他从没有主动打扰，只是等到每次开饭前，敲门提醒许衡和李经理下楼进餐。

直到将所有材料再三检查，并且与原件核对无误后，李经理才联系上大洋集团的董事会办公室，以传真的形式汇报了此次谈判的最终结果。

前后几个不眠之夜，连轴转的通宵加班，许衡的体力早已透支到了极限。

然而，与满心的成就感相比，这样的付出根本不值一提。

李经理显然也松了口气，一边按摩颈椎，一边有感而发："王航如果知道你又没睡觉，肯定要来找我麻烦。"

窗外天空已经破晓，有鸟儿在清脆鸣叫。许衡揉揉眉心，轻声道："正经事耽误不得，把工作完成了才能安心休假嘛。"

"小许，"李经理靠上椅背，跷着脚往后一退，"我发现你有些方面很像王家人。"

许衡的脸颊又开始发烫，推辞的话语卡在喉咙里不上不下，心中默默期待对方接着说下去。

李经理没有卖关子，继续道："王航爸妈都是老一辈的大洋人，他妈妈念的是海事大学轮机专业，被组织视为重点培养对象。结果刚上船就跟王叔叔好了，还申请单位开介绍信结婚，把老领导气得不行——前一天刚鼓励男女平等，后一天女船员就跟男船员好上了，哪有这个道理？”

考虑到八卦秘闻事关王航父母，许衡作为晚辈原本不该好奇，但她就像只偷腥的猫，明知道不妥，还是忍不住追问：“影响很大吗？”

“必须的。”李经理耸耸肩，“都背了处分，男的发配上远洋轮，安排两年船期。女的被留在后勤部门，相当于提前退休了。”

“王航妈妈那会儿不是刚参加工作吗？”许衡疑惑。

“要不然怎么说影响大？没办法开除你，但有的是办法让你不痛快。”

王航从未提及自己的父母，许衡也没有主动打听过。不过，能让李经理这样的女强人有所感慨，想必当事人经历的辛酸坎坷只会更多。

“结果你也看到了，我叔是公司最年轻的三副、二副、大副和船长，后来掌舵整个大洋集团；我婶就一个人带孩子、操持家里，日子过得红红火火，是出了名的模范‘海嫂’；王航一开始也常常被老水手欺负，最终却成了新的‘王船长’。”

李经理停顿半晌，总结道：“他们家都习惯用行动证明自己。那个词怎么说来着？……对，就是打脸，打那些看热闹的人的脸。”

听完这番叙述，许衡没有感觉畅快，却长长久久地叹了口气：“王航父母挺不容易的。”

“这世上有谁容易？”李经理不以为然，“可多数人即便不容易，也没落好。只有那些咬牙坚持的，才能名利双收。”

短暂时间的接触，足以让许衡熟悉李经理要强的性格。她没再反驳，而是简单地“嗯”了一声。

得到听众的认可，李经理心情更好了，挑挑眉道：“你跟他们差不多，也是握着一手烂牌，努力地去赢得满堂彩。”

许衡忍不住打断道：“长辈的事情我不清楚，但王董的面子摆在那儿，王航手里应该没有烂牌吧？”

“他的事以后让他自己交代。”李经理摆摆手，目光笔直地看过来，“这小子当初给我打电话，打听你和华海所的关系时，可把人吓了一跳——你也知道，赵秉承这个人在业内的评价两极分化，你跟着他，风言风语也不少。”

许衡这才明白，对方并非信口开河，而是有备而来。如若自己和王航有结果，新加坡的表白就算是一笔烂账，李经理作为消息来源恐怕脱不开干系。

理清楚前因后果，许衡也彻底放松了：“姐，没关系。律师这行原本就得罪人，我明白自己要的是什么。”

李经理的眼睛亮了亮，随即自嘲地笑笑：“我其实是想说，你比我想象的能干、懂事，王航没有看走眼。”

朝阳下，许衡真真正正地开怀大笑起来。

工作结束，假期只剩下最后两周。

李经理有亲戚早年移民美国，之前已经计划好去旧金山过春节，家人也都在西海岸等她。

临走前，她建议王航和许衡只在美国东部几个城市玩一玩：“你们没多少时间，来回赶路不划算。这边的纽约、华盛顿、费城就够看了。”

王航把行李放进后备厢，哭笑不得地说：“姐，你是来拆台的吗？”

见李经理满脸莫名其妙，许衡解释道：“我们加班的时候，他已经在规划行程了。地图攻略看过不少，写满整整一册笔记本。”

李经理吹声口哨，像是听到了某个大新闻：“臭小子，你还真舍得下血本啊。”

“我这叫‘不打无准备之仗’。”王航将车门关好，绕到驾驶座旁边，“走吧，送你去机场。”

目送越野车从地下室开走，许衡转身回到房间。脑袋刚沾着枕头，便晕乎乎地陷入沉睡。这几日压力太大，猛然松懈下来，身体早已不堪重负。

模糊中，有人开门进房，替她掖好被角。床的另一边重重陷下去，某个能量源正散发着热量，驱散了空气里无尽的寒意。

再睁开眼，太阳已经升至头顶，阳光透过玻璃窗照进室内，将地毯分割成大大小小的几何形状。

有吻从耳后轻轻掠过，男人嗓音低沉地问道：“醒了？”

那熟悉的温度令许衡心安，身体也愈发松弛地陷进床铺里：“……我睡了多久？”

“几个小时。”王航用手指轻抚过她的脸颊，带着无尽缱绻，“黑眼圈都出来了。”

许衡闭着眼睛微笑：“嫌弃？”

“有点。”他低头吻住她的眼睑，濡湿温暖的触感格外亲昵，“真想把你圈养起来。”

“然后呢？”

“好吃好睡地养着，只有我一个人能够看、能够碰。”

“啧啧，”许衡依旧闭着眼睛，“养猪呢？”

王航的声音里带有笑意：“是啊，养肥了好过年。”

“剁肉包饺子？”她故意板起脸，皱着眉头睁开眼睛。

对方整个人压过来，劈头盖脸的吻从天而降，声音含混：“等着下猪仔。”

拥抱伴随着抚触，浅笑混杂着喘息，唇齿交缠着温存。

室内的空气再次升温，沸腾了孤独多日的寂寥，将情欲引燃成无边烈焰。

再起床时，窗外已是华灯初上。一盏盏白炽灯在街边点亮，串联起纽约冬日特有的萧瑟清冷。

“又浪费了半天，”许衡一边换衣服一边懊恼地说，“这样下去怕是真没时间去西部地区玩了。”

王航刚洗完澡，发梢还在滴水。他腰间围了条浴巾，颀长精壮的身板散发出薄薄雾气，背光站立在窗前，观望着街上的景致：“咱们这次单玩东部城市吧，纽约本身能逛的地方就不少。”

许衡捡起衬衫搭在男人肩头，顺着那视线看过去，言语中有些不舍：“你做的那些计划怎么办？”

大掌揉上她柔软的头发，王航回答得很随意：“以后再用嘛，难道你这辈子都不来美国了？”

许衡原本还想说些什么，却被突如其来的亲吻打断。她的手抚上男人的背脊，感受着光滑流畅的肌肉轮廓，心跳不由自主地再次加快。

待到两人气喘吁吁地分开，王航抵着她的额头说：“重要的不是去哪儿，而是跟谁在一起。”

在窗外街灯的映照下，男人的一双眼眸愈发闪亮，像极了在“长舟号”甲板上曾经见过的漫天星光。

许衡没再争辩，而是允许自己彻底沦陷，心满意足地托付信任。

纽约是座名副其实的不夜城。

和老牌资本家世代居住的上东区不同，地处中央公园另一侧的上西区是新贵们的聚集地。这里有数不清的艺术馆、咖啡厅和歌舞剧院。

在这里，艺术和生活同在，财富与享乐交融。

大洋集团在美国东部分公司的大楼地处42街和43街之间，走两步便有轻歌曼舞的小酒吧、牛排馆，据说网上评价都很不错。

然而，为了省出时间去更多地方，许衡和王航还是决定利用这个夜晚，到纽约的地标——帝国大厦吃晚饭。

王航这些天攻略做得很详细，甚至把几部有名的电影重温了一遍。作为美国精神的象征、与好莱坞合作最多的摩天大楼，帝国大厦已经成为“浪漫”的代名词，申请在此举行婚礼的新人甚至需要排队。

大厦裙楼的西北角有家餐厅，近年刚刚开放，是游客近距离接触大厦的第一站。餐厅里的木制吧台又长又宽，墙上贴满旧式海报，临街落地窗旁坐着三三两两的食客。

“味道估计会很一般。”点完餐，王航解释道，“毕竟吃的是个情趣。”

许衡饶有兴味地环顾四周，这里的室内装潢非常豪华，透露着黄金年代特有的虚荣浮华：“主要是怀旧吧，真讲情趣的话，就该去那些空中餐厅。”

“你想去吗？”

许衡摇摇头：“没必要。我们吃不惯西餐，换哪里都一个味儿。”

王航笑起来：“纽约的中国城是西半球最大的海外华人聚居地，里面有非常地道的中餐。你若想吃就好好把握，其他地方恐怕没这么方便。”

她在吃饭问题上向来没什么讲究，倒是因此想到了另一个问题：“你跑船到纽约来的机会很多吗？像是很熟悉这里一样。”

“还行吧，”他喝了口水，“环球航线会有几个固定港口，纽约算是其中之一。”

许衡双手撑在下巴上，望着窗外的街景出神：“环球航线啊……”

王航揉了揉她的头顶：“你感兴趣的话，下次也可以来嘛。集装箱船航速快，个把月就能走完。”

“估计再难有这样的机会了。”许衡遗憾地说，“D.R公司的底牌没亮出来，回国之后还有很多事情要忙。”

侍者开始上菜，两人没再继续交谈。

直到饭吃了一半，王航突然清清喉咙，再次出声道：“我不是大男子主义，女孩子当然可以有事业追求。但是，你也别勉强自己，好吗？”

许衡很少听他如此郑重地发表意见，当即愣住，半天才反应过来：“你想说什么？”

王航叹了口气：“李姐是不是跟你讲过我家里的事？”

回忆起黎明时分的那场对话，许衡谨慎地回答道：“就随便带了几句，没细说。”

他放下刀叉，长指扭结，好看的眉毛微微皱起：“你已经见过我爸爸了。他表面上挺严肃，其实人很好说话。我妈的性格比较强，和她相处需要多些……耐心。”

许衡“扑哧”一声笑出来：“这是在邀请我见家长吗？”

王航没料到她如此反应，有些猝不及防，随即也低头笑起来：“只是让你有点心理准备。李姐他们站在旁观者的角度，光晓得我妈能干、了不起。大家都忘了，她当年在单位里也很有前途，论能力不比我爸差。无论多么成功的海嫂，最终还是幕后英雄。对于我妈来说，其中的落差很大。”

“你怕我成为像你妈妈那样的人？”

王航耸耸肩：“不想你活得那么累。”

许衡伸手过去握了握他的手，目光清澈而坚定。两人于沉默中静静相望，一切体谅、信赖、希望都尽在不言中。

用餐完毕，他们尾随着最后一拨游客走进帝国大厦的正门。

迎面而来的大理石墙面上，巨型铜质壁画闪闪发光，笔直线条勾勒出整栋大楼的壮观轮廓。入口大厅金碧辉煌，用丰富的色彩、醒目的几何图案将装饰艺术风格展现得淋漓尽致。

联想到这栋大楼建成于1931年，曾经保持了四十多年的世界最高楼纪录，而且至今仍有大批企业在此办公，许衡感觉自己穿越了历史。

另一侧的狭窄通道里，游客们正排着队，一个接一个地等待接受安检。

“9·11事件”之后，因为担心成为恐怖袭击的下一个目标，帝国大厦曾经被迫关闭。恢复开放后，安保等级上升了几个档次，登顶游览所耗费的时间也越来越长。

即便如此，来自世界各地的游客依然络绎不绝。

因为已经错过了高峰期，此时的队伍放行很快。王航牵着许衡，绕过一根又一根立柱，小跑着跟上队伍的末尾。

身着紫色制服的电梯员拦住厚重铁门，待他们进入后，按下第80层的按钮。

轿厢里站满了人，王航将许衡护在角落里，彼此的双手紧紧相握。

从零加速到几十公里的时速，在垂直距离上难免会令身体不适。然而，当温暖的热度从皮肤下源源不断地传过来时，她却觉得无比舒适惬意，省却了一切计较。

一首背景音乐还没播完，电梯便稳稳停在了第80层。或许是为了保留神秘感，这里只有纪念品商店，而没有留下任何窗口。游客们集体换乘另一部电梯，升到第86层的观景平台。

电梯门刚打开，便听见有游客“哇哦”一声，不由自主地发出赞叹。

许衡身前的大个子白人说着“This is amazing（这太惊人了）”！几乎挪不动步子。

她有些着急，探头探脑地想离开电梯，却挤不出密集的人群。

直到王航伸手拨开一条路，玻璃窗外的壮丽景象方才展现在眼前。深黑如墨的背景下，纽约的轮廓被灯光细细勾勒。仿佛一位身姿婀娜的少女，用面纱遮住了容貌，却愈发引人遐想。密密麻麻的建筑物由近及远，一点点在眼前铺展开来，静静绽放在无边夜色之中。

走上观景台，狂风呼啸着擦过耳膜，许衡听不见王航在说什么，只觉得肺里的空气都快被抽干了。

然而，这至寒至清的高空又具有无穷魔力，令灵魂都飘浮起来。

俯瞰着大都会的光鲜浮华，感受着整座城市的喧嚣脉搏，许衡感觉自己从未离天堂如此之近，或者离尘世如此之远。

王航搂着她，两人缓缓漫步，从大厦的南面出发，顺时针环顾自由女神、华尔街、中央公园和布鲁克林大桥。

游客们站在防护栏旁边，或合影留念，或极目远眺，挡住了最直接的视线。可即便隔着重重人影，依然不影响内心所受到的强烈震撼。

他们出门前特意换上了御寒衣物，在这样的高空中却显得特别徒劳。冷风从夹层和缝隙里侵入，带走了身体里最后的热量。

许衡在王航怀中越缩越紧，却忍不住一而再，再而三地睁大双眼，目睹这人力所发挥到极致的建造，以及被彻底改变的世界面貌。

再次回到出发点，王航指着遥远海面上孤独的光影，含住了她的耳垂："看，船。"

哈德逊河与东河彼此交汇，勾勒出曼哈顿岛的西南角。这里地势低洼，是纽约城最早的发端。华尔街绵延起伏的天际线背后，是冰冷潮湿的北大西洋。

从高空向下望去，星星点点的航标指引航道，商船亮起舷灯、桅灯和艉灯，以令人无法察觉的速度缓慢移动。宽广黑暗的水面被点亮，同时带来的还有海风的气息。

纽约从建城的第一天起，便是向海而生，城市发展始终围绕着港口建设。

法国人、荷兰人、英国人，你方唱罢我登场；新大陆、新阿姆斯特丹、新约克，一个个名字异曲同工；英荷之战、独立战争、"9·11"恐怖袭击事件，无数波澜起伏不定……这座无围之城面对征服与挑衅，没有选择封闭或对抗，而是用宽广的胸怀海纳百川，使自己成为世界民族的大熔炉。

许衡看到了船，也看到了美国最古老商业中心的坚持与信仰。

因为强大，所以勇敢；因为勇敢，所以包容；因为包容，所以更加强大。

就在此时，衣兜里的手机开始振动，许衡抖着手掏出来，看到屏幕上显示着"赵秉承"三个字。

王航也看到了，没说话，转身推开玻璃门，将她引进温暖的室内。

与观景台外的投影灯相比，这里的光线柔和不少，甚至有些昏暗。许衡深吸一口气，按下接听键："赵老师，我一直在找你。"

她之前曾多次打电话回国，对方不是无法接通就是关机，完全联系不上。如今主动联系，想必应该知道了大洋集团的资本运作。

“小衡，”赵秉承的声音有些缥缈，像是隔着一个世界，“纽约好玩吗？”

许衡正在脑海里组织语言，试图解释ACM集团出让船队所有权的前因后果，听到对方的问题未能及时反应过来：“你说什么？”

“我问你纽约好不好玩？”对方语带笑意，态度却很认真。

没有拿电话的另一只手被王航握着，连搓带揉地渐渐暖和起来。许衡看着眼前人，恍然道：“挺好的。”

赵秉承长长地舒了口气：“那我就放心了。”

赵秉承又说了几句不痛不痒的话，历数美国东部地区的风景名胜，建议许衡有空多转转。

她屡次想要打断，或者将话题转移到大洋集团和D.R公司身上，却都被对方生生堵回去。

这通电话令人颇为不安，就像明知水面下有莫名的危险在翻腾酝酿，水面上却还在粉饰太平、欲盖弥彰，只能营造出更加紧张的气氛。

如果不是王航陪伴在身旁，并且牢牢握着她的手，许衡肯定没有勇气继续听赵秉承胡扯。

“你这次可以顺便考察几所大学，想办法申请LLM在那边念书也行。之前不是一直想着继续深造吗？费用由所里负担……”

听见对方越说越不着调，许衡终于忍不住呵斥道：“赵老师，你到底怎么了？！”

电话那头彻底安静下来，只听得到男人沉重的呼吸声。再开口时，他似乎小心翼翼：“小衡，你要记住，无论发生什么事情，无论情况变得有多糟糕，我都会不计代价地保全你。”

说完，不待许衡回应，电话便被挂断了。

赵秉承不是一个喜欢做出承诺的人，即便在两人关系融洽的时候，他也未曾向她许诺过任何事情。

如今突然弄这么一出，惊悚效果可想而知。

许衡望着电话，满脸莫名表情，愣在原地不知该如何是好。

王航伸手在她眼前晃晃：“傻了？”

许衡抬头：“赵老师恐怕有麻烦。”

王航冷哼一声：“他那种处世风格，有麻烦不是迟早的事吗？”

许衡紧皱着眉头，试图说出自己的想法：“我还是早点……”

“早点什么？”王航瞪着她，张扬跋扈道，“你敢开口试试？”

许衡没再吱声，心境却不复之前那般轻松。

依照许衡对赵秉承的了解，肯定是有什么大麻烦，完全超过了他的控制范围，他才会突然冒出这番话来。

华海所？D.R公司？船东协会？

尽管潜在的麻烦多种多样，但应该都不足以让赵秉承自乱阵脚才对。

走出帝国大厦，许衡的心早已飞到地球背面，思考排除可能出问题的方方面面。

过斑马线时，王航猛地拉了她一把，难得黑下脸：“怎么搞的？！有车都看不见？！”

“哦，对不起，我没注意。”许衡眨眨眼睛，抹抹脸，勉强回神道。

时近深夜，纽约街头却依然热闹喧嚣，游客们来来往往，马路上的车辆呼啸而过，沿街的霓虹灯箱光芒闪烁，导购员还在店铺外招揽生意。

他的侧脸被忽明忽暗的灯光掩映，显得有些陌生，说出的话语却十分清晰：“这世上需要操心的人和事太多，我们不可能面面俱到。但你做任何事都有一个前提——把自己先照顾好。”

王航目光笔直地看过来，两只手掐在许衡肩头，有些微用力。

“我……”许衡哽咽了下，“你等我一下，我再打个电话。”

十字路口，人来车往，偶有司机将头伸出窗外，大声咒骂着路旁的行人。

纽约的冬天总是特别寒冷，深夜在外面待久了，手脚就会被冻得有些发麻。

许衡不死心，先后拨通赵秉承的手机、座机、办公电话，就连滨海别墅也没放过。结果不是关机便是无人接听，真是令人心烦气躁。她又打电话给团队里的同事，得知赵秉承一直没有回去上班。

“据说他办了退股手续，已经不是律师事务所的合伙人了……”

听到这里，许衡隐隐意识到大事不妙，但是和D.R公司接触时，赵秉承确实提过另立门户的想法。

或许他只是因此有了压力，所以才说些奇奇怪怪的话?

王航从街边小店买了包烟回来，偏着头点燃，眯眼吐了一口，方才出声：“电话打完了？”

许衡从没见过他抽烟，面对这般情景，不由得瞪大了眼：“你会抽烟？”

“认识你这种家伙，不想办法排遣一下，我怕自己迟早会被怄死。”男人嘴里说着气话，手却将她拽进怀里，认真地教训道，“跟紧点。”

绿灯再亮时，两人终于穿过斑马线，走进地铁入口。

王航将烟头按灭在垃圾箱上，心不甘情不愿地问：“姓赵的那边出什么幺蛾子了？”

许衡先刷卡进站，等他跟过来才说：“赵老师的电话打不通，而且一直没去上班，还从事务所撤资了。”

纽约地铁24小时运营，平日里熙熙攘攘，刚过半夜就成为牛鬼蛇神的聚集地。

王航牵着她往站台前面走了几步，站定在车头可能停靠的地方：“我不管你以前跟赵秉承有什么关系，过去的事情就算是翻篇了。他是成年人，有能力对自己的选择负责。”

“道理都明白，”许衡点头，“但这次的事情很可能与我有关。”

走投无路时的患难相助，无疾而终的办公室暗恋，母亲病重后的雪中送炭……这些年的感情经历，真说起来无非几句话而已，也没有她想象中的那么沉重。

列车进站前，许衡已经将过往的一切和盘托出，包括在别墅那晚的开诚布公。

王航听完没多说话，只是将她又搂得紧了一些。

和他们一样，大部分乘客都选择了靠前的车厢。轨道被车轮撞击，发出规律的噪音，两人靠站在角落里，互相依偎。

许衡将头埋进他的胸口，嗅着陌生的烟草气息，听到如擂鼓般的心跳，感觉情绪也渐渐平静下来。

车过几站之后，她听见王航沉沉叹息道：“我怎么没早点遇上你？”

那双大掌揉抚在脊背上，有着令人心安的力量，眼眶中的酸涩终于凝结成泪，沁湿了对方的衣襟。

王航再次将人抱紧，下巴磕住她的头顶，如同守护着自己的心。

回到房间里，他让许衡先去洗澡，转身走出阳台，拨通了一个人的手机："姐，你到旧金山了吗？"

"哎哟哟，终于记起我来了，感动死个人啊。"李经理的声音在电话那头响起，激动得明显夸张，"飞机晚点三个小时，不过好歹是到了，正吃饭呢。"

王航干笑两声，懒得再打哈哈，选择单刀直入："上次你说D.R公司那边有线人，能帮忙联系一下吗？"

李经理似乎哽住了，呛咳好几声才缓过劲来，语气很不好听："王航，你能再势利一点吗？好歹多寒暄两句啊，目的性不要太明显……"

正当他准备打断这喋喋不休的抱怨，对方却自觉将话题引了回来："赵秉承出事了？"

"你怎么知道？"王航皱眉。

"我们和ACM的合作很有希望，陆易思肯定不想看到这一幕。D.R公司在国内没有根基，和大洋集团有交集的地方不多——赵秉承是最容易出问题的一环。"

李经理恢复正常语气，继续道："现在的大洋集团是上市公司，任何相关环节出问题，都要接受公开问责。我觉得陆易思迟早会下手，即便造谣，也会要把大洋集团的股价打下去，为收购船队制造障碍。"

"什么障碍？"室外温度很低，王航四肢冰凉，已经听得很不耐烦。他从裤兜里拿出一根烟，抖着手点燃。

"真不想跟你这种法盲讲话！"李经理怒斥道，"赵秉承还是集团的法律顾问，他和华海所有任何行为不端，都有可能引发投资人的合理怀疑，大洋股票甚至可能被停牌！"

王航这才哼了一声："怎么防范？"

李经理得意地笑起来："姐姐我这些年不是白混的好吧？黑白两道多少认识点人……"

"说实话！"

"你姐夫认识D.R公司之前的中方代理人。"

李经理的爱人是位心血管病专家，老牌名校毕业后参加工作。因为临床技术很好，常常受人所托，各种社会关系不少。

王航想了想，换了个语气道："姐姐，你们是在进行家庭聚餐吧？我姐夫和外甥都来了？旅途顺不顺利？"

"……王航，你还能更虚伪一点吗？"

他笑起来："让我跟姐夫聊两句呗。"

许衡从洗手间出来时，看到王航站在阳台上抽烟，连忙拉开了门："这么冷的天，你出去吹风干什么？"

他将一边弹烟灰，一边解释道："这里室内严禁抽烟。"

"就咱们俩住这里，有什么好计较的？"许衡伸手拽人，"你傻啊！"

王航只好将烟蒂按灭在栏杆上，跟着她进了房。

室内没有开灯，只有暖黄色的光从洗手间里透过来，勾勒出淡淡的阴影。

许衡身上散发着沐浴后的清香，与他的烟草味道混杂、交融，形成特殊的氛围，催生难以言喻的情欲。

眼见着男人的眸色渐渐暗沉，原本情绪低落的许衡也忍不住笑。

王航欺身靠近，将她压倒在床铺上，动作坚定而不容抗拒……

第 17 章

赌　城

第二天就是除夕，两人一觉醒来，国内的春节联欢晚会刚刚开播。

分公司在楼下餐厅准备团年饭，打电话问王航要不要凑个热闹。

他望着正在梳头的许衡，谢绝了对方的好意。

“你还不饿？”她从镜子的影像里看过来，满脸打趣的神情，“我可是能吃掉一头牛。”

王航伸了个懒腰：“天天吃一样的口味，腻。”

许衡侧身坐上床沿：“人怎么不腻？”

他将脸埋进枕头里，哧哧地笑：“你以为我是想干吗？”

“干吗？”

“看看自己什么时候会腻呗。”王航抬眼，眸光中有纯真有狡黠。

窗外的阳光透进来，洒在他的发梢与睫毛上，镀了一层金。在白色被褥的衬托下，男人半裸的身形近乎完美。

许衡没有计较这番调戏，而是不由自主地将手触上他的背脊，张开五指，细细感知那流畅的肌理。

俯卧着的王航背宽腰细，呈现出完美的倒三角形，腰臀在被单的覆盖下，依然显得曲线饱满，充满了纯粹而男性的力量感。

室内温度又在升高，她摇了摇头，勉强唤回神志："快起床，再睡就该睡一年了。"

王航动作很快，洗脸漱口换衣服，只花了几分钟便统统搞定。

冬日的曼哈顿阳光和煦，走在中央公园的林荫道上，偶尔有跑步者和遛狗的人从身旁过去。许衡挽着王航的手，吃着甜甜圈当早餐。为避免咖啡泼洒，他们的步伐很慢、很小心，就这样不慌不忙地走向大都会艺术博物馆。

很难想象，在寸土寸金的曼哈顿，能有占地面积如此巨大的绿地，而且起建于一百多年前。围绕着中央公园，还有数不清的博物馆和歌舞剧院——对于纽约人来说，这里不仅是休闲度假的圣地，更是生于此长于此的情结与回忆。

"以前来过这儿吗？"许衡擦净唇边的糖霜，心满意足后，有些好奇地问道。

王航耸耸肩："没有。"

"为什么？"

"港口离得远，市区住宿不便宜。"

"可以住公司嘛。"许衡颇感意外。

他笑起来："这次是占李姐的便宜，她和法务部负责签单。不然你还真当大洋集团是咱们家开的啊？"

许衡吐吐舌头："回头真得好好谢人家。"

王航拍了拍她的手背："别操心，反正不止欠这一笔人情，还不还都无所谓。"

远在旧金山的某间大宅里，李经理正忙着为全家人准备年夜饭，背脊却突然生出一阵寒意，逼得她打了个喷嚏。

临近正午，许衡和王航方才穿越整座中央公园，抵达了位于82街的大都会艺术博物馆。

博物馆的正门是座新歌德式外形的建筑物，宽阔的楼梯、门廊，使其看起来显得尤为壮观。成群的鸽子在广场上栖息，偶尔还有小松鼠从树丛里钻出来，探头探脑的模样十分可爱。

两人正准备站在广场上拍照，王航裤兜里的电话振动起来。他低头一看，是家里的座机。

“你先接吧，我去那边转转。”许衡刚要走开，却被男人拽住。

“是我。”王航牵着她，随便找了处台阶坐下来，长腿舒展着，显得格外放松。

王允中的声音依然如雷贯耳：“上岸了？”

“嗯，在伊丽莎白港交的船。”

对方沉默片刻：“过年也不知道回家！”

王航挠挠脑袋，多少有些过意不去：“之前解释了啊，成败在此一举……”

“少来。”王允中不耐烦地打断道，“别人是娶了媳妇忘了娘，你是还没娶媳妇就忘了娘。”

王航只是笑，不说话。

做父亲的叹了口气：“你这次是认真的？家里那套房子要不要准备装修？”

“等我们回来再说吧。”王航顺手搭上许衡的肩膀，“到时候听她的意见。”

厨房那边有动静传出来，王允中连忙压低了声音：“跨年的时候给家里打电话，我会让你妈接的。”

王航抬腕看看手表，还有几十分钟，心下了然：“我明白。”

话音未落，王允中那头已经断线。

许衡坐在近旁，却始终保持脊背挺直，与他隔着适当的距离。见电话挂断，她才回过头来，探问道：“王董？”

王航“嗯”了一声，随即想起来：“你以后可别这么叫他，我爸最烦乱七八糟的名头了。”

许衡皱眉：“那叫什么？”

“王叔？要不直接跟着我叫‘爸爸’。”王航果断地自作主张。

“臭不要脸。”许衡脸颊通红，埋头走在了前面。

爬过一段长长的楼梯，他们很快进入到博物馆的大厅里。

大都会艺术博物馆是世界四大博物馆之一，与卢浮宫和大英博物馆齐名，藏品种类和数量都令人惊叹。这里游人如织，一年四季都需要排队进入。好在大部分时候都放行很快，他们不一会儿便领到了门票。

王航借口要去洗手间，独自找到大厅里的僻静角落，拨通了越洋长途。

电话响过几声，被很快接起来，王妈妈特有的嗓音懒懒发问："喂？"

"妈，我是航航。"他的语气十足乖巧，"新年快乐！"

王妈妈冷哼道："小没良心的，总算有点记性。还在'长舟号'上？"

王航笑了笑，顾左右而言他道："今年春晚还没看吧？等我回来，咱全家人一起看回播。"

"哪年不都是这样。"王妈妈无奈叹息，"以前是等你爸，好不容易熬到他上岸，你又跑船去了。"

尽管表述方式不同，怨气却一如既往，王航明白母亲的委屈。每逢佳节倍思亲，平日里可以随随便便地糊弄，万家团圆的时候再插科打诨，就显得有些不应该了。

没等到他回话，王妈妈主动说："卫星电话很贵的，快挂了吧。"

王航听到这话心里愈发不是滋味，连忙道："没事没事，就当给我爸汇报工作的，公司报销。"

"他？"提到自己的丈夫，王妈妈的多愁善感荡然无存，"好歹知道今天要按时下班，平常天天都是十点之后才到家。"

"公司领导嘛，是这样的。"

"哪个领导当得有他这么窝囊？"

王航转圜道："我爸不是窝囊，是管理人性化。"

王妈妈嗤之以鼻："天天忙着替下属擦屁股就叫'人性化'？一点霸气都没有。我没指望靠他出头，可你说说，你上船多少年了？终身大事都耽误了，也该轮岗上岸了吧？他倒好，别的船长都能想办法喘口气，他却把自家儿子扔海上漂，捞都不带捞的！"

从母亲刻意提高的音量上，王航百分百确定父亲就在旁边，恐怕连电话听筒里的声音都一清二楚。

揉揉太阳穴，王航苦笑道："压力大嘛，也怕管不好。"

"谁说的？"王妈妈明显不服。

“说什么呢？”父亲的声音远远传来，尴尬地夺过电话，“航航，别听你妈乱讲。好好开船，就这样，挂了。”

电话那头的蜂鸣声与王妈妈的怒吼声几乎同时响起，王航半天反应不过来。将手机屏幕放在眼前，方才确定是真的断线了。

上一个通话记录还是昨晚打给旧金山的，想起先前担心的事情，他鬼使神差地点开了手机上的浏览器。

调出默认的搜索引擎后，王航屏住呼吸输入了“赵秉承”三个字。

手机卡是国内的，在美国需要搜索当地的运营商信号。看着屏幕上的漏斗来回翻转，王航只觉得心跳声越来越大，几乎就响在他的耳畔。

页面终于开始刷新。

律师事务所的官方推介挂在搜索框下面，华海所买断了广告位，为金牌律师做文字宣传，配上那人的风度翩翩，很是相得益彰。

王航以前就搜索过赵秉承的信息，尽管对律师本人没什么兴趣，却也浏览了相关页面，对其中的内容记忆犹新。

如今，再次看到这内容清晰、编辑整齐的广告栏，他竟默默地松了口气。

正要关上浏览器，他却迟疑了，手指移到键盘上，输入了“许衡”二字。

和她重名的人很多，搜索结果的第一页根本看不到任何有价值的信息。王航不敢掉以轻心，转到新闻搜索页面，很快便被屏幕上显示的结果吓了一跳。

“仿制药代购利益链：律师许衡走私非法药物入境”“知法犯法该当何罪？律师事务所协助作案恐被吊销执照”“救命‘仿制药’的困局”……

每条新闻链接下，网友的讨论都热火朝天。近几年，常有组团代购违禁药品被海关查扣的新闻曝光，每次都会将当事人推上风口浪尖。

如果说一般人做这种事情，舆论会同情大过谴责，律师知法犯法，则无疑赌上了自己的职业生涯。

这也是王航当初主动承担所有责任的原因。

好在赵秉承和华海律师事务所也十分帮忙，多方合力将整件事情压了下来。

如今旧事被再度提起，新闻稿件跟进如此迅速，想必是有幕后推手在酝酿某种不可告人的目的。

许衡只是出现在了错误的时间里，并非真正的目标。

王航一边快步走回大厅，一边清空浏览痕迹，只想先找到人再说。

人来人往的大厅里，女孩独自站在吊灯下，背影看上去孤零零的。

王航顾不得自己正身处博物馆，大声呼唤着她的名字。

许衡没有回头，他便直接小跑起来，走得很近之后才发现，对方正在全神贯注地盯着手机。

许衡回头，看见王航气喘吁吁地站在自己面前，脸颊上有细微的汗珠。

她轻笑起来，声音淡得听不出语气："急成这样？"

王航深呼吸，平复自己的心跳和表情："我叫了你好多声。"

"没听见。"她晃了晃手机，补充道，"刚想开机看时间。"

王航连忙抬起腕表："十二点半，不着急。"

博物馆分上下两层，从非洲到欧洲，再到美洲和亚洲，三百多万件藏品，横跨多个艺术门类，即便只是走马观花也要耗费一天时间。

正是春节长假，有不少国内的游客成群结队地在欣赏展品。

他们俩对西方艺术都没有研究，尽管也觉得美丽的画作与雕塑赏心悦目，但着实看不出什么。更何况王航心中早已一团乱麻，对这些花花绿绿的展品根本提不起兴趣。

倒是许衡对西大厅的中国文物颇为感慨，两人于是绕开博物馆指南推荐的参观路线，挑了条僻静小道，晃晃悠悠地爬到二楼。

午饭时间，展厅里的游客越来越少，王航在角落里找到一把椅子。

椅子不大，刚够两人紧挨着坐下。

窗外是中央公园的草坪，在寒风中依然保持青翠；文物在室内静静陈列，隔着千百年的时光，诉说无言的历史。

王航和许衡背对背坐着，双手在身后交握，各自面对着不同的景象。

他几次欲言又止，却又不知道如何开口，只好将视线转向窗外，数起了鸽子。

许衡靠着男人的背脊，整个人彻底放松下来，说出的话也有些孩子气："我还以为你们公司已经够有钱了。"

"怎么讲？"王航心不在焉地问道。

“在上西区有那么好的房子。”她随意列举道，“但跟真正的美国权贵相比，还是差了点。”

“不只差了一点。”

许衡回眸看他，目光中有星星点点的光：“我安贫乐道，觉得现在这样再好不过。”

王航转过身去，夸张地长吁一口气：“还好，好养活。”

许衡不服反问：“哪有那么大压力？”

“我们跑船的不容易。”他解释，“没钱吧，媳妇会跟人跑掉；出海赚钱吧，媳妇还是会跟人跑掉。”

许衡靠着他笑，笑得眼泪都出来了。

王航捏了捏女孩的指尖：“喂，结个婚呗？”

她没回话，他以为她没听见，便也没好意思再说。

过了半晌，见对方依然没有动静，王航有些沉不住气，方才转过身来打探。

许衡红着眼圈，悄无声息地哭，脸颊被泪水沾得透湿。

王航的心顿时就被拧紧了，一边手忙脚乱地擦拭，一边埋怨道：“不愿意就算了，哭什么？”

“谁说我不愿意？”

许衡抬手捂住自己的眼睛，掩面俯在男人肩上，大大方方地哭了起来。

稠湿的触感蔓延，王航的心跳也随之漏掉了几拍。

再次恢复搏动时，却比以往任何时刻更加真实、强烈。

那天下午，两人躲在博物馆的二楼角落里，长长久久地相互依偎。

直到天色渐暗，窗外飘起雪花，展厅里开始播放悠扬的轻音乐，提示游客尽早离场。

临出大门前，许衡裹紧了帽子围巾，只剩下一双红彤彤的眼睛露在外面。

王航怕她把自己憋死，试图摘除明显多余的遮掩：“这样死捂着没用，别人还是看得出来你哭过。”

许衡挣脱了躲开两步，声音沙哑道：“认不出来脸就行。”

说完，她再次用围巾捂住了口鼻。

事实上，入夜后的曼哈顿街头寒风格外凌厉，大雪已经有了铺天盖地的阵势。许衡的这身装扮并未引起太多注意。

王航叫了辆计程车，直接将人载回住处。他们没再出门，而是直接用微波炉加热速食食品，坐在地毯上迅速填饱了肚子。

一场如约而至的大雪，为纽约的农历新年报岁。

温暖的被褥里，许衡缩成一团，手脚全部被男人压住，感觉前所未有的安定。

没对彼此做出过多要求，王航在她头顶上发出绵长而规律的呼吸声，令气氛彻底松弛下来。

过了不知道多久，感觉到怀中人已经睡熟，他才小心翼翼地掀开被单，赤脚走近书桌，打开了电脑。

窗外的白雪世界一片清明，与中文网络上的热闹喧嚣形成鲜明对比。

经过一夜的发酵，“许衡”“走私”等关键词的衍生链接已经有14000多个，论坛高楼还在节节攀升。

王航没有犹豫，直接找到被援引最多的链接，开始细细研读。

海关公告每个月定期发布，被查出的违禁物品统一销毁，列举涉案人员的身份信息，权作杀鸡吓猴。

这次被销毁的物品中，包括价值十几万元的仿制药，被记者发现后追根问底，于是半年前的律师走私一事方才曝光。

相关新闻中，记者甚至截取部分病友的聊天记录，质疑代购过程中的资金安全，以及许衡参与其中的动机——毕竟，她的母亲已在一年前去世。

整篇文章以事实为依托，以法律为前提，更有各种证据的罗列，非常具有说服力。

这让王航愈发确定自己之前的判断：新闻背后有隐藏的推手，真正的指向并非许衡本人。

他将进度条拉到后面，着重阅览网友们的评论。

果不其然，大部分留言者还是同情病友。

他轻轻换了口气，继续翻页。

新闻网站的版主参与讨论，强调此类案件有惯常的处理做法，此次当事人脱罪系特殊对待，恐怕还是因为背后有“保护伞”。

于是有网友呼应该猜测，并对同案不同判的问题向海关提出质疑。

王航点开海关网站，发现政务咨询页面已然被愤怒的留言占领，对于许衡走私数额巨大、不受查处，甚至还能在律师事务所执业，众多网友表现得义愤填膺。

作为回应，海关只能将当时的所有手续公之于众，包括赵秉承的签字，以及华海所的保释证明都被亮了出来。

身为知名的大律所和合伙人，这种包庇下属、知法犯法的行为已经受到质疑，舆论纷纷转向，跟进调查华海所是否还有类似前科。

作为接受其顾问服务的大洋集团，理所当然地也被推上了风口浪尖。

想必父亲也接到了消息，所以才会反常地主动给他打电话。

王航想起昨晚从帝国大厦下来，赵秉承始终拒绝接听许衡的电话——出了事只顾逃避，却把女人留在第一线，这种行为简直与缩头乌龟无异——他忍不住低声骂了句脏话。

心中郁闷烦躁，王航起身抓住烟和打火机，再次走上阳台。

雪花从天而降飘飘洒洒，给大地穿上了一层银色外衣。王航抖着手点燃香烟，在寒风萧瑟中强迫自己保持冷静。

昨晚和旧金山那边通话时，对于D.R公司接下来的动向，王航其实已经有了猜测，只是没料到他们会以许衡为突破口。

像这样利用舆论，反击华海律师事务所，最终拉大洋集团下水的做法，确实能为并购制造障碍。

王航明白，许衡并非对方的首要目标，但很多事情也不会因为个人的想法改变——就像大海那永无宁息的波涛，除了勇敢面对、征服，再也没有第二条路。

第二天早上醒来，窗外的雪已经停了，天地一片白茫茫。

许衡窝在松软的被褥里，恍惚记不清今夕何夕。

洗手间有开门的声音，王航一边擦脸一边走出来，身上散发着皂荚的淡淡清香："醒了？"

"嗯。"她揉揉脸，"新年好。"

男人笑起来，在阳光下明媚而灿烂："快起床，待会儿要赶十点半的飞机。"

许衡愣了愣：“飞机？不是去费城吗？”

按照两人之前的计划，春节之后在美国东部城市自驾游，从费城到华盛顿，最后再回纽约，一周时间刚刚好。

“你不会忘了吧？”王航倾身坐到床沿上，板起脸来故意做出一本正经的样子。

许衡眨眨眼睛，不确定对方意欲为何：“我忘什么了？到底要去哪儿？”

“结婚。”他挑挑眉，“我已经买了去拉斯维加斯的机票。”

接下来的几十分钟里，许衡的大脑一片空白，只知道机械地执行指示：起床、洗漱、换衣服、吃早点、打包行李……

临到要出门她才想明白前因后果：“等等，你是要跟我去拉斯维加斯结婚？！”

“然后再去旧金山总领事馆认证，直接从西海岸回国。”王航一边锁门，一边不厌其烦地解释道。

电梯直接停在地下室，许衡被推进副驾驶座时，依然不死心地追问：“王航，你是认真的？”

他将行李放进后备厢，转个圈上车发动引擎，目光瞟过来，带着点挑衅：“不然呢？”

下一秒，油门轰响，越野车飞快地驶出停车场，直朝肯尼迪国际机场而去。

到了机场，换了登机牌，临到过安检的时候，许衡才从震惊中回过神：“糟糕，我手机没带。”

“没带算了。”王航不以为意地道，“我跟公司的工作人员打电话，让他们直接寄回国。”

“别人有事找我怎么办？”

“大过年的，能有什么事？”

“……”

从纽约飞拉斯维加斯需要五个小时，美国东、西部地区时差相隔三个小时。

在麦卡伦国际机场降落时，天空湛蓝如镜。日光倾泻而下，四周只剩沙丘戈壁和满目荒原，与之前纽约的繁华喧嚣形成了鲜明对比。

许衡的心情从一开始的紧张、慌乱，到渐渐的无奈、释然，以及最后的莫名兴奋，随着飞行高度而攀升、降低，绝对比坐过山车刺激。

王航已经把一路上的机票、酒店、租车事宜全都安排好，包括结婚登记手续也已经预约完毕。

“喂，”在开车前往克拉克县民政局的路上，许衡忍不住再次确认道，“你认真的？”

尽管是冬天，沙漠地区的阳光依然很刺眼。王航在机场买了副雷朋镜，戴着开车时看不清表情，言辞却十分清晰：“不以结婚为目的的谈恋爱，都是耍流氓。”

这句话从他嘴里说出来像是用了特别严肃的口吻，许衡没敢反驳。

“婚姻大事，自作主张不好吧，我们先回国去跟长辈们通个气？”她试探。

“我爸知道。”王航打着方向盘，“不然他干吗要在庆功会上找你？”

许衡感觉一口气呛在胸前，半天说不出话来。

却听见对方叹息：“就是没想到他只会借口谈工作，替我多说两句好话都不行。”

“王航，你算计我多久了？”

“什么叫‘算计’？”男人明显不屑一顾，“还是那句话，不以结婚为目的的谈恋爱，都是耍流氓。”

许衡哭笑不得：“好吧，说说看，你是什么时候开始以结婚为目的交往的？”

他单手掌着方向盘，右手摸索着靠过来，牢牢握住许衡的左手：“这个时候。”

记忆瞬间回到“长舟号”，回到新加坡海峡，回到黑暗的机舱集控室。

那次令人脸红心跳、四肢微颤的交握，赋予她铠甲和软肋，从此便有了无穷的甜蜜、忧伤、信仰与勇气。

爱是世上最捉摸不定的东西。

有些夫妻互相陪伴数十年，却每天都在自言自语；有些人只是擦身而过，就能在电光石火间体会到爱神的降临。

许衡不相信一见钟情，却相信人与人之间的感应。

感情可以培养，却不可能无中生有。缺乏最初的吸引，即便俊男美女、富可敌国，这些附属的条件都不过沦为悲剧的注脚。

毫无疑问，她一开始对王航的好感很盲目，有职业崇拜，有单纯的性吸引，甚至包括求而不得的冲动叛逆。

可是，也正是有了感性、鲁莽的本因，才给心注入无穷的动力，坚持着一直走到这里。

他说他是海员，一辈子都离不开大海。

他要她学会独立，学会成长，道德判断，是非取舍，只有自己能够做主。

他的爱像大海般厚重、激荡，却从不张扬。

两人结识、分离、重聚，真正的相处时间不过四个月，却足以锚定一生的心之所向。

前半生所有漂泊，原来都只是为了向彼此靠近。

市政厅官员在证书上签字盖章之后，王航张开双臂将她抱紧，蹭着鬓角眉梢，轻轻地说了一声："我爱你。"

许衡侧脸吻住他的面颊，泪如雨下。

爱让我们彷徨，也让我们成长，心中有爱的人，不惧与这个世界为敌。

去酒店的路上，王航比她还要兴奋，指着长街上的标志性景观，像导游一样喋喋不休。

许衡好奇："你以前来过这里？"

"没有啊。"他摇头，"昨晚查的攻略。"

"你是不是根本没睡觉？"

男人嘿嘿一笑："守岁嘛。"

"神经。"

她想了想，补充道："今天早点睡，美国西部比东部晚三个小时，不到天黑就又熬夜了。"

王航耸耸肩："我尽量。"

"什么叫你'尽量'？"许衡板起脸，"身体是革命的本钱，懂不懂？"

"啧啧，结婚了就是不一样。"

言谈间，他将车倒进酒店停车位，动作干净利落。

许衡被气得笑出声来："你这是想造反吗？"

"不敢不敢。"王航熄火下车，小跑着过来拉开车门，"领导先请。"

说完，还用手比画了一个毕恭毕敬的动作。

许衡一拳头砸在那硬邦邦的胸膛上，却被他反手攥住，牢牢握进掌心里。

拉斯维加斯的酒店业非常发达，前台刚得知他俩是新婚夫妇，便果断给他们升级了套房，并赠送蜜月套餐。

从未享受过此等待遇的许衡受宠若惊：“没搞错吧？”

王航按下电梯按钮：“他们不会做亏本生意。给你留下美好回忆，日后结婚纪念日得来吧？孩子出生全家旅行得来吧？老了之后环游世界得来吧？总有他们赚钱的时候。”

许衡支支吾吾半天后，方才回应道：“那也不来。”

“不来？”王航瞧她一眼，“你想去哪儿？”

“还想坐你开的船，去东京湾、去釜山，还有高雄、新加坡……”

电梯楼层不断变化，她的声音越来越小，手却抓得越来越牢。两人十指交握、缝隙契合、心心相印，仿佛真正地融为了一体。

电梯里还站着墨西哥裔的服务员，负责替他们拿行李。尽管明知对方听不懂中文，许衡依然感觉脸颊发烫。

她低下头，默默计算着心跳动的脉搏，那强烈而生动的起伏，正如海浪般生生不息、绵绵不绝。

因为来得急，他们没有买戒指，彼此手上都空空荡荡的。

然而，无名指的末端却像有了莫名感应，本能地贴住他修长的指腹，从此紧密相连。

“喂，”电梯铃响，服务员最先出去，她站在原地拉住王航，目光直视毫无闪躲，“我也爱你。”

男人笑了笑：“我知道。”

蜜月套房在酒店高层，里面很宽敞，还有整整一面墙的落地玻璃。

窗外是拉斯维加斯的“长街”。

时近日暮，沿街建筑物的照明灯渐渐亮起，在荒凉的沙漠背景中，制造出灯红酒绿的幻象。

这里被称为“成年人的终极游乐场”，一年四季醉生梦死，纸醉金迷。

“赌城”和结婚圣地，两个看似矛盾的主体，实质上又是那么和谐统一：对于人生来说，还有什么比婚姻更冒险的赌博？

许衡从未觉得自己的运气有多好，对于赌场向来敬而远之。

只是这次，她想，一定不会输。

王航谢过服务员，大方地支付了一笔小费，回头就看见新婚妻子在落地窗前发呆。

他刻意放松步伐，轻轻将人拢进怀里：“想什么呢？”

许衡的头颈微微后仰，妥帖地依靠住，身心无比安定：“想你。”

“想我什么？”他垂眸，一点点吻住那细滑的颈项，缱绻游弋。

“想你会不会造反。”许衡闭上眼，感受身体渐渐升温，语气中带着些微调侃。

王航将她推到落地窗旁，顺着女人玲珑的曲线，不慌不忙地向下吻去：“你觉得我会吗？”

她一边笑一边摇头：“我不知道你，只知道我自己。”

拉斯维加斯被称为“沙漠明珠”。

从50层的高处俯瞰长街，夜空的星月、高楼的霓虹灯以及街景的浮光掠影尽收眼底，整个世界变得光怪陆离。就连远处的沙漠也被晕染上花花绿绿的颜色，成为一片虚幻的海市蜃楼。

站在窗前的两人却早已无心欣赏这片景致：衣衫被一件件褪去，宽敞的酒店房间内，男女最终赤诚相见。

他们一路走来，温柔与粗犷相伴，甜蜜与渴望同行，这些差别如此巨大，却又出奇和谐——像冰与火，像血与沙，像世间所有矛盾的对立统一。

夜空缀满星辰，两人站在最高的地方，与星空融为一体。

脚下是世间一切繁华热闹的集锦，星星从四面八方坠落，正如风从远古洪荒涌起。

爱上像大海一样的男人，爱情从此便等同于生命。

兜兜转转、漂漂荡荡、晃晃悠悠、轻轻柔柔，身体里的潮水渐渐退去，两人额头相抵，四目相对，她看清他眼里的亮光，比天空中的星辰还要璀璨。

我想你。

我想，我爱你。

最后，他吻住她的额头，却没有任何言语。两人就这样相拥着沉沉睡去。

破晓时分，王航最先醒过来。

地平线那头，鱼肚白正在渐渐蔓延到整个苍穹。

许衡被折腾得累了，闭着眼睛，睡得很沉。

他裹了件浴袍，小心翼翼地从床上爬起来。

窗外，拉斯维加斯的繁华已然退场，在阳光下就像一个卸了妆的憔悴妇人，慵懒而无力地瘫软着。灰暗与苍白间，夜晚激情四射的魅力与浓妆艳抹的妖冶荡然无存。

套间里除了卧房和卫生间，还有客厅、厨房、餐厅、办公室。房里所有的布置都雍容华贵，各种现代化设施一应俱全。

王航赤脚走到宽大的办公桌前，轻轻按下电脑开关。

高性能一体机的噪音很小，坐在旁边也几乎不受影响，隔壁房间的许衡肯定不会被吵醒。

点开浏览器，输入关键词，搜索结果已经变成20000多个，各大财经网站和自媒体都关注并制作了专题页面。

他皱着眉点开其中之一。

页面的最后更新时间是半天前，恰是国内大年初二的一大早。

专题制作精细而专业，对海关之前的消息进行了整理，并着重介绍了许衡和华海律师事务所的背景。

剩下一半的页面全是截图，来自于赵秉承昨晚的一封公开信。

王航感觉太阳穴在突突地跳，却只能硬着头皮滑动鼠标。

在赵秉承的回应中，他强调自己作为许衡的上司，在明知其行为不当的前提下，依然越权进行担保。此举损害了事务所和其他合伙人的知情权，更辜负了公众的信赖，是整件事最直接的责任人。

赵秉承还表示，时值大洋集团新上市不久，作为顾问单位，理应谨言慎行确保客户利益。他已经申请证监会进行信息披露，保障公众知情权，给投资人一个交代。

最后，赵秉承声明，自己已经向华海律师事务所提出辞职，因此次事件造成的一切后果，由其个人承担。

此番回应一出，舆论立刻炸开了锅。

赵秉承和许衡都是律师，华海所在业内也颇具声望，无论当事人作何表态，都只能被认作是事后补救。

王航又打开几个类似的页面，发现说法大同小异。有媒体解读了赵秉承的公开信，认为这是律师事务所舍卒保车，为避免事件被进一步深挖，所以才让合伙人背锅。

不怕神一样的对手，就怕猪一样的队友。

王航想不通赵秉承是以怎样的立场来写这封信，这种时候难道不应该保持冷静吗？明知背后有人推波助澜，任何回应都是火上浇油。

即便沉默，任由公众的注意力自行消散，也比跳出来争辩强得多。

从来没有一只耳朵能被嘴巴真正地说服。

人们永远只会相信他们愿意相信的东西。

王航走进卧房，确认许衡仍在床上安稳睡着，转身将自己的行李箱提进办公室，轻轻锁上了门。

许衡的手机被藏在夹层里，早已耗空了电。

他的手机刚打开，就弹出几条未接来电提醒。

号码显示是美国当地座机。

王航拨回去，很快便有人接听。

李经理说话很快，声音显得很着急："你和小许怎么都不接电话？"

"结婚去了。"

对方被生生哽住，半天才憋出一句"恭喜"，随后慌忙地说："华海所出事了，在网上闹得沸沸扬扬的，你知道吗？"

王航淡然回答："知道。"

李经理又被哽住了，只好连声重复："知道就好，知道就好。"

王航清清喉咙，直接问："姐夫在吗？"

"他？"李经理十分莫名，"找他干吗？我跟你讲，这次的事情没那么简单，小许现在很被动……"

"让姐夫接电话。"他略显粗暴地打断对方，"我找他就是为了解决这件事。"

电话被不情不愿地交到另一个人手中，李经理的丈夫果然就在近旁。

"哥，人找到了吗？"

“……”

“对方愿不愿意出面？”

“……”

“没关系，你先传给我吧。”

“……”

“这边有传真机，等等，我去看看号码。”

许衡睁开眼时，外面已是天色大亮，落地玻璃窗前被拉上了厚厚的窗帘，确保室内光线昏暗，适合睡眠。

卧室里只有她一人，隔壁的办公室里有键盘敲打的声音。

趿拉着鞋，推开房门，却见王航坐在电脑后十指如飞。

“醒了？”他脸上仍有残留的兴奋，点击了几下鼠标后，抬眸问道，“怎么不多睡会儿？”

许衡挪到办公桌前，眼睛被突然的光线刺激得有点睁不开，却还是认出了屏幕上的画面：“扫雷？”

男人将她牵住，引到怀里坐在腿上，顺手点开了新的一盘：“是啊，在线版本，跟Windows3.1上附带的版本一样，很怀旧吧？”

许衡看他不经意就点开一整片，被惊得清醒过来：“你开挂了？”

王航耸耸肩：“怎么可能？”

言谈间，高级难度的游戏已经被通关，系统显示仅用时一分钟。

他顺手又开了一局，解释道：“出海后没办法上网，只能玩单机游戏，像这种经典的，已经完全不需要动脑子了。”

这次王航用了点心，画面上的雷区很快就被清理出来，又点了几下，小太阳随即戴上墨镜。

55秒。

许衡回过头来看着他，满脸不可置信：“你在船上究竟得有多无聊啊？”

第 18 章

蜜　月

拉斯维加斯除了赌博就是看秀，王航和许衡对两者都没有兴趣，中午退房之后便直接出发了。

昨天在市政厅举行完结婚仪式后，他们直接办理了纪念版结婚证和正式结婚证的备案手续。然而，克拉克县认证的具有法律效力的正式结婚证需要一周时间才能领取。此外，领取结婚证后还得由内华达州务卿进行认证，最后再转交给旧金山领事馆办理认证手续。

按照王航的意思，两人正好趁这段时间在美国西部度蜜月。

“你是不是根本没想过我要上班的事？”坐在车上，沿着95号公路一路向北，许衡还在试图做最后的反抗。

司机的笑容颇为得意：“反正你这趟已经算了年假和春节长假，无所谓再多个婚假嘛。”

“可我还没跟事务所报告。”她皱着眉，“手机也被你落在纽约了！”

“这样吧，我让李姐也在美国多待两天，到时候就说分公司临时出状况，走不开。”

许衡被对方的强盗逻辑打败：“你怎么谎话连篇，张嘴就来？”

“近朱者赤，”王航撇撇嘴，“在日本是谁伪造签名、虚假保释的？”

“那不一样！”

他哼笑出声：“我觉得没什么不一样。”

许衡瞪起眼睛，怒气冲冲地反驳道：“我是为了救人！”

王航一手掌着方向盘，另一只手放到她的头顶上，像为小狗顺毛一样，轻轻地拍了拍：“好了，你就当是为了救我，行不行？”

“你有什么要人救的？”

“我的婚姻啊。”他故作夸张地慨叹出声，“昨天刚发誓‘不论贫穷富贵’，今天就为了这点小事吹胡子瞪眼，必须赶快抢救一下。”

说完，车的转向灯亮起，缓缓停在路边，男人解开安全带就要爬过来。

许衡双手死死挡在胸前：“你……你干吗？！”

“抢救婚姻，挽回夫妻感情。”他说得一本正经。

“走开走开，小心警察过来！”许衡涨红了脸，两只手来回推拒着，“我错了，行了吧？”

王航这才露出一抹奸计得逞的笑容，慢吞吞地坐回驾驶座。

临到引擎发动，他还扭过头来挑眉道：“你确定不需要抢救一下？”

“不！需！要！”

“那延长假期呢？”

“……随你。”

车轮摩擦着地面，穿越一望无际的沙漠、山丘和低矮灌木，最终扬长而去。

四个小时后，他们转入另一条公路，眼前的景色也从荒凉的戈壁变成了草地和成群牛羊。傍晚时分，两人来到名叫“猛犸湖”的小镇。这里位于优胜美地国家公园的东门附近，是著名的滑雪胜地，也是他们当晚住宿的地方。

皑皑雪山之下，一排排木屋掩映在树林间，偶有星星点点的灯光漏出来，夕阳中的小镇美如一张画卷。

没有选择人满为患的度假村，他们找到一家离雪场较远的民宿。

白发苍苍的老奶奶坐着摇椅，守在门厅里织毛衣，戴着半月形的老花镜，就像从童话中走出来的一样。见人进门，她不慌不忙地抬起头来，笑容满满地说道：“Welcome!”

装饰古朴的小木屋，熊熊燃烧的壁炉，还有软软的床单被褥，许衡第一眼便被这里的房间所吸引。

王航见她满意，转身便随老人去办理入住手续。

洗手间里只有最简单的浴缸和老式抽水马桶，但都十分干净。放出热水后，很快变得云雾缭绕，恍若人间仙境。

许衡拉上浴帘，脱下衣服，一点点进入到温暖的热水中。

经过半天行车，此时再以这种方式放松，一身的疲惫被彻底洗净，人的神志也渐渐迷离。

房间里有动静，男人的脚步声传来，而后是洗手间的门被打开，他的声音里带着几分调侃：“这么快就享受上了？”

许衡被热水蒸得睁不开眼，视线模糊，冲他勾起嘴角：“好舒服。”

王航没有回话，却以最快的速度宽衣解带，很快便坐进浴缸的另一边，美其名曰：“独乐乐不如众乐乐。”

许衡说他不要脸，他冲她泼水，洗手间里笑闹成团。

最后，两人在水下相拥，像两尾相濡以沫的鱼，静静地守着时光老去。

第二天早上，吃过民宿提供的美式早点，他们开车前往雪场。

这里冬天是雪山，夏天雪水则会化为湖泊，景色宜人，是个冬夏皆宜的度假胜地。因此，旅游服务业也十分发达。

游客服务中心有全套的滑雪设备提供，两人各租了一套双板便乘着缆车上山了。

雪场教练很负责，技术指导也十分到位。无奈许衡天生与雪无缘，直到最后也没有真正学会滑雪，只能慢慢挪步子，而且一不留神就会摔个四脚朝天。

倒是王航学得很快，没几分钟便能独自滑行，姿势标准、动作流畅。除了速度慢点，与那些专业的滑雪客相比也毫不逊色。

看着他登上缆车，到了半山坡，再夹着雪杖滑下来，自由自在地驰骋于冰雪之间，许衡除了羡慕还是羡慕。

就这样玩了几个小时，两人早已满头大汗。许衡是紧张作祟，王航则是酣畅淋漓。

若非饥肠辘辘亟待补充能量，她怀疑对方能在山上玩到天黑。

午餐选在镇上的一家老式餐厅，兴许是因为体力消耗太大，原本吃不惯的西餐牛排也令人食指大动。面包、主菜、甜点和热汤被一扫而空，王航更是就差舔盘子了。

短暂休息后，他们办理退房手续，继续向优胜美地国家公园前进。

优胜美地是美国一个有名的国家公园，以千年红杉树闻名。然而，来到这里才会发现，幽静的山谷、清澈的溪流、完美的花岗岩，所有自然的造物以最美的方式组合在一起，成了此处令人心旷神怡的绝佳风景。

这里有设施完备的露营区，许衡很想试着睡在星空下，却被王航一口否决："这么冷的天，会冻死人的。"

无论许衡的意志如何坚定，方向盘毕竟掌握在王航手中，两人最终还是停在了景观酒店的旁边。

王航一边倒车一边安抚道："你想看星星，我们拉开窗帘一样看，没必要去受那个罪。"

许衡并没有那么想住帐篷，但还是撇着嘴，很是心不甘情不愿："你怎么总这么独断专行？"

他拉动手刹，拔出车钥匙，"我觉得我还挺民主的。"

"有吗？"许衡语调上扬地反问道，"刚上'长舟号'我就发现了，你这人就是听不得反对意见。"

王航耸耸肩："那是在船上嘛。"

许衡自顾自地跳下车门，看他从后备厢里搬行李："还有机票、结婚、出来玩，你从来都没听过我的，总是做好了决定直接通知——哪有这种民主？"

"出来玩最怕意见分歧，还是听一个人的比较好。"

"独立思考呢？自我意识呢？是谁在普吉岛提醒我要自立自强的？"

王航别过头偷笑，很快又板起脸正色道："那是在没有我的情况下。"

"有你了我就没自由了？"

"谁说你没自由？这样吧，以后小事我管，大事全听你的。"

"哦？"许衡饶有兴味地追问道，"怎么讲？"

王航清清喉咙："像出行啊，住酒店之类的小事，你就别操心了，我负责搞定。你们这种专业人士，还是考虑一下比较重要的大问题。像什么宇宙大爆炸啊，全球变暖啊之类的，你怎么说怎么定。"

言罢，他大跨步地朝酒店大堂方向跑去。

许衡跟在后面追不上，气得笑起来："王航，你有本事别跑！"

事实证明，这个选择并没有错，景观酒店设施齐全，也把网线接进了房间里。

夜里，许衡睡着后，他又轻手轻脚地爬起来，打开笔记本电脑，输入关键字。

经过两天的持续发酵，"知情人"俨然成为整个事件的新爆点，再次令舆论沸腾起来。围绕其身份的猜测，更是成为各大网站专题的重头戏。

"知情人"作为外商代理，对整件事进行复盘：包括大洋集团的收购意图，D.R公司迫于资金压力的妥协，如果能够质疑上市公司的资信问题，就能促使其股票停牌。为达到这一目的，外商主动找到国内媒体，签署了上百万的运营协议，将整件事炒到了舆论的风口浪尖上。

许衡和赵秉承，都不过是资本角力时的小小棋子。

为证明自己的说法，"知情人"甚至在网站上贴出了运营协议的副本，尽管内容复杂晦涩，但D.R公司陆易思的亲笔签名却能够依稀辨认。

水军、舆论操纵、外资入侵，各种商战元素被糅杂在一起，令网友们愤然。整个舆论彻底转向，大家不再要求追究律师事务所的责任，反而提议集资收购外商船队。

网络暴力是一柄双刃剑，觊觎其魔力的人，终有一天也会被其反噬。

在优胜美地玩了三天，开车回拉斯维加斯的路上，两人顺便去克拉克县民政局领取了正式的结婚证。

本来这种事也能委托代办，当地有专营此类业务的公司，包括申请总领事馆认证在内，具有合法效力的结婚证，完全可以直接邮寄回国内。

但王航坚持亲力亲为，耽误行程也在所不惜。他说结婚一辈子就一次，再麻烦都认了。

许衡对此没有过多的想法，但好歹是终身大事，找人代办总觉得不伦不类。

从民政局出来，拐上高速公路，几十分钟后便再次回到麦卡伦国际机场。

为避免耽误时间，王航和许衡分头行动。他去还车，她去托运行李，两人约定在候机厅碰头。

孰料美国境内的航班延误率远超国内，去旧金山的航班已经确定无法按时起飞。

其他人显然都很习惯这种状况，各自找了个角落坐着干自己的事情，颇有几分听天由命的感觉。

许衡坐在靠近登机口的位置，像只小天鹅一样仰着脖子，盯着头顶的大屏幕，了解航班信息。

她的颈项很光滑，顺着衣领有隐约的暧昧红痕。

王航看得心里一阵发紧，大步上前，清清嗓子道："看什么呢？这么认真。"

许衡皱着眉头："延误时间还没确定，会不会让李经理他们久等？"

他坐下来宽慰道："赶得上晚饭就行，你别担心了。"

"不好吧，别人一大家子都等着……"

"没关系的，又不是外人。"

许衡提议："给他们打个电话吧？"

王航叹了口气："你是不是有强迫症？"

许衡挑眉，威胁的意味不言而喻。

王航喜欢她的孩子气，便心甘情愿地弯下腰来，将随身携带贵重物品的行李箱打开。

箱子里除了身份证、机票护照，就只有电脑和充电器。电源线和插头零零碎碎地掺杂在一起，略微显得乱糟糟的。

候机厅的地毯很干净，不少美国人都是席地而坐。王航干脆把东西一件件摊开，拎着、拣着，翻找自己的手机。

这趟旅程中，他是绝对的组织者，所有事情都不假他人手，许衡只要负责好好休息。

然而，见地上已经乱成一团，她还是忍不住想要帮忙。视线却被行李箱夹层里的凸起吸引住，出声问道：“这里面放什么了？”

王航原本假装没听到，试图蒙混过关。

可他越是这样，越激起了对方的怀疑。

许衡直接伸手捏了捏：“是不是我的手机？”

“啊？”王航猛一回身，瞪大眼睛问，“你的手机怎么在这儿？”

言谈间，许衡已经拉开夹层拉链，直接把东西拿了出来。

“王航，你说谎的时候真的很不自然。”她一边开机，一边头也不抬地说。

讪笑两声，男人有些干瘪地开腔道：“真奇怪哈，怎么跑这儿来了……”

许衡没理他，发现电量不足后，从乱糟糟的线团里抽出电源线，直接插在机场提供的插座上，开始充电。

王航赶忙将行李箱收好，跟着坐了过去：“有人找你？”

许衡将身子侧了侧，背对着他。

王航转了个圈，不顾形象地蹲在椅子旁边，仰头道：“还真生气了？”

“懒得理你。”

他也不恼，“吭哧吭哧”地笑，笑完之后抹了把脸：“手机有那么重要？比我还重要？”

说完，不忘眨眨眼睛，从下往上地看着她。

许衡被大男人的恶意卖萌逗乐了，却没敢松劲儿，撇撇嘴：“少来。”

王航感觉气氛已经缓和，立刻推着许衡挪坐到另一边去，自己隔在她和手机之间：“有些时候呢，人要懂得取舍、趋利避害。如果明知道某件事会造成不快，那就要学会尽量避免。”

“比如说？”

“比如说你现在就不该急着开手机，这些天断网断电话也过来了，我们俩不挺开心的吗？干吗要拿出来充电？”

说着，他伸手拔下插头，连着手机一起，再次塞进了行李箱。

许衡哭笑不得，却见王航满脸无赖表情，拍拍裤腿站起身来。

机场管理人员走到登机口，修改显示牌上的登机时间。广播里响起轻柔的女声，通知飞往旧金山的航班晚点一小时。

其他乘客纷纷松了口气，或起身活动，或收拾行李准备登机，大厅里顿时变得热闹不少。

王航和许衡则沉默地并肩而坐，心里想着各自的事情。

联想到对方刚才那番奇奇怪怪的话，以及故意藏起电话的举动，许衡的心里渐渐开了窍："喂，你是不是知道什么？"

"什么'什么'？"王航以不变应万变。

这次轮到许衡被噎住："……当我没说。"

过了一会儿，她终于沉不住气，再次开口道："手机给我。"

"不给。"

"凭什么？"

"马上上飞机了，会要求电子静默。"

许衡抬头看看墙上的挂钟："还有40分钟。"

"那也不给。"

她心下顿时了然，以笃定的口吻判断："你知道了。"

王航继续装傻："我知道什么了？"

"买药的事。"

"哦？出什么事了？"

许衡重重地拍在他的后背上："差不多行了啊，越装越来劲。"

突然的求婚、迫不及待的婚礼、刻意制造的旅行，还有每到一处总会偷偷上网的诡异，以及用键盘玩扫雷的离奇。

层层疑点都有了最终的解释，背后掩藏的却是一份难得的呵护之情。

"还真能憋！"眼眶里酸酸胀胀的，许衡已经分不清自己是埋怨更多，抑或是感动更多，"有什么不能说的？我像是那种禁不住的人吗？"

王航一直在偷偷观察她，确定没有激烈反应后，方才试探道："怎么了？"

这句话的语调十分巧妙，既不高也不低，似疑问似反问，没有流露出丝毫情绪。

许衡却选择直接忽略，捏了捏男人手臂上的肌肉："大不了改行，反正我一人做事一人当。"

王航这才确定两人说的是同一件事，心里偷偷松了口气，表面上却依然不敢懈怠，只是简单地“啊”了一声。

见他一副谨小慎微的样子，许衡干脆换了种方式提问：“你是不是怕我失业？养不起？”

“怎么可能！”王航急忙表明态度，声音大得令旁人侧目。

许衡点点头：“果然知道了。”

他笑得尴尬：“我真没留意……”也没有搜索关键词、跟踪事件进展，更没有主动插一杠子。

“我没事。”意识到对方的担忧，许衡表白道，“做律师的很多时候都要受委屈，时间久了就习惯了。”

王航看她说得理所当然，顿时感觉心被抽紧，用力将人搂进自己怀里：“人人生而平等，当律师又不是出卖尊严，凭什么给人当靶子？”

他说得义愤填膺，她听得柔情满怀，眼泪当时就下来了。

王航只觉得肩头重重一沉，很快便有湿漉漉的触感透过衣衫。

没再说话，两人相拥在异国他乡的候机大厅里，静默无言。

荒凉的沙漠，孤独的绿洲，在戈壁上建造的城市，毫无归属感的纸醉金迷。

然而，许衡从未觉得哪一刻比现在更安定。背负已久的重担终于被卸下，留在身后，留在过往。

感情深浅无法用语言描述，正如生命长短不能用时间度量。

此心安处是吾乡。

“我真没觉得是多大件事儿。”坐在飞机上，许衡依然试图辩解。

“那还哭得一把鼻涕一把泪？”王航不屑一顾，“反正你别管了。断网、断电话，减少接受辐射，这段时间正好备孕。”

话题转换得太快，她愣了愣，表示没听明白：“备……备什么？”

王航难得红脸，却还是梗着脖子道：“备孕，造人，繁衍后代，行使已婚夫妻的合法生育权，你懂？”

许衡一把捂住他的嘴：“要不要脸？以为美国没人听得懂中文？”

她一边说还一边探头看了看前后左右，确定没人注意到才松了口气。

“本来就是……”王航有些委屈。

“这航班飞的是旧金山！”许衡压着嗓子低斥。

“听得懂也不怕。”

见他还嘴硬，许衡只好转过脸去，眼不见心不烦。

王航却突然灵光一闪，强行将人扳正，直视道：“你那啥是不是没来了？”

许衡冷哼：“你懂得还挺多。”

“回答问题！”

“时差颠倒，之前工作又那么忙，还被你拖着从美国东部飞到西部，肯定不正常啊。”

“下飞机就去买试纸。”

嘴上的辩解是一方面，心中的默默计算是另一方面。

结果许衡也有些不太确定了。

两人在船上时非常谨慎，美国再见后虽然会注意，但总有情难自已的时候。

她也知道“中奖”只是早晚的事情。

想通道理，人反而轻松不少。该有的总会有，王航和自己年纪都不小了。如果对方家长没有被突然冒出来的儿媳妇吓坏，应该很快就会面临这方面的压力吧。

话说回来，就算王家父母不满意又能如何？许衡看看身旁的男人，心思彻底沉静，既然已经决定一辈子都要跟他在一起。

旧金山位于加州西海岸，三面环水，环境优美，是座名副其实的“湾边之城”。

飞机开始降低飞行高度，并且不断调整飞行姿势。

许衡从舷窗往外看，能够看到蜿蜒曲折的海岸线，以及海面上的丝丝白线。

“那是浪。”王航在她身后，轻声解释道。

更远的地方，有蚂蚁一样的船，漂浮在苍蓝色的海面上，围绕着港口聚散。

旧金山港和香港、里约热内卢港并称为“世界三大天然良港”。

“如果你还活着，旧金山不会使你厌倦；如果你已经死了，旧金山会让你起死回生。”威廉·萨洛扬如是说。

许衡忍不住猜测，生命在这里是否也能被赋予新的意义。

飞机平安着陆，又经过一段平稳的滑行，最后停靠在航站楼旁。

等机舱内的人都下去得差不多了，王航才扶着她不紧不慢地走出来，一边走一边不厌其烦地提醒："小心，别碰着头……注意脚下……慢点……"

许衡哭笑不得："首先，还没有确定为怀孕；其次，就算怀孕了也没必要这么夸张。"

他显然没听进去，坚持自己一个人背包拿行李，还将她按在椅子上坐好："你就乖乖等着，别到处乱跑。"

活了28年，突然被当成小孩子对待，许衡奇怪自己怎么就能适应得了。

再回来时，王航气喘吁吁，右手微微颤抖，递过来一盒试纸。

两人都没说话。

许衡看到他脸上有细细密密的汗珠，那眼睛亮晶晶的，像小男孩得到一件期待已久的玩具，想触摸、想把它拆开看看，却又舍不得破坏这份惊喜，犹豫着不知该如何是好。

"我先去洗手间。"她接过试纸，垂下头转身而去。

等待的那几分钟，许衡心跳得很快，手脚都不知道该往哪里放。

她眯着眼睛看，又对照说明书核实半天，方才确定自己没有弄错。

身上轻飘飘的，走起路来一脚深一脚浅，感觉很不真实。许衡仿佛突然走进别人的电影里，扮演着一个从未想象过的角色，茫然而无所适从。

机场洗手间的人流量很大，见她差点被别的乘客撞倒，王航连忙凑上前去："没事吧？"

许衡被吓了一跳："你怎么在这儿？"

"等你啊。"

她抬头看看："站到女卫生间门口，也不怕被人当变态抓起来？"

他有些不好意思，咽了咽口水，问到最关心的问题："什么结果？"

许衡抿着唇，却藏不住笑意："还得找医生进一步确定……"

王航很快回过劲来，说话的声音都在颤抖："有了？"

他看着她，眼睛睁得大大的，连眨都不敢眨。

两人认识这么久，许衡从未见过对方如此紧张，心下顿时就柔软了，以几乎不可见的幅度点点头。

王航愣了愣，手在衣襟上来回搓着，像是不知道该往哪里放好。他试着抱住她，却又不敢用力，站在半米远的地方，进退两难。

最后是许衡主动上前钩住了他的脖子，蹦起来攀在男人身上，大笑道：“这样就吓傻了？以后几个月你怎么办？”

王航连忙把行李箱扔在地上，双手托住她的腰，小心翼翼、战战兢兢，佯装恼怒地低声训斥：“快下来！注意安全！”

许衡不理他，变身树袋熊一般耍赖，只感觉心里满满的，再也容不下别的事情了。

旧金山机场的洗手间外，男女最终紧紧相拥，任由旁人投来打量的目光，却完全沉浸在自己的世界里。

李经理亲戚的家位于湾区，是一幢两层楼的白色房子。前有车库后带院子，站在门口就能眺望到远远的海岸线，美得像风景画一般。

李经理和家人果然等着他们开饭，见车进了车道，才开始把菜端上桌。

王航已经不是第一次和这家人打交道，“叔叔”“阿姨”张口就来，跟李经理的儿子张轩更是熟得不得了。

李经理的丈夫是个心血管医生，待人和蔼可亲。问过许衡的身体状况后，基本上确定她是真的有喜了。

“回国后去医院抽血检查。”张大夫文质彬彬，和妻子的雷厉风行截然不同，说起话来也慢条斯理很多，“这段时间注意休息，别吃刺激性的食物，应该没问题。”

王航带着张轩玩骑大马，却始终留心听着这边的动静，突然出声道：“回国航班十几个小时，能不能行？”

许衡笑出声来：“按你这个说法，我干脆在美国生孩子得了。”

言者无心听者有意，他沉吟道：“其实也不是不可以。”

在厨房帮忙洗碗的李经理探出头来：“王航，你少出馊主意。人家还有工作呢，就算半路换手也得先完成交接啊。”

张大夫将儿子从王航背上接下来，语重心长地说：“你们小两口也别太紧张了。

小许年纪不大，身体素质也挺好，怀孕早期顺其自然就行，矫枉过正反而对胎儿不利。”

晚上，两人睡在二楼客房里。

王航从背后搂着她，手掌轻抚着平坦的小腹，声音听起来依然有些不可置信：“真的有了？”

许衡轻声道：“应该是在纽约的时候吧。”

“……以后就叫王纽生？”

“我跟你离婚你信不信？”

两人不约而同地笑起来。

“喂，”许衡伸出拇指，在他的手背上轻轻画圈，试探地问道，“你爸妈那边真的没关系吗？”

擅自结婚就罢，还弄出个孩子来，联想到传说中性格要强的王妈妈，她心里有些发怵。

王航将人搂得更紧些，力道中透着明显的安慰：“我家催我结婚不是一年两年了，你这么帮忙解决问题，他们感恩戴德都来不及。”

“希望如此吧。”办了一些离婚案子，她对于婆媳矛盾破坏家庭和谐的威力，向来不敢小觑。

沉默半晌，王航出声问道：“你真的要回国？”

“不然呢？”

他叹了口气：“D.R公司的事情还没解决……我不想你心情不好。”

在大都会艺术博物馆的时候，许衡便看到了相关的新闻。

她那会儿刚开机，本想再试着跟赵秉承取得联系，却被不断弹出的信息提示给吓了一跳。

“海关”“格列卫”“华海所”几个关键词刚刚映入眼帘，许衡心中便重重一沉，明白大事不好。

王航出声呼唤时，她正在强行关机。

工作这些年，虽然没办法规避所有风险，但许衡早已学会如何免受困扰。明知道会让情绪低落的消息，不听；明知道会使自己不快的事情，不做；明知道会带来麻烦的人，不接触。

迫于生计，她不得不与赵秉承继续共事时，就给自己立下了这些规矩。

事实证明，这样的选择非常明智。尽管依然忍不住好奇，却能用“原则”二字控制情绪，至少不被情绪左右。

身为律师涉嫌走私会造成什么影响，事情后续如何收场……就算王航没有刻意阻止，她也不会担心。

许衡心里很清楚，有错就要认。无论别人是否借题发挥，抑或借刀杀人，当初在海关侥幸逃脱惩罚时，就应该预想到有这一天。

无所谓，她想，大不了回国后换个工作，也省却了那些不必要的麻烦。

“我准备换家公司。”

男人突然的出声，令许衡猝不及防，还以为是自己的心思被看透，连忙扭头道：“你说什么？”

“换家公司，不在大洋集团干了。”王航翻了个身，仰面朝向天花板，“这几年航运市场萧条，能跑的航线越来越短、越来越少。我不想坐以待毙，还得趁年轻，多积累点经验。”

许衡依偎在他怀里，听着那沉沉的心跳，感觉无比安定。

她没有提出任何异议，只是疑惑道：“可大洋集团已经是航运业最大的上市公司了，你还能换到哪里去？”

“那是在国内。我拿的无限航区船长证，可以上外轮的。”

征服海洋，听起来令人神往的词语，背后往往蕴藏着无尽辛酸。

最初相识，许衡就知道他属于海，属于广阔无垠的蔚蓝，而不会属于某一个人。

但享受惯了被呵护、被照顾的生活，又该如何适应孤枕难眠的日日夜夜?

她不敢想。

爱让我们勇往直前，也让我们懦弱。明知道爱人就该爱他本来的样子，却总忍不住去试图改造对方。

只是许衡知道，离开大海的王航，不会再是他自己。

咽下满腹辛酸，她强打起精神问：“有没有什么明确的想法？”

“还没，但经纪公司提了几个建议。”王航低头看向她，表情有些微妙，“你觉得D.R公司怎么样？”

D.R公司的40万吨船队全球独此一家，能掌舵这种巨轮，对船长的职业经历来说，无异于锦上添花。

王航当然知道大洋的收购意图，但资本层面的运作成功与否，和他的选择并无利害关系。

倒是许衡的考虑更加实际些：“大船进港势在必行，太平洋航线的气象条件比较稳定，除了往返巴西一趟就得三四个月，在海上漂得时间长点，倒没什么不好。”

“我也是这样想的。”王航松了口气，将想法和盘托出，“船舶大型化乃至超大型化是航运业未来的发展趋势，越早熟悉40万吨级的船，日后的选择余地也更大。”

对于真正热爱航海的人来说，永远想要掌控大船，更大的船——所谓的“选择余地”不过是个借口。

许衡没有道破这一点，而是尽量平静地问：“什么时候上船？”

“还没签合同呢。我想先征求你的意见，再跟爸爸通个气。”

谈到后者，王航突然笑起来：“这次回去好像真有蛮多事情要说的。”

许衡也不住莞尔：“虱多不痒，债多不愁。”

王航低头吻吻她的头顶，如释重负道：“早点睡吧。”

月光如洗，倾泻在二楼客房的窗台上，照亮了一室的缱绻缠绵。

因为许衡怀孕的关系，两人取消了接下来的行程，决定双双提前回国。

李经理开车送他们去机场。

王航照例独自负责托运行李，只让另外两人等在出发大厅。

“我婶还不知道你们的事情吧？”见他走远，李经理挑眉问。

许衡有些不好意思：“王航说这种事还是当面讲比较好。”

“也对，见面就来个下马威，确保一击制胜。”

她被噎得讲不出话来，满脸通红：“我们没想……”

李经理语重心长道：“你这样的性子，硬碰硬肯定不是我婶的对手。跟她那种‘女中豪杰’打交道，只能以不变应万变。”

提到尚未谋面的婆婆，许衡便不自觉地紧张起来，连忙问：“怎么讲？”

“她不提你不说，她提了你也别说——把责任都推给王航，谁让他是她儿子。”

许衡对此深以为然，却忍不住心里的担忧：“可他马上又要出海，我躲得过初一躲不过十五啊。”

“傻丫头，你不还有‘尚方宝剑’吗？”李经理瞟瞟她的肚子，“但凡冲突出现，只消说句肚子疼，保管没事。”

回程的航班上，许衡将李经理的这番“高论”转述给王航，求证其可行性。

男人被逗得哈哈大笑，末了却点头称是：“咱们就听李姐的，她经验丰富。”

许衡这才知道，张大夫出身杏林世家，当初也是各种规矩多得吓人。李经理刚结婚时，隔三岔五就哭着跑回娘家来。直到有了张轩，他们才渐渐过上安稳日子。

“其实没必要担心，我妈虽然性格强势，但并非不讲道理。”王航宽慰，“再说，我总会无条件支持你的。”

许衡佯装傲娇道：“现在说得好听，如果是咱俩吵架呢？”

他捏捏她的鼻尖：“我像是那种和媳妇吵架，转身去告诉妈妈的男人吗？”

许衡反问：“那你告诉谁？”

王航的笑容得意：“谁也不告诉，我收拾你的办法多了。”

他将重音放在“收拾”二字上，语气听起来暧昧不明，羞得许衡满脸燥热，再也无法继续这个话题。

兴许是因为怀孕的关系，她在飞机上睡得很酣畅。闭着眼睛也能确定另一个人的存在，这样的感知令人安心。

从入境通道里出来，远远便见王航父母站在接机口。

日常生活中的王允中衣着休闲，更像个退休的老船长，而非统领A股上市公司的董事长。

王妈妈比丈夫矮半个头，没有同龄人普遍的臃肿身材，一双微挑的凤目很显精神，妆容精致、发型完美，处处无懈可击，一看便是养尊处优惯了的。

她站在人群最前面，很快发现了自己的儿子。

那道视线移过来时，许衡不自觉地打了个寒战，随即回忆起李经理的嘱咐，咬着牙绷直脊背。

“爸、妈！”王航牵着她的手，冲父母打招呼，脸上有久别重逢的兴奋。

王氏夫妻的注意力很快转移，看向独子的目光都柔软了不少。

许衡这才意识到，老人们已是大半年没有见过王航。

在不久的将来，她也会和他们一样，只能靠GPS全球定位系统，寻找至亲的坐标；隔着千山万水的距离，思念那个血脉相连的人。

所谓亲人，不过因为他们的爱是在一起的。

李经理灌输的婆媳斗争经验，瞬间土崩瓦解，许衡感觉不再有压力，自己或许气质容貌一般，或许出身贫寒，对王航的爱却是毋庸置疑的。

王允中带着司机，专门开了辆商务车过来接机。

王航对待父母的态度较为随意，没有特别亲密，也没有什么距离。许衡意识到，他本性是不习惯情绪外露的，这样毫无负担的交流已经很难得。

正因如此，她也愈发为自己感到幸运——竟能够窥探到他大海般深沉的内心。

从机场高速公路进市区的路上，王航言简意赅地总结此次出海经历，对于自己与许衡的交集也没有刻意回避。最后直接像拉家常似的说道：“我们在拉斯维加斯办了结婚登记，认证手续也已经交给总领事馆，过段时间就会寄回国。”

王允中没说什么，只是点点头，颇有几分喜怒不形于色的大将之风。

王妈妈脸上表情则彻底凝固，视线在王航和许衡两人之间来回扫视，简直不知该说什么。

风评欠佳的女律师，第一次见面就被宣布成为自己的正式儿媳——许衡完全能够理解对方这错愕的表情。

可惜当儿子的根本不以为意，继续抛出重磅炸弹：“后来我们在旧金山又碰到了李姐一家，张大哥说小衡可能怀孕了。”

这次，连王允中也绷不住了，直接盯着许衡道：“怀孕？！”

“嗯。一个月左右吧，用试纸测了，也是好消息。”王航插嘴，“等她休息两天，调整时差，我们再去医院确诊。”

王妈妈彻底瘫坐在椅背上，再也没有之前精心塑造出来的贵妇之气，而只是一个被儿子吓到的母亲。

开车的司机不明所以，殷勤地出声问候：“恭喜啊，王董，要当爷爷了。”

王允中讪笑着以作回应，对这刚刚得知的消息，显然还需要一段时间才能适应。

许衡偷偷看向王航，却见对方冲她眨眨眼睛，样子鬼精鬼精的。

真不该把李经理的馊主意告诉他，许衡想，这下都不知道该怎么收场。

事实证明，相较于对王允中夫妇了解不深的她来说，王航和李经理的选择确有一定道理。

之后的家宴上，王航以更加随意的态度，介绍许衡的家世、学历，包括洗清她在走私禁药一事中的污名，两位老人都不再有多余的精力思考、质疑。

反倒是王允中，身为大洋集团的掌舵人，也对许衡表示了歉意："D.R公司的事情，我已经让总办和法务部去想办法了，他们之前的中方代理人，一个姓杨的小伙子，也会帮忙澄清事实，确保华海所和你个人不受影响。"

"行了，家宴不提公事。"王妈妈发话道，"小许，多添点汤，补血润肺的。"

事情的后续，许衡一直没有关心，如今听王允中讲起来，就像听着别人的故事。

王航从始至终不动声色，直接从许衡手中接过碗，替她盛汤，仿佛一切都与自己无关。

陆易思阻挠收购不成，从纽约回来后，找D.R公司的原中方代理人杨总商量对策。利用舆论、一箭双雕的计策，恰是两人在结合中国航运情况、仔细分析后做出的决定。

杨总和赵秉承私交甚笃，当初许衡在海关出境遇到麻烦，他也听说了前因后果。只是这人熟谙中庸之道，一边在陆易思与媒体间穿针引线，一边打听到张大夫和大洋集团之间的关系，偷偷走漏了点风声出来，作为日后倒戈的投名状。

当王航以大洋集团董事长之子的身份，向他索要相关证据材料的时候，杨总自然不会放过示好的机会。

王妈妈在妇幼医院有熟人，很快就预约好了专家号。

检查结果确认许衡已经怀孕一个月。

接下来的时间过得飞快，拍婚纱照、定酒席、发请帖、买喜糖……两人就像高速旋转的陀螺，在王妈妈的指挥下完成各项规定动作，连抱怨的时间都没有。

按照许衡原本的想法，办不办婚礼无所谓，在美国领证的时候已经有过仪式。更何况，幸福如人饮水，冷暖自知。

王航却劝她尽量配合："别人家孙子都会打酱油了，这些年的红包也不能白送嘛。你不知道，咱们家那些亲戚的嘴可损了，我爸妈这些年没少受冤枉气。你就当是配合着演场戏，让老人开心开心。"

话虽如此，可眼见着所剩无几的假期全被琐事占满，许衡还是有些惋惜："你月底出海，再回来就是秋天了……"

相处时间越来越少，焦虑的情绪愈演愈烈，却偏偏不知该如何是好——她从未觉得如此煎熬。

王航揉揉她的头顶："正好陪你生宝宝，照顾月子。"

许衡轻笑："你能照顾什么？不添乱就谢天谢地了。"

王航没反驳，却将人紧紧搂在自己怀里，让她体会自己的心意。

事实上，两人近来一直住在许家，只有每晚会去王航父母那边吃饭。

王妈妈虽然对此有点不满，但考虑到小两口新婚不久，需要时间单独相处，而且许衡刚怀孕，熟悉的环境有助于安胎，便也只能听之任之。

早在回国后的第二天，王航便主动提出去墓地，祭拜许衡的父母。对着墓碑上的黑白照片，他毕恭毕敬地鞠了三个躬，态度认真地介绍自己的姓名、家世，承诺从今以后对许衡和孩子负责，让两老在地下安心。

尽管这些都只是形式上的东西，王航却没有半点马虎。

许衡把一切看在眼里，默默地记在心里。如今面对王家提出的婚礼要求，她自然也没办法固执己见。

临近分别，两人都会尽量迁就对方，避免争吵。她明白，这是要用美好、甜蜜、感动填满回忆，待到长久分离的日夜里，才能赋予自己抚慰和勇气。

假期结束，回律师事务所报到的当天，同事们看向她的眼神千奇百怪。好在许衡对此早有心理准备，学着王航对付父母的办法，用更劲爆的话题转移了众人的注意力："25号结婚，大家有时间来凑凑热闹。"

大红色的喜帖如同炸弹般，在办公室里引发一阵阵惊叹。

"小许，你这是赶时髦玩'闪婚'啊！"

“谁这么有福气？搞定了我们所最漂亮的美女律师？”

她虚与委蛇地应对一番，留下办公室同事们自行猜测，转身再去高管办公室敲门。

作为熟悉航运市场各大企业、了解所有秘闻八卦的资深律师，只消翻开做工精良的请柬，再看看新郎姓名和婚礼地点，就能明白大概的前因后果。

华海所的主任出席过大洋集团的庆功宴，也看出了李经理不着痕迹的拉拢，联想起许衡此前坚持跟船的申请，很是有感而发：“小许，你这趟出去收获不小嘛。”

“主任，您别开玩笑了。”她礼貌地欠欠身，鞠躬致意，“还要麻烦您当证婚人呢。”

“荣幸之至。”

王允中公子大婚，航运界的老熟人们肯定都要悉数到场，能在这样的场合发言证婚，对华海所的业务推广来说也是有利无弊的。

临到许衡推门出去的时候，主任还高声强调：“放心，一定给你包个大红包！”

站在赵秉承的办公室外，她还是停住了脚步，反复深呼吸后，才将表情调整到最自然的状态，敲门入内。

“小衡？”他看起来消瘦不少，整个人显得有些憔悴，肩膀也耷拉下来。

许衡没有说话，而是直接递出请柬。

对方看看她，再看看红色信封，最终还是伸手接了过来。

纸片在指尖翻转，如同轻盈的蝴蝶扑棱着翅膀，他的视线透过无框镜片，再次落在许衡脸上：“这么快就要结婚了？”

许衡点点头。

“哦。”

赵秉承不再说话，却也没让她离开。落地窗外的阳光洒进来，在男人脸上留下一片阴影。

“你……”许衡字斟句酌，不得不打破这份尴尬的沉默，“最近怎么样？”

他抬眼，像两人第一次见面那样挑眉看过来，语气也不复沉重：“真想知道？”

“不想。”许衡老老实实地摇头。

赵秉承大笑起来：“你这忘恩负义的家伙，我好歹算半个媒人，就不能装个关心人的样子？”

气氛顿时轻松不少，她心中如释重负，真心实意道：“反正你好生生地坐在这里。”

“估计坐不长了。”赵秉承叹息，“这次的事情是我没有处理好。”

许衡刚想争辩，却被对方抬手打断：“船东协会的顾问协议已经签好，但不是和我们团队，而是和整个华海所。合伙人会议已经通过决议，所里要引入竞争机制、坚持资源共享，以后的新案源全都随机分配，谁能留住客户就算谁的。”

诉讼律师的大部分工作都是在拉案源，随机分案无异于为他人作嫁衣，许衡错愕：“这样不乱套了吗？”

赵秉承自嘲地笑笑：“主任跟我谈过，司法厅律管处的领导也找人打了招呼，要求对舆论冷处理，最近一两年尽量减少出庭率。”

如果不能出庭，作为诉讼律师的价值也不复存在了——许衡这才明白赵秉承身上的那股颓然之气从何而来。

原本哽在喉咙里的话，再也憋不住了，许衡调整坐姿挺直腰板：“赵老师，我觉得这次的事情或许是个机会。”

她将在纽约与米勒、陆易思见面的情况和盘托出，并将大洋的收购计划摆上台面。

说到自己没日没夜修改合同、撰写评估意见、设计产权过渡方案时，许衡由衷感慨：“相比起常规的涉诉案件，航运企业其实更需要这种服务。如果能成立专门的事务所，通过建立长期合作关系，主动参与融资租赁、资产回购、上市筹备，谁知道我们能不能成为下一个ACM？”

赵秉承一开始还听得心不在焉，后来也渐渐坐正，目光也变得清晰：“想法很好。但如今航运市场持续疲软，你以为有几家公司能折腾出这种大动作？”

“动作大小无所谓，苍蝇蚊子也是肉。”许衡耸耸肩，“下雨天打孩子，没生意打官司，这种损人不利己的思维模式本身就是错的——冬天总会过去。我们是提供机会让货主、船东、港口方坐下来，在彼此信任的前提下，互相帮助着走出困境。”

“可人家凭什么信任你？”赵秉承纠紧眉头，“又凭什么担保交易双方的诚意？”

“我们是律师，完全可以把合规工作提前到磋商阶段。这样各方坐下来谈的时候，就不再需要担心合同陷阱，远比一轮轮的要价还盘有效率。”

她直视上司的眼睛，目光炯炯：“往俗了说，咱们拓展市场，比律师抢案源更好赚钱；往高尚了说，航运复苏，必须重建市场互信。从法律咨询到法律经纪，再到资产优化，可以覆盖全产业链。”

男人从大班椅上站起来，背对着她看向落地窗外，半天没再讲话。

正当许衡怀疑自己能否得到回应的时候，赵秉承突然出声：“小衡，这样的想法很好。你现在跟王航结婚了，案源应该不成问题。就算没有我帮忙，也一定能把事务所开起来。”

“赵老师……”

“我主动为D.R公司做过代理。”他转身看她，“国内船东向来不信任‘汉奸’，你明白的。”

“没听见我刚才讲什么吗？”

赵秉承有点不知所以。

“船舶经纪公司靠的是专业服务让人信任，而不是情感上的好恶。”许衡正色道，“我认为你的法律素养没有任何问题。”

他勾起嘴角，从淡淡浅笑变为开怀大笑，到最后笑得直不起腰来，喘着气道：“学生都可以给老师打分了？真是后生可畏。”

“神经。”许衡撇撇嘴，起身离开办公室，“25号婚礼，记得包红包！”

赵秉承取下眼镜，头也不抬地“嗯”了一声。

是夜，许衡向王航说起这段经历，依然忍不住愤懑：“我觉得自己没错，有那么好笑吗？连眼泪都笑出来了。”

“你要理解男人的心理。”王航从密密麻麻的宾客名单中抬起头来，“就算你说得对，船舶经纪这行再有搞头，他都不可能承认自己竟然不如……你这样的女人。”

“我怎么样了？我是怎样的女人啊？”许衡火气上来了，一把抽掉他的笔，怒目圆睁。

“啧啧，还会发脾气。”

王航将她揽进怀里，语重心长道：“你想啊，他比你入行早，又是你的老师，哪样都占强。让人家主动放下身段，还不如直接杀了他。”

“哪有要他主动？明明是我在拉他入伙。”

王航连声应道：“好好好，都是他的问题。来，你帮我看看座位这么排行吗？”

许衡这才转移注意力，继而关心起婚礼当天的事情来。

第19章

嫁海

远洋大酒店是大洋集团旗下产业，背山面海风景绝佳，一楼的无柱式宴会厅能容纳上千人同时用餐，是本市新人结婚的首选地。

如果不是因为王允中的面子，在半个月的时间里，想要预定到这个大厅，几乎是不可能的。

此刻，婚庆公司正加班加点地布置会场，所有能够想到的细节，正在一点点地变为现实。

因为许衡有孕在身，不能太过操劳，婚礼大大小小的事情全都由王航负责。她下班后直接从律所赶过来，参加婚礼的彩排。

还没进大厅便看到那颀长的身影：他正背对大门站在台上，手脚比画着与施工人员沟通，指示对方把背景板再挂高一点。

许衡的潜意识里，王航并不适合干这些琐碎或烦冗的事情；惊涛骇浪、万吨巨轮、海天一色，远比眼前的鲜花、灯光、舞美、音响更衬他。

“新娘子到了！”眼尖的司仪招呼道，“来来来，抓紧时间，新郎也到后台来。”

王航远远瞧见她，嘴角勾起笑意，看得许衡心中一片柔软。

指着整个会场的示意图，司仪向两人介绍仪式步骤：“新郎说完这些后，音响师就会放音乐，我也会适时提醒宾客们看向门口。新娘就在父亲的引导下……”

“我父母都不在了。”

司仪被噎住，却很快调整过来：“家中的男性长辈呢？或者老师兄长也行。”

许衡与王航对视一眼，很快回过头来，无谓笑道：“就我一个人走出来吧，没事的。”

“主要是婚纱有裙摆，还有捧花什么的，怕你拿不过来。”司仪略显尴尬地解释道。

王航伸手摸摸她的脑袋：“小衡很厉害的，绝对可以搞定。”

见夫妇俩都如此坚持，司仪只好无奈妥协。

从化妆间到宴会厅，只有一条狭长的走道通向酒店后门。许衡思忖，待时间差不多了再从通道内走出来，也省得顶着满脸的大浓妆站在外面。

鉴于两人的强烈要求，原本创意满满的婚礼节目被缩减成最精简的步骤。王航半开玩笑半认真地解释道：“我们俩年纪都不小了，那些惊世骇俗的事情做不来。”

许衡也连连附和，司仪叹了口气：“热闹一点多好，难得这么大的场子……”

某些方面，她和王航很像：怕麻烦、图方便、买东西宁缺毋滥。男女之间除了简单的性吸引，能否长久地过日子，很大程度上取决于这些细枝末节。

谈恋爱的时候，只觉得对方怎么看怎么顺眼，容易忽略很多看似不重要的事情；结婚之后，诸如消费观、卫生习惯等种种矛盾才会浮上水面。

毕竟是两个生长于不同环境里的个体，处处都合拍显然是不可能的。错位的地方积少成多，脾气再好的人都会有怨言，夫妻争吵在所难免。

所以过来人才说“婚姻是爱情的坟墓”。

许衡自觉幸运，回到日常生活中的王航，虽然不再像在船上和旅途中一样威严霸道，但也没有像赵秉承预言的那般游手好闲：他比一般男人耐心，却又不至于婆妈；尽管也会有些小脾气，但很少发火；和父母的关系很自然，却相对独立……

如果一定要做出评价，只能说他满足了她对丈夫的一切幻想。

一个是家境优越、事业成功的远洋船长，一个是单亲妈妈抚养长大的助理律师，许衡不会想当然地以为两人真有如此合拍。大部分时候，除了自己的迁就和理解，王航也在努力适应着她的一切。

夜里，他听闻这番感慨，笑得像个受表扬的孩子："我当然要表现好一点，在岸上的时间这么短，若都为些鸡毛蒜皮的小事闹矛盾，上船了只能后悔。"

许衡调整睡姿，更妥帖地窝进男人怀里："你不像会后悔的人。"

"我不为自己做过的事后悔，我只后悔那些没做的事情。"

"比如说？"

"比如说现在好好睡觉，明天才能漂漂亮亮地出嫁——不然下半辈子肯定后悔。"

婚礼前一夜，按照习俗夫妻俩原本不该睡在一起。但王航不放心她，坚持赖在许家没走。

王航父母对于他根本没有办法，也只好听之任之。

临睡前，许衡感觉很恍惚：现实与梦境的差别如此细微，以至于再也分辨不出真真假假。

婚礼现场最终被布置成典型的地中海风格：蓝色的纱绸间点缀着纯白的香水百合，远看就像大海裹挟着浪花，与落地窗外的壮阔景色交相呼应，显得格外浪漫。

酒店大堂里，许衡一袭水蓝色的旗袍，站在身着船长制服的王航旁边，郎才女貌的搭配十分亮眼。尽管来宾的恭维里难免有客气的成分，但能够得到这么多的肯定与祝福，对于新人来说还是很受用的。

婚礼开始前，王航提前入席招呼宾客，她则赶去化妆间候场。

跟妆师不见踪影，婚庆公司的联络人只好放下婚纱："小衡姐，你先换衣服，我去找她。"

"没关系，不着急。"

没等许衡把话说完，对方就已经急匆匆地推门离开了。

她不以为意，转头将长发挽起，又小心翼翼地脱下丝质旗袍。镜子里，小腹依然平坦，看不出任何孕育生命的迹象。

身体里延续着心上人的血脉，这感觉既神奇又幸运。

婚纱的裙撑很大，穿起来有些费劲，许衡好不容易直起腰来，却见化妆间里多了一位不速之客。

“……陆先生。”

陆易思瘦了些，再也没有初见时的意气风发，也没有纽约再遇时的咄咄逼人，就连说话声音也有些飘：“许小姐，恭喜。”

许衡有些尴尬，换成英语感谢道：“没想到您会来，不过外面有预留的座位，欢迎参加我们的婚礼。”

“中国人真的很喜欢热闹……那些大船，我从20年前开始筹划，争取公司支持、设计规划蓝图、构建股权结构、占领大宗货运市场……好不容易建起来，好不容易能够创造效益，你们就来了……”

陆易思一边说，一边摇头，似感叹似无奈，也只有在这时，许衡才意识到对方已经年近半百。

“陆先生，您这样说并不公平。”她试探着开口。

巴西人的眼睛立刻扫视过来，眼神就像匕首般锋利。

许衡强迫自己挺直腰杆：“我们、大洋集团、中国人的钱，也不是大风刮过来的，你在辛苦建船的时候，无数工人在厂房里加班，无数农民在辛勤劳作，无数国民在省吃俭用，这样才能创造生产力，赢得竞争优势，积攒足够的外汇。如今，我们只不过是在支配自己的血汗钱，这并不可耻。”

陆易思冷笑：“你们想要大船，为什么不自己造？为什么要乘人之危？”

“买比造更划算，这有什么不对？”许衡的手撑在梳妆台上，语气愈发坚定，“只允许你们创造规则、利用规则，我们连参与游戏的资格都没有吗？”

陆易思摆摆手，示意自己无意争论：“只有热爱航海、热爱船舶的人，才有资格在大海上航行。你们这样强行参与进来，打破了航运界的平衡，是不会有好结果的。”

“有没有资格，你说了不算。”许衡摇摇头，“大海会挑选自己的臣民。”

陆易思耸耸肩，转身走出了化妆间，留下一句轻轻的祝福：“新婚快乐。”

许衡相信，陆易思不会参加自己的婚礼，也不会再留在中国。

两周后。

又是天高云淡，又是进出口码头外港，体量巨大的40万吨级运砂船首次从中国起航。

如小山般高大的巨轮从船坞里驶出来，一点点地靠近码头，最终稳稳停靠在指定地点。

岸上，礼炮响起、彩带飞扬，参加典礼的各界嘉宾爆发出热烈掌声，庆祝这艘船被重新命名为“大洋一号”。

与此同时，D.R公司方面作为名义船东，派出之前的中方代理人杨总，向新委任的船长履行交船手续，负责后续合作事宜。

翻修一新的驾驶台上，王航作为船长接过航行指挥权，随即命令水手长拉响汽笛。

一声长笛过后，甲板上和机舱里同时忙碌起来。大船乘风破浪，全速驶向太平洋深处。

岸边的观礼人群中，再次爆发出阵阵欢呼。

李经理刚刚回国，时差还没调过来，耳边又尽是嘈杂，越发感觉眼前混混沌沌的。

“你看到他了吗？”她偏着头问身旁的人。

许衡将手抚在小腹上，眯着眼睛看向海平线，声音不大，却十分清晰：“看到了。”

是的，爱上像大海一样的男人，有海的地方就会有他。